de
la gran literatura

RAMÓN DEL VALLE-INCLÁN
LA CORTE DE LOS MILAGROS

CULTURA SEP ✕✕I

Planeación: Dirección General de Publicaciones
    y Bibliotecas, Secretaría de Educación Pública
Producción: Siglo XXI Editores, S.A.
Coordinación: Sergio Pitol y Margo Glantz;
    Asistente: Rafael Becerra

Portada: María Oscós.
    Viñeta: Fragmento de *Carnaval madrileño*
        por Manuel Castellano
DR © CONAFE, 1982
Ave. Thiers 251-10º piso / Col. Anzures / 15590 México, D.F.
DR © SIGLO XXI EDITORES, S.A.
Cerro del Agua 248 / Col. Romero de Terreros /
    04310 México, D.F.

ISBN 968-23-1207-8

LIBRO PRIMERO

LA ROSA DE ORO

I

La Santidad de Pío IX, corriendo aquel año subversivo de 1868, quiso premiar con la Rosa de Oro, que bendice en la Cuarta Dominica Cuaresmal, las altas prendas y ejemplares virtudes de la Reina Nuestra Señora. A la significación de tan fausto suceso no correspondió, como prometía, el cristiano sentimiento de la Nación Española. Aquellos que más debieron celebrarlo tenían intrigado en las camarillas vaticanas contra la designación de esta señalada merced para la Reina Nuestra Señora. Hubo una difusa intriga diplomática con mitras, frailes y monjas, recordando el tiempo de los Apostólicos. Personajes muy señalados terciaron en aquel enredo: Del Padre Fulgencio, Confesor del Rey Don Francisco, parece probado, y acaso no estuvo tan ajeno como debiera el Augusto Consorte. Una monja milagrera también anduvo en ello, según se propaló en murmuraciones de antecámara. Esta monja, que tenía captadas las regias voluntades, preciaba sus artes políticas por mejores que las de Roma. El Confesor y la Madre Patrocinio estimaban más eficaces que las muestras de amor indulgente, los anatemas con su cortejo de diablos y espantos. La monja y el fraile trataban de purificar al pueblo español de la contaminación masónica, y, escarmentados de otras veces, recelaban que por el conforto de las bulas pontificias, se les fuese de las manos el gobierno de la Señora. La Reina, libre de miedos, candorosa y desmemoriada, podía volver a los descarríos de antaño y firmar paces con las facciones liberales, que, emigradas, conspiraban en Francia. Eran muchos los palaciegos que acogían este linaje de suspicacias cuando llegó a la Corte el Enviado Apostólico. Con tal motivo, hubo grandes fiestas en el Real Palacio: capilla con señores obispos y cantantes de la Ópera, besamanos y parada, banquete de

5

gala y rigodón diplomático. Todo el lucido y barroco ceremonial de la Corte de España.

II

La Rosa de Oro, salvado el símbolo y mirada en su ser de orfebrería, no era un primor de cincel: si deslumbraba a los legos ingenuos, a los puritanos edificaba, contándoles las estrecheces del Santo Padre. Su Majestad la Reina, muy experta tasadora de alhajas, en el ceremonial de la entrega se afligió con un ahogo de lágrimas, secundado por todo el cortejo de plumas y bandas que llenaba la Real Capilla. Fue la solemnidad del acto, en consonancia a la señalada muestra con que distinguía a su Amada Hija en Cristo la Santidad de Pío IX. Ofició el señor Patriarca, asistido por los mitrados de Tuy y Salamanca. Estrenóse un terno pluvial, que la regia munificencia había encargado a las Seráficas Madres de Jesús. Era muy rico y refulgente, sin que pasase a competir con otros más antiguos que guarda aquella Real Sacristía. Alguna gente de tonsura lo denigró más de lo justo, comentándose que, por solo el bordado de aquellos sacros paños, hubiesen percibido doscientos mil reales las Benditas de Jesús. Vicarios y sacristanes de otras monjas promovían estas murmuraciones. El reparto de las regias mercedes siempre acongoja más ánimos de los que congracia.

III

Fue muy conmovedor el momento, y escasos ojos permanecieron enjutos cuando se alzó, para leer la salutación pontificia, el rojo Legado Apostólico:

—Nos, Sumo Vicario de la Iglesia, para conocimiento y edificación de todos los fieles, queremos atestiguar solemnemente, con acendrado empeño y perenne monumento, el amor ardentísimo que te profesamos, carísima hija de Cristo. Con excelso gozo te confirmamos en esta predilección, así por las altas virtudes con que brillas como por tus egregios méritos para con Nos, para con la Iglesia y para con esta Sede Apostólica.

Se oían suspiros y sollozos. El Reverendo Padre Claret,

Arzobispo de Trajanópolis, había traducido al romance castellano el mensaje latino, y los monagos repartían la bula en vitelas impresas con oros chabacanos. Salmodiaba ante el altar, refulgente de luces, el Legado de Roma:

—Nos, Sumo Vicario de Cristo, asistido de su gracia, desde esta Sede Apostólica, te hacemos presente de la Rosa de Oro, como símbolo de celestial auxilio para que a tu Majestad, y a tu Augusto Esposo, y a toda tu Real Familia, acompañe siempre un suceso fausto, feliz y saludable.

Las cláusulas prosódicas subían en ampulosas volutas con el humo de los incensarios, y el cortejo palatino, asegurado en la bula del fraile, se maravillaba entendiendo aquel latín, ungido de dulces inflexiones toscanas. La señora, particularmente, estaba muy majestuosa con el incendio que le subía a la cara. Sobre su conciencia, turbada de injurias, milagrerías y agüeros, caían plenos de redención los oráculos papales.

IV

Cuando, al término de la ceremonia, el palatino cortejo de plumas, bandas, espadines y mantos se acogió a los regios estrados, la Reina Nuestra Señora hubo de pasar a su camarín para aflojarse el talle. La Doña Pepita Rúa acudió, pulcra y beatona. Era dueña del tiempo fernandino, una sombra familiar en las antecámaras reales. La Señora, al aflojarla la opresa cintura las manos serviles de la azafata, suspiró, aliviándose: estaba muy conmovida y olorosa de incienso. En la capilla, oyendo leer la salutación del Santo Padre, casi se transportaba, y el ahogo feliz del ceremonial veníale de nuevo. La Reina sentíase desmayar en una onda de piedad candorosa y batía los párpados, presintiendo un regalado deleite:

—Pepita, voy a confiarte un secreto. ¡Es para ti sola, y no vayas a publicarlo por los desvanes!

Saltó la Doña Pepita, muy avispada:

—¡No me cuente ninguna cosa la Señora, porque hay duendes en Palacio! Sin fin de veces me tiene ocurrido callar como una muerta —tampoco es otra mi obligación— y divulgarse cosas muy secretas que me había confiado Vuestra Majestad. ¡Y más no digo!

—Haces bien, porque eres un badajo cascado. ¡Mira que con lo que sales!

—No he querido disgustar a la Señora. ¡Ay, Jesús, qué pena tan grande!

Se arrugaba la vieja con un fuelle rumoroso de enaguas almidonadas. La Reina se abanicaba con aquel su garbo y simpatía de comadre chulapona:

—¡Pepita, no hagas visajes!

—¡Si Vuestra Majestad querría desenojarse conmigo!

—No seas pánfila.

—¡Estoy desolada!

Isabel II abultaba, con una sonrisa de pícaras mieles, el belfo borbónico heredado del difunto Rey Narizotas:

—Mira, dame un dedal de marrasquino. Se me borra la vista y creo que va a darme un vahído.

La Doña Pepita pasó del remilgarse compungido al remilgo consternado:

—¡No es de extrañar con tanta opresión del talle!

—¡Y la emoción oyendo leer aquellas expresiones cariñosísimas del Santo Padre!

—¡Eso lo primero!

—¡Naturalmente, tarambana!

La Reina Nuestra Señora extasiaba el claro azul de sus pupilas sobre la pedrería de las manos, y un suspiro feliz deleitaba sus crasas mantecas. Salió del éxtasis para mojar los labios en la copa de marrasquino, y, melificada totalmente en la golosina, paró los ojos sobre la vieja azafata:

—¡Ay, Pepita, no debía contarte nada!

—¡Mi Reina y Señora, yo hablé como hablé, por un escrúpulo! ¡Estoy traspasada!

La Majestad de Isabel, benévola y zumbona, hacía el ademán de espantarse un tábano:

—Pues he pensado mandar un millón de reales para la limosna de San Pedro. ¿Te parece que será poco? Yo, francamente, no sé lo que puede hacerse con esos cuartos.

Reflexionó la Doña Pepita, con los ojos en el techo de amorcillos:

—Con un millón, bien se hace una casa.

—¡No, mujer! Se harán muchas.

—Casitas pequeñas. Yo hablaba de una casa de renta, una casa como las del barrio.

—Y tú, grandísima tonta, ¿crees que un millón no da para más misas?

—¡Yo, por lo que oigo!

—Pero entonces, ¿un millón no es nada?

—Paco Veguillas compró en treinta mil duros un cascajo en la calle de la Cabeza.

—Le habrán timado.

—¡Bueno es Veguillas!

—¡Ay, hija! ¿Y quién es ese personaje?

—Paco Veguillas, el barbero de Su Majestad el Rey Don Francisco.

—¡Rigoletto! Hablarás claro. ¿Conque compró una casa? Mucho se gana rapando barbas de papanatas.

La Reina de España quedó suspensa un momento, hilvanando recuerdos de tantas intrigas, donde había mediado muy principalmente aquel ilustre personaje, uno de los que más valimiento alcanzaba en la Camarilla de Nuestro Señor Don Francisco. Cuando se celebraron las bodas reales había entrado en Palacio con la servidumbre ultramontana del Augusto Consorte, y, desde entonces, pesaba su consejo en los negocios de Estado. La Señora almibaró el acíbar de aquellos recuerdos volviendo a cantar el marrasquino:

—Y tú, ¿cuándo te compras una casa, Pepita?

—Cuando junte una peseta y muchos cuartos y no tenga una población de sobrinos a quien ayudar... El Gervasio, que está de guarda en el Real Sitio de Aranjuez, quiere cambiar de puesto y venir al Buen Retiro... Si Vuestra Majestad se interesase...

—Claro que me intereso, y he dado la nota. ¡Por tu sobrino me intereso, y basta!

De un sorbo apuró el marrasquino, poniendo el sello a su palabra real.

V

La Majestad de Isabel II, pomposa, frondosa, bombona, campaneando sobre los erguidos chapines, pasó del camarín a la vecina saleta. La dama de servicio, con el aire maquinal de los sacristanes viejos cuando mascullan sacros latines, le prendió en los hombros el manto de armiño. Los regios ojos, los claros ojos parleros, el labio popular y amable, agradecieron con una sonrisa a la cotorrona de Casa y Boca. Aquella estantigua de credo apostólico, nobleza rancia, cacumen escaso, chismes de monja y chascarrillos de fraile, también intrigaba en las tertulias de antecámara desde el año feliz de las bodas reales. Era Duquesa de Fitero y Marquesa de Villanueva de los Olivares, con otros títulos y sobrenombres de claro abolengo, mucha hacienda en cortijos, dehesas, ganados, paneras, cotos, granjas, castillos y palacios. El escudo de sus armas está repartido por toda la redondez de España. La vejancona, confusamente, se sabía de un gran linaje, sangre bastarda de reyes aragoneses y judíos castellanos. Luego, tras estas exiguas luces, todo el saber histórico y familiar de la rancia señora constituía una fábula trivial llena de incertidumbre, cubierta de polvo como los legajos de Simancas. En la puerta, cuando salía, se detuvo la Reina Nuestra Señora:

—Eulalia, de ti para mí, y no vayas más lejos...

Respondió, hueca y espetada, la rancia infanzona:

—¡Sobradamente me penetro, Señora!

—Tengo en pensamiento mandar dos millones a la limosna de San Pedro. ¿Será poco? Claro que no pretendo pagar tan señaladas muestras de amor como me da el Santo Padre. ¡Eso no se paga! ¿Quedaré mal con dos millones, Eulalia?

—Yo creo que no.

—¿Qué se puede hacer con dos millones?

—Muchas mandas y sufragios para tener lejos a Patillas.

La Duquesa de Fitero era muy temerosa de que la muerte la sorprendiese en pecado, y al dormirse la veía ensabanada como un antruejo, terrible y burlona con su hoz. Aquella vieja orgullosa y pueril trascendía todos sus conceptos a imágenes corporales: el Infierno con sus calderas de pez hirviente y su tropa de rabos y cuernos entenebrecíale los nocherniegos y trisagios; el Purgatorio también le daba espeluznos, sin ser parte a confortarla el pensamiento de que con llamas a los pechos pudiera verse entre un tiarado y un coronado, conforme al ritual de todos los retablos de ánimas. Se hacía cruces la Reina de España:

—¡Qué cosas sacas! El Santo Padre tiene poder para confundir a Patillas.

La rancia estantigua, bajo las plumas del moño, acentuaba su gesto de cotorra disecada:

—Con dos millones también puede comprarse papel del Estado.

La Majestad de Isabel II recapitulaba:

—Dos millones, tengo idea de que en los últimos monos le pedía Paco a Narváez... Dos millones debe de ser una cantidad decente, porque en el pedir nunca se queda corto Pacomio.

La Duquesa petrificaba su gesto magro y curvo de pajarraco:

—Esa limosna debe darla el Gobierno.

—No querrá.

—¡Herejes!

—¡Mujer!...

—¡Herejotes y masones todos ellos!

—¡No me impacientes! Narváez es muy escrupuloso y defiende el dinero del presupuesto como si fuese suyo.

—Porque es un cascarrabias. Del General nada digo, pero el que no me entra es el tal don Luis Bravo.

—Pues me ha servido lealmente.

—Es un ambicioso con una historia muy negra. Narváez y otras personas debían estar muy sobre sí con ese gitano.

—Eulalia, no me traigas cuentos, porque los creo, y entre unos y otros me revolvéis la cabeza.

—¡Vuestra Majestad es demasiado buena!

—Ya lo sé, pero eso no tiene remedio. Nací buena, como nació marraja Luisa Fernanda. ¡Mira que revolucionar para quitarle a su hermana el Trono! ¡A su hermana, de quien sólo ha recibido favores y muestras de cariño! ¿Has visto maldad tan refinada?

La Duquesa de Fitero hizo el comentario de protocolo:

—Vuestra Majestad tiene el amor de sus súbditos y le basta. ¿La Señora ha reparado qué mala cara tiene hoy Narváez?

—¡Bilis que le hacen tragar esos pilletes que conspiran en Francia!

La Duquesa, en la punta de los pies, aseguraba con sus manos de momia los postizos y la diadema, que hacían un guiño en la cabeza de la Reina Nuestra Señora.

VI

Entre un cortejo de plumas fatuas y chafados visajes pasó la Reina Nuestra Señora al salón de Gasparini. Una gran mesa fulgente de cristal y argentería estaba dispuesta a fin de que hubiesen reparo para sus fallecidos ánimos las ilustres personas que habían recibido el pan eucarístico en la solemne función de Capilla. Para todos tenía una zumba popular y amable la Majestad de Isabel II. El Rey Don Francisco hacía chifles de faldero al flanco opulento de la Reina. Las Augustas Personas, agotado el repertorio de sonrisas y lisonjas, se entretuvieron largo espacio con el Duque de Valencia. Estaban los tres en el hueco de un balcón, tan profundo y amplio, que parecía una recámara. El Rey, menudo y rosado, tenía un lindo empaque de bailarín de porcelana. La Reina, con el pavo sanguíneo, se abanicaba. El Espadón, puesto en medio, abría las zancas y miraba de través, bajando una ceja, a las Personas Reales:

—Mi deber es aconsejar lealmente, sin perder de vista los intereses políticos y las altas responsabilidades de mis actos. La Real Familia no puede reconocer públicamente, ni tampoco con relaciones privadas, el origen misterioso de ese personaje.

Acudió, severa, la Reina:

—¡Es nieto de reyes, Narváez!

—Señora, dice serlo.

—Haces mal en dudarlo. Estoy bien enterada y creía que tú lo estuvieses. A Luis Fernando, fruto de unos amores de mi padre, tú le has conocido en París. Este es su hijo.

El Augusto Consorte se arrimó, con respingo de perro faldero, al recadén propincuo de la Reina:

—¡Nuestro sobrino, Narváez!

El Espadón, bajando el párpado, miraba al bailarín de porcelana, como los esquiladores al jaco antes de esquilarlo:

—Señor, mi deber es advertir a Vuestras Majestades.

Insistió la Reina:

—Yo tengo secretas razones de conciencia para recibir al Príncipe Luis de Borbón.

—Señora, permitidme que os recuerde los disgustos pasados cuando os visitó en Zarauz el Infante Don Juan.

—Porque yo dije una cosa, y mi primo entendió otra.

—Seguramente.

—Y ahora, ¿qué temes? Sé franco.

—No puedo serlo.

El Rey Don Francisco, como a impulsos de un resorte, sacó del buche los enojados tiples de su voz:

—¿Y si te lo exigiese Isabelita?

—No podría menos de complacerla.

Acudió la Reina:

—Pues yo te lo pido. ¿Cuál es tu recelo?

Se impacientó el Espadón:

—Señora, mi deber es hablaros lealmente. El Gobierno tiene pésimas referencias del que se titula sobrino por la mano izquierda de Vuestras Majestades. Ha recorrido varias Cortes europeas, llamándose unas veces Conde Blanc y otras Príncipe Luis María César de Borbón. En todas partes ha vivido de un modo turbio. La Policía, alguna vez, le condujo a la frontera. Últimamente acompañaba al Infante Don Juan en Italia. No me extrañaría que hubiese llegado aquí bajo el patrocinio de alguna monja.

Cortó con un hipo de paloma buchona envuelta en majestuosos arreboles la Reina Nuestra Señora:

—Está bien, Narváez. Has hablado lealmente, y te lo agradezco. Como Reina Constitucional he querido someterte este asunto de familia. Haré lo que me aconsejas y no recibiré a mi sobrino, a ese personaje, como tú has recalcado con la intención de un colmenareño. Eres un cascarrabias, y me has ofendido, porque se trata de mi sangre.

El Rey Consorte acucó la voz, acogido al flanco matronil de la Reina:

—¡Nuestra sangre, Narváez!

La Majestad de Isabel II tenía en el celaje de los ojos el azul de la mañana madrileña. Murmuró con donosa labia:

—Mira, Narváez: amor con amor se paga. Deseo atraer a mi lado con algún cargo al hijo de un leal servidor que no ha sido recompensado. ¡Los reyes, algunas veces, somos muy ingratos! El Barón de Bonifaz ha sacrificado su vida por mi Causa. Yo quiero que el hijo venga a mi lado, con un puesto en la Alta Servidumbre de Palacio. Tengo una deuda sagrada con la memoria del padre, y para borrar este olvido, esa ingratitud, te recuerdo al hijo de aquel servidor tan leal, a fin de que le tengas presente en la nueva combinación de cargos palatinos.

Resopló el Espadón:

—¿Sabe Vuestra Majestad que ese pollo es un perdis?

Se acachazó, burlona, la Reina de España:

—Aquí le sentaremos la cabeza.

El Espadón bajaba el párpado y abría el compás de las zancas, con aire de pájaro viejo:

—Señora, mi deseo es complacer siempre a Vuestras Majestades, y si el nombramiento no halla oposición en el seno del Gobierno...

—¡Me traes la cabeza del que disienta!

La Reina Nuestra Señora, chungona y jamona, regia y plebeya, enderezaba con su abanico el borrego del toisón que llevaba al cuello el adusto Duque de Valencia, Presidente del Real Consejo.

VII

La Majestad de Isabel II —luego de haber repartido retratos con laudosas dedicatorias entre obispos, monseñores y palaciegos— se retiró a los limbos familiares de su Cámara. El Excelentísimo Señor Don Jerónimo Fernando Baltasar de Cisneros y Carvajal, Maldonado y Pacheco, Grande de España, Marqués de Torre-Mellada, Conde de Cetina y Villar del Monte, Maestrante de Sevilla, Caballero del Hábito de Alcántara, Gran Cruz de la Ínclita Orden de Carlos III, Gentilhombre de Casa y Boca con Ejercicio y Servidumbre, Hermano Mayor de la Venerable Orden Tercera y Teniente Hermano de la Cofradía del Rosario, hacía las veces como Sumiller de Corps. En la Cámara de la Reina el personaje ponía los ojos en blanco, doliéndose respetuosamente, pues también había esperado un retrato de la graciosa voluntad de la Señora. Era un vejete rubiales, pintado y perfumado, con malicia y melindres de monja boba. En cuanto a letras y seso, no desdecía en las cotorronas tertulias de antecámara. Vano, charlatán, muy cortés, un poco falso, visitaba conventos por la mañana, lucía hermosos troncos por la tarde, a la hora del rosario acudía secretamente al reclamo de una suripanta y ponía fin a la jornada en un palco de los Bufos, donde se hablaba invariablemente del cuerpo de baile y de caballos. La Señora le consoló, populachera y jovial:

—¿No comprendes, calabaza, que a las personas de mi íntimo aprecio quiero hacerles un presente más señalado? ¿Te parece mandar fundir una medallita? Precisamente quería consultarte.

El Marqués de Torre-Mellada se desbarató con una escala de gallos:

—¡Señora, es una gran idea la medallita!

—¿De oro o de plata?

Se precipitó el palaciego:

—¡De oro!

La Majestad de Isabel II abultaba el belfo con chunga borbónica:

—Tú no te paras en barras. Mira, Jeromo: el retrato no te lo di porque no quise. ¿Hasta cuándo le van a durar a tu mujer las jaquecas nerviosas?

Se atontiló el repintado vejete:

—¡Pobrecita! ¡Esta madrugada ha tenido un ataque que nos ha consternado!

—¡Vaya, vaya! Dile a Carolina que, si quiere ponerse buena inmediatamente y contentarme, renuncie a ser dama de la Duquesa de Montpensier.

—¿Es el deseo de Vuestra Majestad?

El palatino estafermo inclinábase con tan arrugada pesadumbre, que se compadeció la Reina Nuestra Señora:

—Yo agradezco mucho las muestras de amor y lealtad de mis súbditos. El que me quiere, ya me tira tierra a los ojos. Mi deseo es hacer la felicidad de los españoles y que ellos me quieran. Pero esto debe de ser algo muy malo, porque sólo recibo ingratitudes. Mi hermana y su marido, que tanto me deben, conspiran para destronarme. El Gobierno ha sorprendido una carta del franchute a Serrano. ¡El General Bonito se ha vuelto contra mí! ¡Le hice cuanto es, no he podido hacerle caballero! ¡Figúrate si con esta espina puedo mirar con buenos ojos a tu mujer en el puesto de dama de la Duquesa de Montpensier! Narváez ya te hizo una advertencia. Estoy enterada. Por lo visto, querías oírlo de mis labios.

—¡Señora, no me dolería más un puñal que me hubiesen clavado!...

—El Puñal del Godo.

La Reina, siempre indulgente, tendió la mano al palaciego, que la besó inclinándose cuanto el corsé le autorizaba. Viéndole arrugar el apenado visaje, entre crédula y burlona, le ofreció su pomo de sales la Reina:

—No he dejado de quereros. Tú, para mí, eres siempre el mismo. Mi confianza en ti no ha menguado, y precisamente quería someter a tus luces una duda. ¿Qué se puede hacer con dos millones?

—¡Muchas cosas!

—No me entiendes. ¿Cuánto dinero es?

—¡Pues dos millones! ¡Cien mil duros! ¡Quinientas mil pesetas!

Se embobó la Reina:

—Ponlo también en reales.

—Pues dos millones de reales son precisamente dos millones de reales.

La Majestad de Isabel II hizo su aspaviento de graciosa soflama:

—¡Qué talento matemático tienes, Torre-Mellada! Pues verás, quiero hacer un donativo a Roma... Había pensado algo... Pero con certeza no sé. Tú, si te lloviesen dos millones, ¿qué harías?

El Marqués de Torre-Mellada no dudó, que de antiguo lo tenía meditado:

—¡Yo, Señora, tendría una cuadra de caballos como las mejores de Inglaterra!

—Tú, sí... Pero ¡el Santo Padre!

—¡Es que, francamente, no sé por dónde puede irse el dinero siendo Papa!

—¡Nadie lo sabe, y nadie me saca de la duda!

Se levantó con mecimiento de bombona, pasando al camarín por aliviarse de nuevo.

VIII

El besamanos estaba señalado para las tres de la tarde, pero comenzó lindando las cuatro. La clara luz de la tarde madrileña entraba por los balcones reales, y el séquito joyante de tornasoles, plumas, mantos y entorchados evocaba las luces de la Corte de Carlos IV. La Reina Nuestra Señora revestida de corona y armiños, empechada como una matrona popular, entró con mucha ceremonia en el Salón del Trono. El Rey Don Francisco dábale el brazo. Vestido de capitán general, muy perejil, todo colgado de cruces y bandas, casi desaparecía al flanco pomposo y maduro de la Señora. Asidos levemente de la mano, subieron las gradas del trono. Se saludaron con una genuflexión, como pastores de villancico, y tomaron asiento, sonrientes para el concurso, con gracia amanerada de danzantes que miman su dúo sobre un reloj de consola. Su Alteza Real el Príncipe de Asturias, vestido con marcial uniforme y luciendo divisas de cabo, hizo besamanos el primero. Era un niño pálido, con las orejas muy separadas. El enclenque desparpajo de la figura, la tristeza de la mirada, llena de prematuras curiosidades, promovían, con aquel disfraz de charrasco y el pantalón colorado, un recóndito dejo de cruel mojiganga. La expresión aguzada, enfermiza y precoz del Augusto Niño no prometía una vida lozana. Le agasajó con maternal orgullo la Señora. Alargó el Rey, sin llegar a tocarle, una mano blanca y llena de hoyos. Resplandeció el palatino cortejo, con sonrisa extasiada, y todos los rostros se asemejaron en una expresión de embobamiento familiar. El bálsamo cadencioso de la ceremonia religiosa se decantaba en los pechos cruzados de bandas. Todos eran felices en aquel momento y casi se amaban, complacidos en el júbilo maternal de la Reina Nuestra Señora. Sentían la protección celeste, estaba en sus corazones como una miel acendrada. El besamanos fue largo, pero tan lucido de mantos y oropeles, que muchos, en su embeleso, no lo reputaron cansado, y las horas se les hicieron instantes. La Señora, siempre de la mano de su Augusto Esposo, sonriendo, purpúrea bajo la corona real, descendió del Trono. Tuvo palabras gratas para sus cortesanos. Era pimpante, donosa y feliz de malicias en la vana charla de la etiqueta. Entonces advertíase reina. ¡Hada de alcázares! Pero en las asperezas del gobernar político se le desvanecía la atención, dolorosamente incomprensiva. En este año de la Rosa de Oro se amargaba con la duda de que muchos españoles habían dejado de quererla. ¡Eran bien ingratos! ¡Y cuántos tendrían que condenarse por sus ideas extraviadas de progreso! ¡Condenarse! La Señora no deseaba el fuego eterno ni a sus mayores enemigos. Era pecado del que jamás había tenido que lavar su conciencia ante el Santo Tribunal. ¡El Infierno, para nadie! La Señora, por el hilo de los pensamientos, llevó la mirada de sus claros ojos al Señor Duque de Valencia, que, vestido de gran uniforme, destacaba en medio del dorado salón su angosto talle de gitano viejo. La Señora sonrió, llamándole. Hablaron a solas. Los que estaban vecinos, respetuosamente, se distanciaban.

—Te estuve mirando, y me parece que algo te pasa. Estás preocupado. ¿Hay malas noticias? ¿Se han pronunciado en algún cuartel?

—Vuestra Majestad puede estar tranquila.

—¿De manera que reina la paz en Varsovia?

—Por ahora tienen buen vino.

—Pero a ti algo te sucede.

—Estoy enfermo y me retiraría si mereciese la venia de Vuestra Majestad.

—¿De veras estás enfermo? ¿No me engañas? ¡Tienes

muy mala cara! Dame la mano. ¡Ardes! Cuídate mucho. Te necesitan España y la Reina. Retírate. Afortunadamente, no será nada. Voy a poner una esquelita para que iluminen la santísima imagen de Jesús. Si mañana continúas mal, yo iré a rezarle. No será nada.

Murmuró, displicente, el Espadón:

—Un enfriamiento esta mañana en la Capilla Real. Creo, en efecto, que con un ponche y sudar...

—¡El ponche, bien cargado!

El General Narváez cambió en sonrisa el gesto de vinagre:

—¡De campamento!

La Señora le dio a besar su real mano y apagó el celaje de los ojos bajo el vuelo de un presentimiento que la llenó de pavorosa inquietud. El General Narváez, abriendo el flamenco compás de las zancas, desaparecía como un fantasma entre el fatuo susurro de las Camarillas.

IX

Por las galerías y a lo largo de las escaleras, uniformes y mantos susurraban al despedirse loores de aquel paso donde habían sido vistos comparsas. Con aire de pedrisco pasó, de pronto, la nueva y el comento del agrio talante con que se tenía despedido de las Reales Personas el Señor Duque de Valencia. Algunos políticos decían que enfermo. Casi todos los palatinos, que enojado. El Marqués de Torre-Mellada se afligía, y en secreto comunicaba sus temores al Marqués de Redín. Eran cuñados los dos Marqueses. Este de Redín, casado con una hermana de Torre-Mellada. Bajaban despacio, y retardándose, la gran escalera. Sobre la gala de los uniformes destacaban los guantes blancos su cruel desentono, y eran todas las manos de payaso. El Marqués de Redín, que pertenecía al Cuerpo Diplomático, comentó con inflexiones perspicaces y erres francesas de salón de Embajada:

—Lo peligroso, realmente, sería una auténtica enfermedad del General Narváez.

Bajaron tres escalones, y en un rellano:

—¡Después de O'Donnell, Narváez! Habría para preocuparse.

Un tramo de la gran escalera madurando reflexiones. Otro descanso. Voz de confesonario:

—En París y en Londres, unionistas, progresistas y radicales conspiran para cambiar el Trono. ¡Y aquí no queda otro hombre que González Bravo!...

Pausa. El soplo del aire:

—¡Un vesánico!

Chascó, afligida, la caña hueca del otro Marqués:

—¡Calla, por favor, Fernando! ¡Las paredes oyen! ¡Ya nos han mirado! ¡No pareces de la carrera!

El Marqués de Redín, ante la simpleza pueril y medrosa del palaciego, sonrió con un rincón de la boca, entornando, desdeñoso, los párpados. Torre-Mellada se esquivó, refitolero, saludando a unas damas que estaban detenidas en la escalera. Luego emparejaron los maridos, ataviados como para comedia antigua, con plumas y capas de maestrantes. Eran primos remotos, pero extremados en el parecido. Los dos, zancudos, pecosos, ojiverdes, muy angostos de mejillas, aguileños y de narices tuertas. Los dos hablaban borroso, con un casi baladro, y eran por igual de gran linaje extremeño, con guarros y dehesas hipotecadas en las lindes de Villanueva de la Encomienda. El Marqués de Redín, bajando la escalera, respondía con gestos y cabezadas al General Fernández de Tamarite, un viejo embetunado y completamente sordo. Se les juntó, disculpándose cumplimentero, el Marqués de Torre-Mellada. Pasaban otras madamas risueñas, que hacían monadas y saludos, tocando con los abanicos el hombro de los caballeros. El Marqués de Torre-Mellada las acogía cacareando un añejo repertorio de donosuras galantes. La Duquesa de Santa Fe de Tierra Firme y la Condesa de Olite, en espera de sus carruajes, las celebraban con guiños de burla. Comentó la Santa Fe:

—¡Jeromo, para ti no hay penas!

El repintado palatino filosofó con epicúreo cacareo:

—¡Y si las hay, me las espanto!

Insinuó delicadamente la de Olite:

—¡Con el rabo!

Y la Santa Fe completó el juego de sales madrigalescas con un susurro en el oído de la otra:

—Se las espanta con la cuerna.

La Condesa de Olite se sofocó, reprimiendo la risa. Curioseó el palatino fingiendo candor:

—¿Qué ha dicho esa loca?

—¡Nada!

—¿Con qué me las espanto, Pilín?

La Santa Fe respondió con descoco:

—Acércate. No es para publicarlo.

El Marqués de Torre-Mellada, salvando en la punta de los pies colas y mantos, pasó al costado de la madama:

—¿Qué has dicho, Pilín?

Silabeó la Santa Fe en la oreja del palaciego:

—Un eufemismo del rabo.

El vejestorio repitió, turulato:

—¿Un eufemismo? ¿Cuál? ¡No entiendo! ¿Qué eufemismo?

La Santa Fe, impaciente, le sopló en la oreja con popular desgaire:

—¡Carraco!

El repintado palatino agitó las manos, bullicioso de risas:

—¡Eres terrible, Pilín!

Asintió, burlona, la madama. Montó en el carruaje y saludó, asomando la cabeza, prendida de plumas y joyeles:

—¡Ática!

Sucédense los años, y todavía, cuando se pondera el ingenio tradicional de las grandes damas, se recuerda en las tertulias aristocráticas a la Duquesa de Santa Fe de Tierra Firme. En la Corte Isabelina se hizo famoso su desgarro, y cuchicheaban sus salaces donaires todos aquellos palaciegos gazmoños, que tenían, otras veces, llorado de risa con las gracias de Fray Gerundio y Tirabeque. ¡El lego y el frailuco droláticos habían sido los maestros humanistas en aquella Corte de Licencias y Milagros!

X

El ceremonial conmemorando el fausto suceso de la Rosa de Oro finó con banquete y baile de gran gala. El Señor Duque de Valencia, Presidente del Real Consejo, no pudo asistir, enfermo, según se susurró, con fiebres y punto de costado. El Ministro de la Gobernación tuvo una plática muy reservada con los reyes. Era un viejo craso y cetrino, con ojos duros de fanático africano. Ceceaba:

—Abrigo el presentimiento de un luto nacional. El Duque se halla realmente grave, y esta tarde ha tenido momentos de delirio.

La Reina, gozosa y encendida de la fiesta, imbuida de ilusa confianza, cerraba los oídos a las agoreras nuevas del señor González Bravo:

—¡No puede ser! Dios no abandona a España ni a su Reina... ¡Tú todo lo ves negro!

Don Luis González Bravo murmuró apesadumbrándose, sin un matiz de duda en el ceceo:

—¡El General nos deja!

Y parecía que no fuese el filo de la dolencia, sino el augurio implacable de aquel búho semítico quien le matase. La Señora, purpúrea de piadosos fervores, mareándose un poco, se abanicaba, ahuyentando el espectro de la muerte:

—¡No se debe ensombrecer con esos pesimismos el júbilo de un día tan señalado! ¡Dios no abandonará a España ni a su Reina!

—Señora, mis pesimismos están confirmados por la opinión de los médicos.

—¡Pues yo tengo puesta toda mi confianza en la ayuda Divina!

La Reina de España se abanicaba con soberanía de alcaldesa. Intervino el Augusto Consorte:

—¡Una sangría a tiempo hace milagros!

—Se le han aplicado cáusticos en el pecho.

Se afligió la Señora:

—¡Qué gana de hacerle sufrir! A Narváez quien le ha de poner bueno es el Santísimo Cristo de Medinaceli. Esta misma noche le empiezo la novena. Mira, Bravo: el corazón a mí no me engaña, y en este momento lo siento rebosar de esperanza, a pesar de tu cara larga y de tus pronósticos. ¡Durante el día me he preocupado, y ahora tengo la más ciega seguridad!

Tocaba la orquesta unos lanceros, y salió a bailarlos la Reina Nuestra Señora con el Señor González Bravo. En los pasos y figuras tuvo sonrisas muy zalameras para un pollastrón sobre la treintena, que lucía la llave de gentilhombre. El Señor González Bravo atisbaba con su gesto de búho, formulando un monólogo poco piadoso:

—¡Esta grandísima...!

El Barón de Bonifaz —Adolfito Bonifaz en los salones—, después de los lanceros, mereció el honor de dar unas vueltas de habanera con la Señora. La Majestad de Isabel suspiraba en la danza, y el galán interrogaba con rendimiento:

—¿Se fatiga Vuestra Majestad?

—Tú debes de ser el fatigado, porque estoy muy pesada.

—No se advierte, Señora.

—¿Me dirás que soy una pluma?

—¡Si Vuestra Majestad me autoriza para decírselo!

—¡Pues eres un solemnísimo embustero!

Bromeó, marchoso, Adolfito Bonifaz:

—Señora, hay pesos tan gratos que no se sienten... ¡El peso de la Corona!

—¡Te lo imaginas! ¡Cuántas veces se quisiera no sentirla en las sienes! ¡También rinde el peso de la Corona!

La Majestad de Isabel sonreía frondosa, y adrede se reposaba en los brazos del pollastrón:

—Me gusta bailar contigo porque me llevas muy bien.

La voz tenía una intimidad insinuante. Adolfito, advertido, estrechó el talle matronil de la Señora:

—¡Vuestra Majestad me honra en extremo!

La Reina de España, encendida y risueña, juntó los labios con cálido murmullo:

—Voy a tenerte muy cerca... He pedido un puesto para ti en la nueva combinación de cargos palatinos.

—¡Señora, mi gratitud!.

—Pero tendrás que sentar la cabeza si quieres estar cerca de mí.

Adolfito apasionó la voz:

—¡Muero por ello!

La Majestad de Isabel II iba en los brazos del pollastre, meciendo las caderas al compás de la música criolla, gachoneando los ojos. El voluptuoso ritmo complicaba una afrodita esencia tropical, y todas las parejas velaban una llama en los párpados. Adolfito, propasándose, se acercaba más, y consentía, candorosa, la Reina Nuestra Señora. Era muy feliz en el mareo de las luces, viendo brillar en el fondo de los espejos multiplicados jardines de oro.

La Católica Majestad de Isabel adormecíase con las luces del alba, mecida en confusos pesamientos de reina —terrores, liviandades, milagros, rosadas esperanzas, clamoreo de cismas políticos, fusilada de pronunciamientos militares—. Isabel II, en este año subversivo de 1868, se contristaba con el espectro de la Revolución, causa de tantos males en el Reino. Juzgaba, candorosamente, que, extirpada la impiedad liberal y masónica, tornaría a la ruta de sus grandes destinos la Nación Española. Era muy reverenciosa de las conquistas sobre infieles de su abuelo San Fernando. España —la hija predilecta de la Iglesia—, vilmente calumniada por los malos patriotas desterrados en la frontera, la encendía en lumbres y corajes populares de Dos de Mayo. Visitaba todos los sábados por la tarde el Convento de Jesús. Hacía en el camarín largos rezos, pasando la camándula de la Madre Patrocinio. Mudaba más que nunca de la risa al llanto, y era tan pronto amor como esquivez lo que sentía por el Príncipe de Asturias. En Francia, algunos emigrados fomentaban una intriga para que abdicase la Señora. Felizmente, Roma, en aquella hora tan tribulada, acudía con sus bálsamos al conforto de su amada hija en Cristo. La Reina adormecíase cobijando ilusas esperanzas. El dejo azul de los ojos se velaba en el oro de las pestañas. Soñaba con labrar la felicidad de todos los españoles. El Santo Padre, señalándola con nuevas prendas de amor, promulgaba una bula que redimía de calderas infernales a todos los súbditos de Isabel. Las logias masónicas, en procesiones de penitentes, con capuchas y velillas verdes, se acogían al seno de la Iglesia. La Reina de España sentía el aliento del milagro en el murmullo ardiente con que la bendecía su pueblo. ¡Y en este limbo de nieblas babionas y piadosas imágenes brillaba con halo de indulgencias y felices oráculos la Rosa de Oro!

LIBRO SEGUNDO

ECOS DE ASMODEO

I

El palacio de los Marqueses de Torre-Mellada estuvo en la
Costanilla de San Martín. El Palacio de los Picos, le decían
por el ornamento del muro. Aquel caserón, con gran portada barroca, rejas y chatos balcones montados sobre garaba-
tos de hierro, fue, en las postrimerías del reinado isabelino,
lugar de muchas cábalas y conjuras políticas. La crónica
secreta conserva en donosos relatos y malignas hablillas el
recuerdo del vetusto caserón con rejas de cárcel y portada
de retablo, la clásica portada de los palacios nobles en
Madrid.

II

El Salón de la Marquesa Carolina —rancia sedería, doradas consolas, desconcertados relojes— repetía, un poco des-
afinado, los ecos literarios y galantes de los salones franceses
en el Segundo Imperio. La Marquesa, ahora en su cautivante
y melancólico otoño, escéptica de las ilusionadas peregrina-
ciones en busca del amor, conspiraba soñándose una Marquesa de la Fronda. Acababa de encender las luces el lacayo
de estrados, y la doncella, reflejada sucesivamente en los espejos de las consolas, reponía las flores en los jarrones. La
Marquesa Carolina, esta noche, como otras noches, mimaba
la comedia del frágil melindre nervioso, recostada en el gran
sofá de góndola, entre tules y encajes, rubia pintada, casi
desvanecida en la penumbra del salón retumbante de curvas
y faralaes, pomposo y vacuo como el miriñaque de las madamas. La Marquesa Carolina era de un gran linaje francés,
hija del célebre Duque de Ramilly, Mariscal y Par del Reino
en la Corte de Luis Felipe. Reclinada en el sofá de góndo-

la, perezosa y lánguida, quejábase de una enfermedad imaginaria. Hacíanle tertulia dos damiselas y un caballero con empaque de rancio gentilhombre. Este caballero era el afrancesado Marqués de Bradomín. Las damiselas —lindas las dos— eran Feliche Bonifaz y Teresita Ozores. La Marquesa se oprimía las sienes con las manos. El gesto doliente agraciaba su expresión de rubia otoñal. Teresita Ozores encarecía los encantos de París. Acababa de llegar y suspiraba por volver:

—¡Los franceses, locos con el Imperio! ¡París, maravilloso! ¡La Ópera, brillante! ¡Los modistos, un escándalo! Pero ¡qué lujo, qué gracia, qué *esprit!* Esta primavera, el último grito los fulares estampados con rosas. Eugenia ha puesto la moda. ¡Para las rubias, admirable! ¡Tú, Carolina, estarás encantadora!

Teresita Ozores escondía sus treinta abriles bajo un vistoso plumaje de pájaro perejil. Hablaba con voluble y casquivano gorjeo. La Marquesa Carolina murmuró, declinando los ojos y la sonrisa:

—¿Te has divertido mucho, a lo que parece?

—¡Locamente, Carolina! ¡Locamente! ¡No hay más que París!

—¡Cierto! París es único.

III

El Marqués de Torre-Mellada, con uniforme muy papagayo, cubierto de cruces y bandas, retocado y rubiales, entró haciendo gallos:

—La conjura revolucionaria parece abortada. Se confirma que unionistas y progresistas andan a la greña, sin ponerse de acuerdo para designar candidato al Trono. Hacen como los compadres que peleaban una noche por quién echaría en la olla un tordo que habían visto en el aire aquella mañana. ¡Hay que rezarle un responso al Duque!

—¡Muy interesante! ¡Muy interesante!

La Marquesa desviaba la flecha con su amable sonrisa pintada. El Marqués exprimía su regocijo, alternando dos voces en falsete:

—El General Dulce, que corrió estos tiempos de la Ceca a la Meca oficiando para avenir a los mal avenidos, ha vuelto con el rabo entre piernas, y completamente descorazonado de que puedan entenderse. ¡Jesús! ¡Qué tardísimo! ¡Me voy a Palacio!

Se apartó con almibarada morisqueta, cediendo el paso a unas damas que hacían estación en la tertulia para llegar después del primer acto a los Bufos de Arderíus. Eran señoras casquivanas y un poco tontas, con los talles altos, el pelo en bucles y el escote adornado con camelias. Hablaban de modas, de amoríos, de un tenor italiano. Se abanicaban y reían sin causa. Sonaban confundidas las voces, como en una selva tropical el grito de las monas. En rigor, ninguna hablaba. Sus labios, de falso carmín, lanzaban exclamaciones y desgranaban frases triviales, animándolas con gestos, con golpes de abanico, con zalamerías.

—Pero ¡qué elegante!

—¡Encantadora! ¡Encantadora! ¡Encantadora!

—¡Ay, qué gracia!

—¡Date pisto!

—¡Ni pensarlo!

Y en medio de cada frase, el gorgorito de una risa, que presta a las palabras la gracia que no tienen y muestra la blancura de los dientes, al mismo tiempo que esparce la fragancia del seno alzándolo en una armoniosa palpitación. Todas aquellas señoras intrigaban. Para ellas, la política era el botín de las bandas, de las grandes cruces, de los títulos de Castilla. Amaban los besamanos y los enredos de antecámara. Curiosas y noveleras, procuraban descubrir entre los caballerizos y gentileshombres el futuro favorito de aquella reina tan española, tan caritativa, tan devota de la Virgen de la Paloma. El Salón de Carolina Torre-Mellada fue famoso en las postrimerías del régimen isabelino, cuando rodaba en coplas de guitarrón la sátira chispera de licencias y milagros.

IV

Dolorcitas Chamorro, en el sofá, secreteaba con la francina Marquesa. La Chamorro, vejancona nariguda, con ojos de verdulera, negros y enconados, era sangre ilustre de aquel famoso aguador camarillero y compadre del difunto Narizotas. Dolorcitas picoteaba:

—¡El Duque está indignado! ¡Hija de mi alma, le cuesta un dineral la danza revolucionaria, y ahora quieren darle

carpetazo! ¡Ya sabes que pone el veto a su candidatura para
rey el trasto de Pringue! ¡Le dejarán compuesto y sin no-
via! ¡Me lo estoy temiendo! Si Ayala viene esta noche, procura sonsacarle. Dicen que el candidato de los radicales es
el Niño Terso. ¿Has visto mayor escándalo?

Murmuró Carolina Torre-Mellada, con un gesto distraí-
do, como si diese respuesta a sus callados pensamientos:

—¡Serrano tiene un compromiso de honor con el Duque!

Saltó la Chamorro:

—¡Compromisos de honor Serrano!

Hablaba con desgarro vivo y popular, rasgando la boca
sin dientes. Tenía la cara arrugada, las cejas con retoque,
y llevaba sobre la frente un peinado de rizos aplastados que
acababa de darle cierta semejanza con los retratos de la
Reina María Luisa. Espetóse de pronto en el sofá, advirtien-
do con el codo a Carolina:

—¡Aquí está Ayala! ¡Sonsácale!

Era el que entraba un caballero alto, fuerte, cabezudo,
gran mostacho y gran piocha. Vanidad de sargento de
guardias.

V

Feliche Bonifaz miraba, furtiva, al Marqués de Bradomín.
La Chamorro se allegó, cotillona:

—Tu hermano, si ahora tuviese juicio... Me han contado que han sido marcadísimas las deferencias de la Señora.
¡Ya os veo en Palacio!...

Feliche se había encendido, y estaba muy bella.

—A mí me verá usted donde pueda estar dignamente.
Ya lo sabe usted.

La vejancona comadreó:

—¡Soñadora! ¡Romántica! ¡La Reina ha estado deferen-
tísima con el perdis de tu hermano, y no puede serte indiferente!

—¡Dolorcitas..., es usted cruel insistiendo!

—¡No seas loca! Ya sabes dónde están mis simpatías,
no las oculto. Sin embargo, comprendo que aún tiene mucho arraigo el Trono...

Gimió Feliche abrasada, enjugándose los ojos:

—Pero, ¿insiste usted?

—¡Insisto porque te veo huérfana, sin experiencia! El

orgullo es muy mal consejero, y tú no estás en situación de hacer la Doña Quijota...

Feliche le clavó los ojos:

—Dolorcitas, mi hermano no ha caído tan bajo como usted sospecha.

—¡Pamplinas! Ahora, si las cosas van por donde muchos piensan, lo que necesita es tener cabeza. Ya le rezaré yo la cartilla a ese perdis.

Feliche se avizoraba, encendida y perpleja, batiendo los párpados. Sentía el atisbo sagaz del Marqués de Bradomín. Adivinaba la sonrisa, la mirada ya triste y amable expresión, el dejo romántico de ciencia y solimanes mundanos. Alzó los ojos. No se había equivocado. El viejo dandy estaba mirándola, y en aquella sonrisa deferente, dilecta, se acogió la azorada damisela con largo mirar agacelado. El Marqués de Bradomín, en pie, de espaldas a la monumental consola, adoptaba la actitud de galante melancolía que, como suprema lección de donjuanismo, legó a los liones de Francia el señor Vizconde de Chateaubriand. Cotilleó la Chamorro:

—¡No morderá: que si mordiese, hacías boda!... Y los años no hay que mirarlos. Yo no los miré tampoco.

Dolorcitas Chamorro jamás repudiaba su estirpe aguadora de la Fuente de Pontejos. Era, por gracia de sus doblones, Condesa-Duquesa de Villanueva del Condestable. Había feriado en lote las deudas, los pergaminos y los alifafes de un linajudo vejestorio —¡aquel Don Pedro de Borja y Azlor, Carvajal y Pacheco, descendiente por la mano izquierda de reyes aragoneses y valencianos tiarados!—. La Chamorro, con sus chusmas cotillonas, sus postizos y remangues, no era un anacronismo en la Corte Isabelina. Acaso un poco anticuado el estilo de sus derrotes, que lozaneaban la tradición del difunto Rey Narizotas.

VI

López de Ayala, el figurón cabezudo y basto de remos, autor de comedias lloronas que celebraba por obras maestras un público sensiblero y sin caletre, saludaba con pomposa redundancia a las madamas del estrado. Tenía el alarde barroco del gallo polainero. La Marquesa Carolina le acogió con bella sonrisa:

—¿Trae usted alguna noticia? Nosotras estamos rezando el trisagio, como las viejas cuando truena.

—¡No es para que los luceros lloren perlas!

El figurón era gongorino y rutilante en el estrado de las damas. La Chamorro, por contraste, se arrancó con desgaire chulapo:

—¿Se confirma que los carcas se entienden con Pringue?

—Eso parece, querida Duquesa.

Acercóse Teresita Ozores, linda y mariposera con tantos lazos y perifollos:

—¡Me arrebatan, Carolina! ¡Me raptan!

El figurón abrió la cola con floreo de galantería:

—¿Quién es el audaz robador de la ninfa?

Repuso la damisela, coqueta y donosa:

—¡Los Bufos, Ayala! ¡Los Bufos! Pero me encantan más las buenas comedias.

Se fue con un ritmo de baile. La Torre-Mellada insinuó:

—Adelardo, si a usted le interesan los Bufos...

—Maliciosa es usted, Marquesa.

Jugaba del guante el poeta, con aquel artificio de los cómicos cuando galanean, y cantaba en sordina su madrigal revolucionario:

—¡Queridas señoras, la única candidatura posible es la Infanta Luisa Fernanda! ¡Cuando la torpe mano real deja caer el cetro en el fango, sólo puede recogerlo, sin mancharse, la mano de un ángel!

Saltó la Chamorro:

—Explíqueme usted, Ayala. ¿Es Pringue quien se pone la boina o se pone el morrión el Pretendiente?

—Querida Duquesa, las arras en estos esponsales serían un cambio mutuo de monteras.

Dolorcitas volvió a meter la husma:

—¿Qué dice el Duque? He oído que está furioso.

—Acaso. Pero no creo que lo demuestre.

Ayala calló, aparentando reservarse grandes secretos, y las damas esperaron el final de la pausa con una sonrisita retocada y fatigada. El poeta levantó su guante, con un arabesco:

—La revolución es fatal, y, ante la ola demagógica, se impone la solidaridad de cuantos aman las libertades dentro del orden, representado en la Monarquía Constitucional.

—¡Chito! ¡Chito!

Carolina miraba en torno, el gesto entre risueño y contriado. Damas y galanes conversaban en grupos. Afortunadamente, ninguno ponía atención a lo que se conspiraba en el estrado. El figurón bajó el tono:

—La Infanta Luisa Fernanda hoy encarna los ideales que triunfaron en las sangrientas discordias civiles, y me parece locura insigne la de los radicales cabildeando con la rama de Don Carlos. Es renegar de su historia, y diré más, es un perjurio a los mártires de la causa constitucional.

Carolina inclinó la cabeza, apiadada y lánguida:

—¡Me da tanta pena la pobre Reina!

Lamentó Ayala:

—¡Desgraciadamente, se ha hecho imposible!

Y Dolorcitas Chamorro puso la rúbrica de su respingo.

—¡Se deja embaucar como una pánfila!

Suspiró Carolina:

—¡Está ciega! ¡Qué dolor no encontrar modo de salvarla!

El celebrado poeta sentenció:

—¡Ha perdido el amor de los españoles!

—¡La pobre lo sabe y se duele, porque es muy buena!

Carolina juntaba las manos, como en una visita de pésame.

VII

Con gritos y aspavientos irrumpieron los que se habían ido a los Bufos, damas y galanes:

—¡Hay barricadas!

—¡No se puede tolerar!

—¡El caos! ¡El caos!

—¡Todos los días un motín!

—¡El caos! ¡El caos!

—¡Aún el corazón me da saltos!

—¡Y esto ocurre gobernando Narváez!

Explicó el Barón de Bonifaz:

—¡Nada! ¡Total, nada! ¡Cuatro señoras que arañaron a un guardia!

Preguntó la Chamorro:

—¿Hubo tiros?

Chilló una tarasca, tapándose las orejas:

—¡Descargas cerradas!

Adolfito Bonifaz hizo una mueca de valentón:

—¡Panoli!

—¿No hubo descargas?

—El cierre de puertas.

Buscó testigos la tarasca:

—¿No hubo descargas, Teresita?

Teresita Ozores amurrió la cara con sal y desgaire:

—Yo sólo sé que hemos perdido el palco, y que es intolerable.

El isabelino salón, con las luces multiplicándose en los espejos, por gracia del garrulero parlar se convertía en una jaula, cromática de gritos y destellos. Cuando remansaba el chacareo, percibíase un acompañamiento de guitarra y los jipados floripondios de un cante flamenco. La Marquesa Carolina, graciosamente consternada, se recogió en su nido de cojines:

—Tenemos de huésped a Paco el Feo.

Desgarróse la Chamorro:

—¡Está de moda! También es el maestro de mis hijos.

Llegaba el jipar del cantador, florido y dramático. Saludó Adolfito con una cortesía versallesca:

—Voy a ver los progresos que hace Gonzalón.

Teresita le guiñaba un ojo:

—¡Olé tu madre, resalado!

VIII

Gonzalón Torre-Mellada recibía las lecciones de cante y acompañamiento de guitarra en la biblioteca, vasta sala frailuna y silente, propicia al trato de las musas y al estudio de la guitarra por cifra, que profesaba Paco el Feo. Asistían a la lección y terciaban con timos y sentencias Pepe Río-Hermoso, el Duque de Ordax y el Pollo de los Brillantes. Una redoma pintada de rubio sobre dos pies de bailarín, con tacones muy altos. El Pollo de los Brillantes era una momia acicalada. En este tiempo vivía del juego, y algunos sospechaban si de acuñar moneda. Era muy camarada del Barón de Bonifaz. Corrían las mismas chirlatas y cenaban juntos. El Duquesito de Ordax era un pollo, teniente de húsares, que llevaba el luto de su padre, y se divertía por los colmados, no pudiendo hacerlo en su mundo. Pepe Río-Hermoso, primogénito de esta casa condal, asistía a la lección por matar el tiempo, y sin conseguirlo. Le miró, templando, Paco el Feo:

—Pepillo, para ti, mi vida, estos tientos. A ver si suel-tas la murria, pelmazo. ¡Allá va!

Abría la boca el cañí, sacando la nuez. y entraba Adol-fito:

—¡Estáis escandalizando!

—¿Se nos oye?

—¡La tertulia de tu madre queda haciéndose cruces!

Ceceó el Feo:

—No parece posible que se pueda tanto escandalizar, por-que aquí estamos como en el panegírico de la misa.

Gonzalón bajó la voz:

—¿De veras se han enterado? Pues ya tengo que aguan-tar caras a mi madre.

—¡Y no es para menos! ¡Haber convertido el solar de tus abuelos en café de cante!

—¡Asadura!

—¿Y no tenéis nada que pueda beberse?

Gonzalón callaba. Aquella carota de niño cebado a man-teca tenía un gesto preocupado. A Gonzalón escaseábale el dinero, y se inquietaba con la suspicacia de no poder sacár-selo a su madre. ¡Una vez más, caprichos y nervios iban a conjurarse en contra suya y de Toñete! Toñete era ayuda de cámara, oráculo y alquimista del repintado Marqués de Torre-Mellada. Gonzalón, si había de pedirle dinero, para-lelamente tenía que maltratarle de palabra y de obra. Era siempre la misma comedia: el puntapié, el llanto del vejete, con las manos en las nalgas, el abrazo de reconciliación. Una comedia aburrida y dolorosa. A Gonzalón aquellos lan-ces melodramáticos y grotescos, monótonamente repetidos, le dejaban siempre malhumorado, con una sorpresa dolorida y remota de afecto al viejo servidor. Toñete, en medio de sus lágrimas, jipón y tunante, las manos en las posaderas, nunca dejaba de recordar que le había visto nacer una noche de muchos truenos. Gonzalón, después de tales farsas, sentía la nerviosidad de un niño que hubiese maltratado a un pelele. Insistió Adolfito:

—¿Hacéis la juerga a palo seco?

El Pollo de los Brillantes taconeó el vito:

—Mira si queda alguna cosa en ese infolio.

Y señaló el caneco de ginebra derrengado bajo la silla del cantador. Pepe Río-Hermoso se despedía de Gonzalón:

—¡Me voy! ¡Que por la tertulia de tu madre se divul-gase que asisto a la juerga, me haría la pascua! El autor de mis días también tiene ojeriza al género flamenco, y no hay posibilidad de que uno se divierta sin que lo achaque a la vagancia. Estos tiempos le ha dado por leer filosofía krausista, y está insoportable. Se le ha puesto entre cejas la austeridad, que consiste en andar a pie con unas botas muy gordas y comer bellotas del Pardo. Antes, aunque poco, me daba algún dinero; pero con el krausismo le ha entrado regalarme libros y aconsejarme que estudie. ¡Para qué quiero yo ser sabio! A mí no me gusta andar a pie; el calzado gordo me molesta; las bellotas me dan cólicos. ¡Chico, te digo que está mi padre...!

Suspiró Gonzalón:

—Para ponerle en tronco con mi madre.

—Tú llevas otra vida. A ti te divierte la juerga de vino y guitarra. Eso se hace hasta sin dinero. Pero a mí solo me gustan los caballos, y es un gusto muy caro.

—¡Hazte veterinario!

Paco el Feo, con la gorrilla de seda sobre la oreja, enfundaba la guitarra:

—¿Hay algún rumboso que convide a unos chatos en casa de Garabato? ¡Le ha llegado una manzanilla sanluqueña de picho canela!

Puso su veto el Duquesito de Ordax:

—Yo no voy de uniforme a las tabernas.

Había en su voz y en su actitud una contrariada resolución. Pero el Feo cambió un guiño con Adolfito:

—¡Es muy actorazo para el drama!

Decidió Gonzalón:

—Esperadme en el Suizo. Yo tengo que ver de capear a Toñete.

—Pues mano izquierda.

—Me sé la faena. Es un toro mecánico.

—¡Hasta la vista, majito!

Dispersóse el alegre cotarro. Gonzalón dio un suspiro y tiró de la campanilla para que compareciese Toñete.

IX

Una sombra apareció en la puerta de la biblioteca. Gonzalón, que apuraba el caneco, cloqueó con el gollete en la boca:

—¡Toñete!

—¡Se ha evaporado!

Y la sombra desapareció con una zapateta. Gonzalón le tiró el caneco:

—¡Mamarracho!

Salió a grandes zancadas. La sombra se escurría por el corredor. Llevaba las manos en las posaderas.

—¡Se acabaron las danzas!

—¡Toñete!

—¡Se ha evaporado!

—¡Imbécil!

Gonzalón, porque se arrestase, rezábale detrás el clásico ensalmo de injurias, denuestos y amenazas. Tendía el brazo sobre el pepele huidizo y engarraba la mano. La sombra desapareció por una puerta, y corrió el cerrojo.

—¡Se acabaron las danzas!

Gonzalón sacudió la puerta:

—¡Donde te agarre, te estrangulo!

—¡Muy buenas ideas!

—¡Abre! Tengo que hablarte.

—Diga su excelencia lo que desea y se verá de servirle.

—¡Abre!

—¡No abro! ¡Primero dejaré el servicio de esta casa!

—¡Toñete, que te estás aparejando una tunda!

—¡Sería usted capaz! ¡A un pobre viejo que le ha visto nacer!

Gonzalón puso el hombro en la puerta, apartóse, tomando impulso, y saltó el aldabillo. Toñete retrocedió con una espantada.

—¡Ave María!

Rugió Gonzalón:

—¡Insolente! ¿Quién eres tú para cerrarme las puertas de mi casa? ¡Voy a desollarte vivo!

—¡Ya lo estoy! ¡Me he visto negro para desempeñar las condecoraciones del Señor Marqués! ¡Todo por cubrir el honor de quien no sabe agradecerlo! ¿Qué hubiera sido de mí si no hubiese encontrado un amigo que me prestó ese dinero? ¡Quedar por ladrón o declarar que habían sido pignoradas por el señorito!

—Pero has hallado a un amigo, y eso es lo importante. Ya sabes que yo nunca discuto réditos. A ese amigo le pides, para mí, dos mil reales, y hemos acabado.

—¡Precisamente esa es la cantidad que, con muchos apuros, me ha prestado para sacar de donde estaban las con-decoraciones!

—Mañana se vuelven a empeñar, y me das las beatas. Ahora me arreglaré con veinte duros. Pero ahora mismo, sin salir de aquí, porque estoy en un apuro.

—¡Imposible! He arañado los bolsillos hasta el último chavo. Los réditos ya subían cuarenta machacantes.

—¡Toñete, no me pongas en el disparadero! ¡Mira que estoy desesperado!

—¿Y Toñete qué culpa tiene?

—Toñete, no seas gato, que tu misión en esta casa es robar para los dos.

—¡No condene el alma! ¿Que yo robo? ¡Si el venir a esta casa ha sido mi ruina!

—Puede que en otra robases más, aun cuando lo dudo. Apoquina, y guardémonos mutuamente los secretos.

Y remató haciendo bailar con la punta del pie al des-prevenido pelele, que, puestas las manos en las nalgas, rom-pió a llorar en falsete.

X

El Café Suizo no cerraba sus puertas. El madruguero caza-dor —morral, escopeta y perro— podía entrar con el alba a beberse una taza de café caliente antes de salir al ojeo en la paramera de Vicálvaro. El Suizo mantenía siempre en-cendidos los pomposos tulipanes de la rinconada frontera al mostrador. Allí aposentábase un cenáculo de noctámbu-los: el periodista mordaz, el provinciano alucinado, el có-mico vanidoso, el militar de fanfarria, el respetuoso borra-cho profesional admirador de los cráneos privilegiados, el guitarrista alcahuete, el opulento mendigo, primogénito de noble casa. Era una trinca apicarada y donosa, con ajadas plumas calderonianas, un eco de arrogancias y estocadas recogido en aire de jácara matona. Aquella noche se junta-ban Toñete Bringas, Perico el Maño, el Coronel Zárate, Ma-nolo Gandarías, el Barón de Bonifaz, Paco Cembrano, el Cura Regalado, Don Joselito el Pollo de los Brillantes y el Rey de Navarra. Las horas luminosas en aquella tertulia solían ser las de madrugada, cuando aparecía el sablista famélico, siempre cesante. El ilustre primogénito, el militar, el torero, guiñando la pestaña, roncos de la misma ronquera, hacían gárgaras con ron de Jamaica. Entonces el gacetillero cruel jugaba el vocablo, el provinciano se extasiaba, el cómico encarecía el corte de su sastre, el borracho profesional, lloroso y babón, le adulaba, y el guitarrista, con sonsoniche, feriaba a una niña de tablado. Era aquel uno de los círculos más depurados de la sensibilidad española, y lo fue muchos años. El Suizo y sus tertulias noctámbulas fueron las mil y una noches del romanticismo provinciano. Adolfito Bonifaz propuso salir a robar capas. Celebraron la ocurrencia Toñete Bringas y Perico el Maño. Sin pagar, en cuerpo, se echaron a la calle. Comentó el mozo que los vio tan dispuestos:

—¡Vaya unos perdularios!

El Cura Regalado les echó una bendición. Paco Cembrano y el Rey de Navarra, con absoluta indiferencia, siguieron dándose jaque mate, atentos al tablero, en la última mesa de la rinconada. Pero se alzó como un león el Coronel Zárate:

—¡Mozo, cierra las puertas! ¡Esta peña no patrocina esas bromas de mal género! ¡Es una peña de caballeros! ¡La broma de esos niños tiene muy mala pata! ¡Echa los tableros, Gabino! Que busquen dónde meterse si se les van encima los del Orden. La broma es broma; yo soy el primer bromista; pero esta relajación no es de caballeros.

Gabino permaneció mudo, asintiendo con la cabeza, sin moverse para echar los tableros, obediente a la mirada de la rubia del mostrador, que le advertía estarse quieto. El Coronel, muy galante, saludó a la rubia, y acogido con sonrisa, haciendo piernas y sonando espuelas, llegóse al mostrador, con bordeo de gallo viejo:

—¡Está usted cada día más guapa, Enriqueta!

—¡Siempre el mismo! Usted sí que está bueno.

—Tal cual. Pues la broma de esos niños me ha puesto frenético. ¡A mí, hace tres noches, me robaron la capa!

—¿Ellos?

Con piadoso regocijo se volvían todas las cabezas interrogando al Coronel. Repuso el héroe:

—Ha sido en las afueras.

Husmeó, impertinente, la rubia:

—¿Cuántos eran ellos, Coronel?

—No me paré a contarlos.

—¿Iba usted de paisano?

—¡Naturalmente! Si voy de uniforme, ni ellos se atreven ni yo me dejo.

Hubo un tácito acuerdo. El Rey de Navarra, volcando las piezas sobre el tablero, insinuó con delicada majestad:

—¿Era buena la prenda?

—Era de mi suegro.

—¿Paño de Béjar?

—¡Indudablemente!

—¿Embozos de felpilla?

—Creo que sí.

—¿Siete duros de empeño?

—Te equivocas. El invierno pasado daban doce, si la llevaba mi suegra.

Sentenció el Rey de Navarra:

—¡Una buena prenda!

Este Rey de Navarra, quimérico y perdulario, era, en verdad, un gran señor, rama privilegiada de Alfonso X el Sabio. Pleitos, usuras y dádivas le habían empobrecido, y desde muy joven vivía de trampas. En este momento isabelino, su edad no pasaría de los cincuenta. Indulgente, con una magnánima y desdeñosa comprensión de todos los pecados, no se pasmaba de nada. Era ingenioso, placentero y muy cortesano. Los amigos de aquella tertulia, recordando alguna de sus fantasías, le llamaban siempre Rey de Navarra. Paco Cembrano, viejo cínico, de pintoresca labia, con un dejo de jugador de mus, le llamaba simplemente Monarca. El Cura Regalado, cuando tenía cuatro copas, le decía César Imperator. Otros, Majestad. Por su nombre, ninguno le llamaba. Pero el mote burlesco, en su pompa resonante, llevaba un reconocimiento de jerarquía y una amistosa complacencia en señalarlo. El arruinado prócer inspiraba el respeto de las imágenes sacras cubiertas de polvo y maltratadas del tiempo. Piedad y lástima. La rubia del mostrador le amaba en secreto, y era visible la emoción con que le nombraba. En rigor, la rubia habíase prendado de aquel círculo luminoso y romántico, donde se referían, como en las novelas, amores y adulterios de grandes damas. La Tertulia del Suizo, en sus horas más brillantes, con sus eternos temas de conspiraciones y valentías, lances de naipes y tauromaquia, cobraba un interés expresivo, una contorsión de teatral jactancia. En aquellos momentos, el corazón marchito de la

rubia se conmovía con una primaveral floración que le re-
cordaba oscuramente la fiesta patriótica del Dos de Mayo.

XI

El Barón de Bonifaz, Toñete Bringas y Perico el Maño celebraron consejo en la puerta del Suizo. Allí, bajo el parpa-
deo de las estrellas sonámbulas, se concertaron para la
burla, en aquellas noches madrileñas, reverdecidas por una
juvenil cuadrilla de chulos parásitos, jaques marchosos y
aristócratas tronados. Por la calle desierta cruzaba el coche
ministerial que conducía a González Bravo. Adolfito apenas
pudo saludar desde la acera con un afanoso golpe de sombrero. Súbitamente recobraba el modo fatuo y ceremonioso
de los elegantes isabelinos en las postrimerías de aquel reinado, cierto automatismo petulante de fantoche británico.
Habían impuesto la moda de aquel saludo algunos pollos
de goma que se vestían en Londres. El Ministro de la Corona, incierto en el fondo del coche, respondió, inclinándose, maquinal y preocupado. El cochero, desabrido, dijo al
lacayo:

—¡Vaya unos pollos!

Y el lacayo, filósofo:

—Del día se hace noche, y la viceversa. Todo anda del
revés en España.

Adolfito, a espaldas del coche, hizo un corte de mangas.
Puestos de acuerdo para la befa, y caminando juntos, dié-
ronse de manos los alegres compadres con Jorge Ordax y
Gonzalón Torre-Mellada. Comunicados los planos, no mere-
cieron el acuerdo con Jorge Ordax. Se inhibió, con gesto
despectivo. Mostróse vacilante el primogénito de Torre-Mellada:

—¡Me hace la pascua no poder correr! Es el caso que
aún me resiento de la coz que me ha dado Redy.

Preguntó el Maño:

—¿Es verdad que lo vendes?

—Si me lo pagan...

El Maño le tendió el brazo por el hombro y le llevó
unos pasos lejos:

—Yo tengo un amigo que bebe los vientos por un caballo de esas condiciones. Si estás en venderlo, acuérdate que

puedo ganarme un corretaje. Ese animal a ti no te conviene, y hay que largárselo a un encaprichado. A ti te conviene una jaca andaluza, cuatro años, el pelo un velón de Lucena. Ya te hablaré.

Interrumpióle Toñete Bringas, que estaba bastante iluminado:

—¡Rediós! ¿Qué se hace?

Jorge Ordax repitió su gesto indiferente, llamó un simón y se metió dentro, dando las señas en voz baja. Sacó la cabeza por la portezuela:

—Caballeros, que salga bien el trabajo.

Gonzalón Torre-Mellada, súbitamente decidido a correrla, respondió, fingiendo el empaque de un cumplido de la trena:

—¡Bien y lucido!

En este tiempo venían de par por la acera, con amplias pañosas y enchisterados, dos respetables carcamales frioleros. Apenas asomaban las narices por el embozo. Toñete Bringas hizo un quiebro postinero recortándolos en corto. A cuerno pasado, asió la punta de un embozo, y con clásica rebolera salió por pies liándose en la pañosa de la momia, primero alelada, después iracunda. Corrieron los otros burlones, y en tropel, cayendo sobre ambos viejos, les enterraron las chisteras hasta los dientes. En esta trifulca perdió la capa el que aún quedaba con ella. Tremantes de furia senil, gritaban los dos carcamales, arrancándose los abollados sombreros:

—¡Sereno!

—¡Guardias!

El farol colgado del chuzo en la esquina de una puerta respondía con un gruñido triste. Roncaba el sereno. Los dos viejos, iracundos, deshacían el acordeón de las chisteras bajo el alero, donde un gato mayaba a la luna. Renegaban alternativamente, con la misma bilis y los mismos arabescos del vocablo:

—¡Me corto!

—¡Me rajo!

—¡Esto no quedará impune!

—¡Es un escándalo la Policía!

—¡El Patio de Monipodio!

—¡Me oirá Luis Bravo!

—¡Me rajo!

—¡Me corto!

Los burlones asomaban en las esquinas, solazándose con la furia de los viejos catarrosos, que atravesaban la plaza, aspados los brazos, negros y grotescos. Los alegres compadres se alertaron viéndoles entrar en la antigua Casa de Correos. Disimulando el jadear de la carrera, se metieron en un colmado andaluz, donde nunca faltaban niñas, guitarra y cante —La Taurina, de Pepe Garabato—. Penetraron en fila india y se acogieron a un cuarto del piso alto, adornado con carteles de toros. Batiendo palmas, armando jarana, pidieron manzanilla y jamón de la Sierra. Tras el chaval en jubón y mandil, entraron dos niñas ceceosas, con revuelo de faldas, y a la cola, con la guitarra al brazo, Paco el Feo. Toñete Bringas, descolgándose la capa que llevaba sobre los hombros, se la tiró al gitano:

—¡A Peñaranda!

Se desembozó no menos marchoso Perico el Maño:

—Y ésa.

Las recibió sobre su cabeza el cañí:

—Lo que quieran darte.

—¿Y a nombre de quién?

—Del Nuncio. Ya estás de naja.

Trajo el chaval las cañas de manzanilla. Se convidaron incontinenti las dos mozas del trato. Pidió el Feo refrescarse el gaznate antes de salir a beberse los vientos. Ceremonioso, se limpió la punta de los dátiles en el escurrido talle, apagó la tagarnina en la suela del zapato, se puso el chicote en la oreja, tomó una caña y la refrescó con un olé pinturero; ondulóse en el aire como un surtidor el vino dorado, y, sin derramarse una gota, volvió al cristal que levantaba el cañí, rematando la suerte con un arabesco de mucho estilo; arrimó la guitarra después de aflojarse los trastes, y salió embozado en las dos pañosas. Se detuvo en la puerta:

—¿Cómo se llama el Nuncio? ¿Es Pérez o Fernández?

XII

Comenzó la juerga. Las niñas batían palmas con estruendo, y el chaval entraba y salía, toreando los repelones de Luisa la Malagueña. La daifa, harta de aquel juego, saltó

41

sobre la mesa y, haciendo cachizas, comenzó a cimbrearse con un taconeo:

—¡Olé!

Se recogía la falda, enseñando el lazo de las ligas. Era menuda y morocha, el pelo endrino, la lengua de tarabilla y una falsa truculencia, un arrebato sin objeto, en palabras y acciones: se hacía la loca con una absurda obstinación completamente inconsciente. En aquel alarde de risas, timos manolos y frases toreras, advertíase la amanerada repetición de un tema. La otra daifa, fea y fondona, con chuscadas de ley y mirar de fuego, había bailado en tablados andaluces antes de venir a Madrid con Frasquito el Ceña, puntillero en la cuadrilla de Cayetano. Pidió venia, anunciándose con los nudillos, el Pollo de los Brillantes. Esparcía una ráfaga de cosmético, que a las daifas del trato seducía casi al igual que las luces de anillos, cadenas y mancuernas. Susurró en la oreja de Adolfito:

—¡Estate alerta! A Paquiro le han echado el guante los guindas y vendrán a buscaros. Ahora quedan en el Suizo.

Interrogó Bonifaz en el mismo tono.

—¿Paquiro se ha berreado?

—No se habrá berreado más que a medias, pues ha metido el trapo a los guindas, llevándolos al Suizo.

Adolfito vació una caña:

—¡Bueno! Aquí los espero.

—¿Crees que no vengan?

—¡Y si vienen!...

Acabó la frase con un gesto de valentón. Luisa la Malagueña se tiró sobre la mesa, sollozando con mucho hipo. Saltó la otra paloma:

—¡Ya le ha entrado la tarántula!

Gritó Adolfito Bonifaz:

—Luisa, deja la pelma, o sales por la ventana a tomar el aire.

Los amigos sujetaban a la daifa, que, arañada la greña y suspirando, miraba al chaval de jubón y mandil andar a gatas recogiendo la cachiza de cristales. La Malagueña se envolvía una mano, cortada, en el pañuelo perfumado de Don Joselito. Entró Garabato con gesto misterioso:

—Caballeros, abajo están los guindas; van a subir. No quiero compromisos en mi casa. Si andan ustedes vivos, creo que pueden pulirse por la calle de la Gorguera.

XIII

Resonaban pasos en el corredor. Asomaron los bigotes de un guardia:

—¿Dan ustedes su permiso?

El guardia, detenido en la puerta, miró a las daifas, al chaval del mandilón y a Garabato: le inspiraban un sentimiento familiar en su calidad de pueblo, y mirándolos consolaba su aturdimiento. Toñete Bringas y el Pollo de los Brillantes probaron la capacidad del guardia y lo torearon al alimón, como ellos decían:

—Guardia, no haga usted caso de borrachos.

—Guardia, no se quede usted en la puerta.

—Beba usted una caña, guardia.

Repuso, excusándose, el guardia:

—Caballero, si no lo toma usted a falta...

Adolfito, montado en una silla, con mueca que le torcía la boca, miraba al guardia:

—Pase usted, beba una caña y diga lo que desea.

Pepe Garabato le empujó, amistoso:

—No empieces tú faltando, Carballo.

Entró el guardia, saludando de nuevo con la mano en la visera, y tomó la caña que le alargaba la Malagueña:

—¡A la salud de ustedes!

Ordenó Adolfito:

—Maño, abre la ventana. Hace aquí demasiado calor, y hay que atemperarse antes de salir a la calle. ¿No le parece a usted, guardia?

El guardia, receloso, empezaba a discernir el escarnio que le tenían dispuesto. Miró a Garabato. El patrón, con gesto encapotado, le recomendaba prudencia. Por la ventana abierta sobre las lividices del alba entró un revuelo de aire frío, agitando las luces. Adolfito apuró una caña:

—¿Tiene usted buena voz, guardia?

El guardia sonrió como una careta, bajó los grandes bigotes de betún:

—No muy buena. Pero ustedes sabrán... Ello es que tienen ustedes que molestarse en llegar hasta el Ministerio...

Perico el Maño se alzó, ofreciendo una silla:

—Toma asiento, Fernández.

Todos celebraron la chungada, y, en la selva de voces,

descollaban las risas de Luisa la Malagueña. Gonzalón Torre-Mellada brindó con mala sombra:

—¡A la salud de su señora, guardia!

El del Orden se hizo un paso atrás y respondió, secamente:

—Se agradece.

Adolfito, muy lento, sosteniendo una caña en la mano, se acercó al guardia:

—Otra.

—¡Gracias!

Adolfito, torciendo la boca, se arrancó con insolencia de jaque:

—Esta la bebe usted, porque a mí me da la gana.

Y se la estrelló en la cara. Quiso el otro recobrarse, pero antes le llovieron encima copas, botellas y taburetes. Gritó la Malagueña, escalofriada de gusto:

—¡Adolfito, hazlo viajar por la ventana!

Cayeron sobre el guardia los alegres compadres, y en tumulto, alzado en vilo, pasó por la ventana a la calle. Puso el réquiem la daifa fondona:

—¡Jesús, que lo habéis escachifollado!

Fueron las últimas palabras, porque todos huían escaleras abajo.

XIV

—¡En los altos del Suizo!

Corrida la consigna, cada cual buscó argucia para salir del enredo. Adolfito y Gonzalón se entraron en un cuarto vacío, que aún tenía sobre la mesa los relieves de una cena. Adolfito ordenó con helada prudencia:

—¡Siéntate y cuélgate una servilleta!

Gonzalón obedecía con aire sonámbulo:

—¡Adolfo, has ido demasiado lejos!

—¡Silencio! Nosotros hemos cenado aquí y nada sabemos.

El Barón de Bonifaz ocupó una silla, alzó la botella y leyó el membrete:

—Matusalén.

Se sirvió una copa. Gonzalón abría los ojos con alelamiento, incompresivo y atónito:

—¡Nos puede salir cara la broma!

—¡Allá veremos!

—¿Tú estás tranquilo?

—¡Pchss!. . .

Se levantó, dirigiéndose a la puerta:

—¿Adónde vas?

—¡Espérame! Se me ha ocurrido ofrecerme a los guardias y darles mi tarjeta. Un acto de deferencia a la autoridad y de respeto al Orden. Verás como así nos dejan tranquilos.

—Y yo, ¿qué hago?

—Acabar de emborracharte.

—¿Hay grupos fuera?

—Probablemente.

—Yo voy a ver si me escurro.

—¡Tú no te mueves!

El Barón de Bonifaz, humeando el veguero, vestido de frac, con la gabina de soslayo, se registraba, a la rebusca de una tarjeta. Salió despacio, frío, correcto, con un pliegue en las cejas. Musitó Gonzalón:

—¿Podrás arreglarlo?

—Seguramente. No te muevas.

Gonzalón llenó un vaso con los restos de la botella y se echó un trago al gaznate, relajados, laxos el ademán y el gesto.

—En último recurso, que afloje la mosca el buen Don Diego. ¡A mí, plin!

Quedóse aletargado en nieblas alcohólicas, mecido en un confuso y alterno marasmo de confianza y recelo. El Barón de Bonifaz salía, levantando en dos dedos su tarjeta. Una pareja de guardias llegaba por el corredor, precedida de Pepe Garabato. El coime, con los brazos arremangados y mandilón de tabernero, venía abriendo a derecha e izquierda las puertas de los reservados. El Barón de Bonifaz se adelantó, cambiando un guiño con Garabato:

—Señores guardias, un deber de ciudadanía me lleva a buscarlos. Tengan ustedes esta tarjeta y cuenten conmigo para cualquier declaración que haya necesidad de prestar. Garabato, tú tienes la culpa del bochornoso drama ocurrido esta noche. Tú conoces a esa gentuza y hace mucho tiempo que debías haber puesto mano en estos escándalos. Por mi parte, es la última vez que visito tu casa. ¡No hay derecho a comprometer a las personas decentes que desean pasar un rato de agradable expansión! Guardias, ustedes cuentan conmigo para esclarecer el incalificable crimen de esta noche.

Interrogó uno de los guardias con suspicacia y respeto:

—¿Usted estaba presente por un casual?

Adolfito humeó el veguero con delicadeza y condescendiente sonrisa:

—Soy Grande de España y tengo tratamiento de Excelencia. En fin, como la soga rompe siempre por lo más delgado, cuenten ustedes conmigo para sostenerlos en sus puestos. Es intolerable el crimen de esta noche. Yo cenaba en reservado con otro amigo, ignoro todos los detalles del hecho: pero estoy convencido de que, en esta ocasión, el desgraciado compañero de ustedes ha sido víctima de su deber. Garabato, manda por un simón, y que suban una botella para que refresquen estos beneméritos.

Bajo los marciales bigotes, masculló la pareja embrolladas palabras de agradecimiento. Pepe Garabato, con un guiño, marcó su aplauso por la faena y, corredor adelante, siguió abriendo puertas. Gonzalón roncaba a un canto de la mesa, de bruces sobre el mantel, y una mariposa nocturna se quemaba en la lámpara.

XV

Gonzalón Torre-Mellada, vinoso y soñoliento, en la prima mañana, como tantas veces, pasó entre los criados que lustraban la enorme antesala. Cruzó torpón entre los trastos revueltos y, con el mismo aire de sonámbulo, se acostó, ayudándole una vieja que le había mecido en la cuna. Se durmió con feliz ronquido de borracho. Dormido estaba cuando entró, con gran aspaviento, la antigua niñera:

—¡Hijo! ¿Qué has hecho? Quieren llevarte a la cárcel. ¡El mundo está loco! ¿Con qué compañías te has juntado? Cuatro guardias en la escalera. ¡No es para ti, niño mío, el cadalso! El Inspector está en disputa para llevarte. ¡Tus papás están traspasados! Hijo, ¿qué estás a discutir?

Barboteó Gonzalo:

—¡Que suelte la mosca mi padre! Yo me quedo en la cama. Explícale que me acosté tarde... Mi madre, que es muy diplomática, sabrá arreglarlo, y si no, que mi padre se lo pida al Cristo de Medinaceli.

—¡El Inspector trae orden para prenderte!

—Que vuelva cuando no moleste.

—¡Será lo mejor!

—¡Indudablemente!

—Puede ser que un ángel te dicte lo que haces. Estate en la cama, que no serán atrevidos a llevarte en pernetas. Voy a meter toda tu ropa en los armarios y a esconder las llaves.

—Que mi padre afloje la guita.

—Pero ¿qué has hecho?

—Ni lo recuerdo.

—¿Mataste a un guardia?

—¡Le dimos una broma! ¡Si no sabe llevarlas, que aprenda!

—¡Un guardia es un cristiano! Tus papás podrán arreglarlo, pero es necesario que te enmiendes y no les amargues sus días. Los papás representan a Dios. ¡Tú te corrompes con gente reprobada!

Gonzalón vio salir a la vieja, y, cambiando de pensamiento, la llamó con un grito:

—¡Dame el traje de campo, que me voy a los Carvajales! ¡Allí, que me busquen!...

—¡Hay guardias en la antesala!

—Se les ciega. Al señor Inspector, con todo respeto, dile que me presentaré apenas me vista, y avisa a Toñete.

XVI

El Marqués se presentó en el cuarto de su hijo, un poco friolero, zapatillas bordadas, gorro y bata de Rey Mago. Se dramatizó en la puerta con respingo de fantoche:

—¡Acabas de echar un borrón sobre tu sangre! ¡Incomprensible! ¡Sin explicación!

Se disculpó el hijo con gesto amurriado:

—¡Una broma!

Gritó el padre:

—¡De borrachos!

El primogénito se miró al espejo, poniéndose el calañés del traje campero:

—Querido papá, debes comprender que ha sido una fatalidad y que me estás desesperando. El espectro del guardia no se aparta de mis ojos. ¡Acabaré por pegarme un tiro!

—¡No lo tomes tan por lo trágico!

Y todo el fláccido sentimiento paternal del repintado vejestorio se desbarató en una fuga de gallos. Gonzalón hacía la escena como los actores sin facultades, en un tono medio de monólogo y aparte, con un gesto aguado y una acción desarmónica, puesto ante el espejo para ladearse el calañés. Asomó Toñete:

—El Inspector volverá dentro de dos horas, pero dejó guardias en el zaguán.

Suspiró el Marqués:

—¿Se les podrá cegar?

Se mostró docto en el humano saber el criado:

—Cuestión de guita.

Se lanzó, afligido, el Marqués:

—¿Con mil duros será bastante?

Le miró el criado como a un doctrino:

—¡Y con veinte!

Se conmovió el vejete:

—¡Pobrecitos! Veinte no es nada. Si lo arreglas con veinte, dales cincuenta.

—¡A quien habrá que arreglar con algunos miles será a la viuda del cadáver!

Todos comprendían que debía costar algunas pesetas el consuelo de aquella mujer, ronca y desconocida, que acaso clamaba maldiciones, en un barrio lejano, ante el cadáver del guardia.

XVII

La Marquesa de Torre-Mellada tenía crispaciones, ahogos, gritos, soponcios y otros mil remilgos de dama nerviosa. Por ráfagas, fulguraba en su pensamiento el súbito espanto de la casa llena de guardias, con los criados atónitos, cambiando mudos signos. Una visión extática y trastornada como la del relámpago, de lívidas imágenes en movimiento sin mudanza. La doncella, para calmar aquellas congojas, le sirvió una taza de tila con cinco perlas de éter, receta de un famoso especialista de París —el Doctor Jenkins—. La Marquesa tenía la fórmula por su gran amiga la Duquesa de Morny. Se animó con la tila y el éter. El Marqués se anunció con dos golpes discretos en la puerta del tocador:

—¿Puedo pasar?

La doncella, a una seña dolorida de su señora, abrió la puerta, cuadriculada de espejillos con figuras pompeyanas. Entró, de puntillas, el marido.

—¡Carolina, estas desgracias suceden en todas las familias!

La Marquesa se exaltó bajo el influjo del éter:

—¡Un hijo asesino no lo tienen todas las madres!

El Marqués, escandalizado, se tapó los oídos.

—¡Carolina, no desbarres! ¡Ha sido una desgracia!

Sollozó la Marquesa:

—¡Y tendrá que ir a la cárcel!

—¡Imposible! Ya Toñete pudo comunicarse con el gitano y le ha puesto en la boca un candado de dos mil reales. Apartando la mano de los ojos, murmuró la Marquesa:

—¿Has visto a Narváez?

—Estuve en la Presidencia. No pudo recibirme. ¡Parece que está grave! He visto a Marfori, y esta noche veré a Luis Bravo.

La Marquesa se acongojó, ahogando su grito en los cojines del canapé.

—¡Me horroriza haber llevado tal monstruo en las entrañas!

El palatino se crucificó sobre un gesto lacrimoso, abriendo los brazos.

—Mañana hablará la autopsia, y los médicos forenses sospechan si el guardia pudo morir alcoholizado. Un ataque apoplético, y los muchachos, para no verse comprometidos, sin saber lo que hacían... ¡Criaturas inexpertas!

Gimió la Marquesa:

—¿Has visto los periódicos? Todos hablan.

—¿También *La Época?*

—¡Todos!

—¡No lo hubiera creído de Escobar! Siendo así, reconozco que estamos en una situación molesta.

—¡Horrible! Yo me voy a París en cuanto que recobre algunas fuerzas.

—Haremos ese viaje. Se está poniendo esto muy revuelto. Narváez puede morirse, y aquí solo queda González Bravo. ¿Cómo es la palabra para decir loco? ¡Ah! Sí. ¡Un vesánico!... A mí me has creado una situación insostenible en Palacio. ¡Carolina, eso te deja indiferente!

—¡Jerónimo, tengo el corazón tan lejos de esas vanidades!...

Tiró de la campanilla y vino la doncella. Interrogó en francés, con fría indiferencia, la dama:

—Aline, ¿qué mundo hay en el salón?

—La señora Marquesa de Redín con la señorita Eulalia. Antes vino muy acongojada la señorita Feliche. Como madama no recibía, se fue, para volver.

—¡Pobre Feliche! Advierta usted que la pasen aquí. Jerónimo, discúlpame con todos.

—Con tu permiso.

Salió con premura casquivana, feliz de verse lejos, a la golosina del salón donde todo eran mundanidades, en un ritmo que dominaba como el bailarín los quiebros y figuras de su danza. La Marquesa volvió a su enajenado silencio, abismándose en la aridez de una contemplación interior. Miraba, ceñuda, el pasado y solo descubría la continuidad de un dolor largo y mezquino. Este afán marchito, desilusionado, era la vida: pasaba a través de todos los instantes, articulándolos de un modo arbitrario, y no valía más que el resorte de alambre que un muñeco esconde en el buche de serrín:

—¡Qué asco de vida!

XVIII

La Marquesa abrió los ojos con cierta extrañeza de insomnio alucinado. Un murmullo de voces apagadas venía del tocador. Respondía la doncella. Pero ¿quién interrogaba? La Marquesa se incorporó en los cojines de encaje:

—¿Eres tú, Feliche? Pasa: estoy trastornada. ¿Y tú, mi pobre niña? ¿Cómo no has entrado antes? ¡Todo el tiempo acordándome de ti!

Sollozó Feliche:

—¡Es horrible! Una pobre mujer con tres niños pequeños. ¡Horrible! Siento repugnancia de mi hermano...

—Cálmate. ¿Cómo sabes eso de la mujer con los niños?

—¡Lo he oído! Me lo han dicho. No sé. ¡Estoy muerta! Eso de la mujer y los niños lo trae un periódico.

—¡Cálmate!

—Perdóname.

Se besaron, abrazándose:

—He pensado en visitar a esa familia y socorrerla con lo poco que yo pueda.

—¡Déjame esa obligación!

—Quiero enterarme por mí, ver a esa pobre mujer, a los huérfanos. Horrorizarme, aborrecer esta vida aún más de lo que la aborrezco.

—¡Me asustas!

—He venido por si quieres acompañarme.

Dudó la Marquesa:

—¿No será una locura, Feliche?

—Es un deber, Carolina. ¡Un deber!

Volvieron a llorar juntas. La Marquesa, con resabio de añeja coquetería —solo lloraba en las entrevistas galantes—, recogíase las lágrimas al borde del párpado, para que no corriesen abriendo surco en el dulce carmín. Feliche gemía con la voz impostada en un sollozo:

—¡Me da vergüenza de mi hermano!

La Torre-Mellada se reconcentró en un grito agudo:

—¡Y no lo llevaste en las entrañas!

La doncella, tocando discretamente en la puerta, preguntó si podía entrar a despedirse la señora Marquesa de Redín. Carolina se hizo toda un lánguido arrumaco:

—¡Eulalia, pasa! ¿Por qué querías irte sin que te viese?

Advirtió la camarista:

—La señora Marquesa está en el salón, y envía a preguntarlo.

Entró el Marqués con falso rendimiento:

—Carola, hija del alma, si pudieses con un esfuerzo pasar al salón... ¡Lo comprendo, estás traspasada, pero el mundo tiene estas exigencias! Los amigos que en estos trances nos acompañan, nos dan también un consuelo. Nadie le concede importancia a lo sucedido. ¡Un guardia muerto! ¡Bueno! ¡Una desgracia! Era un borracho sempiterno y reventó. ¡Que los chicos se hayan asustado es muy natural! Solo algún malvado puede culparles. Pobrecitos, lo que estarán renegando de habérseles ocurrido echar una cana al aire. Porque eso ha sido: una cana al aire, probablemente

51

para celebrar el envío de la Rosa de Oro a la Reina de España. ¿Eso es un crimen?

Se exaltó Feliche:

—En último término va a salir con la culpa Su Santidad Pío Nueve.

—¡Qué tontería! Fíjate, Feliche. Lo que yo digo no es ningún disparate. La Reina, cuando se entere de que todo vino por ella, se interesará en salvarlos. ¡Creo yo! Carolina, ¿tú qué dices?

—¡Jerónimo, ten compasión de mí!

—¡Pero, hija!

—¡Estoy trastornada! Vuelve al salón. Déjame con Feliche. Las dos juntas nos consolamos.

—No insisto. Te disculparé. En nuestro mundo, afortunadamente, todos saben lo que son nervios.

XIX

Cayetana, la antigua niñera, con un trotecillo voluble y asmático, acudía al requerimiento de la Señora Marquesa. Viéndola entrar ordenó, perentoria, la madama:

—Una falda de trapillo y tu manto. Vísteme como para visita de pobres.

Feliche, pálida y ojerosa, esperaba en pie: las manos, crucificadas sobre su libro de misa y su rosario. Cayetana arrugaba la boca con un puchero:

—¿La Señora Marquesa necesita el coche?

Denegó la dama con el gesto:

—¡Estoy helada! ¡Este disgusto me acelera la vida! Feliche, si te parece, tomaremos un alquilón. Cayetana, tú debes acompañarnos.

Repuso la vieja con resabio de tercería:

—Voy por los mantos. ¿La Señora Marquesa saldrá por la escalera de servicio?

—Tú verás por dónde es más disimulado.

Susurró la antigua servidora:

—¡Hay guardias en el zaguán!

Gimió, nerviosa, la Marquesa:

—¡Qué vergüenza!

—El niño se escabulló por las cocheras.

—¿Adónde ha ido?

—Me parece que a Los Carvajales. Se quita de muchas molestias. ¡Pobrecito, está traspasado!

—¡No me lo nombres!

—¡Son las malas compañías!

Salió la vieja con su trotecillo asmático, y no tardó en aparecer con el manto. La Marquesa Carolina se lo puso, temblándole las manos. Maquinalmente, se miró al espejo y se tocó los rizos:

—¡Qué pálida estoy! Esto me acelera la vida. ¡Vamos Feliche!

Se detuvo, sofocando un sollozo con el pañuelo sobre el rostro. Feliche le murmuró al oído, al tiempo que la tomaba del brazo:

—¡Carolina, ahora tenemos que ser fuertes! Vamos.

—Pobre niña, tú me enseñas y me das ánimo. Cayetana, ve delante.

Y otra vez el relámpago de la casa en susto, con las figuras lívidas, paralizadas en una acción, como figuras de cera.

XX

Rodaba el simón por una calle angosta de tabernuchos y empeños. Feliche se recogió en el fondo, echándose la mantilla a los ojos:

—¡Creo que nos ha visto!

—¿Quién?

—Bradomín. Salía de la Nunciatura.

La Marquesa sonrió, triste y comprensiva, acariciando la mano de Feliche:

—¿Nos habrá visto o nos habrá adivinado?

Feliche sintió una delicada sospecha, de albores remotos, en la negra oquedad de sus pensamientos. La Marquesa le oprimió la mano. Cayetana, que iba mirando por el vidrio, se santiguó:

—¡Bendito Dios! ¡Por qué calles nos trajo!

El cochero arrimaba el penco a la puerta de un conventillo. La portera, colérica, arañaba con un peine sin púas la greña de un chaval, que rasgaba la boca con berrido de oreja a oreja. Advirtió la Marquesa:

—Cayetana, no se te escape el tratamiento. Somos dos

señoras de San Vicente. Dos señoras modestas que cumplimos un acuerdo de la Asociación. ¿No te parece, Feliche?

—Sin duda.

Cayetana interrogó a la portera:

—¿Vive aquí la viuda del guardia?...

—¿El desgraciado que mataron anoche unos curdas de la goma? Aquí vive. ¿Pues qué, ustedes, por un si acaso, preguntan por esa mujer?

Asintió la Marquesa:

—Somos dos señoras de San Vicente... Y si es que vive aquí, deseamos verla.

—¡Aquí vive! ¿Pues qué va a hacer la infeliz? ¿Tirarse por la ventana con sus cuatro críos? Aquí vive; pero ha salido a pretender de asistenta. Se ve viuda, y tiene que apañárselas como otras nos las apañamos. Yo quedé viuda el sesenta y cinco, en la barricada de Antón Martín. ¡Allí me lo sacrificaron!

La Marquesa tocó el hombro de su antigua criada y, discretamente, le deslizó algunas monedas para que se las entregase a la portera. La vieja miró las monedas con un gesto ambiguo, de codicia y recelo:

—¿Para mí u para la Macaria?

La Marquesa murmuró, con un gesto lacio:

—Para usted.

La vieja se agarró a una oreja del crío.

—¡Muchísimas gracias! Da las gracias, Celino. ¡Límpiate las narices y besa las manos de estas señoras!

Celino saludaba con su berrido de oreja a oreja. Las damas montaban en su coche. Murmuró la Marquesa:

—Creo que hemos tenido suerte no encontrando a esa pobre mujer. Era un paso muy aventurado, Feliche. Fatalmente, podía entrar en sospechas y reconocernos. Vendrá Cayetana y se enterará de lo que necesita esa infeliz familia, y se la socorrerá. Pero nosotras, creo que no debemos volver. Yo voy enferma. ¡Es horrible cómo vive esta gente!

Cayetana, la vieja servidora, pulcramente asomada a la puerta de un tabernucho, llamaba al cochero, que levantaba el vaso de morapio, brindando por la República.

XXI

La Marquesa Carolina era toda un lánguido y rubio desmayo en el sofá del salón isabelino y dorado, retumbante de curvas y borlones, con el barroquismo de los miriñaques. Don Adelardo López de Ayala abría la pompa de gallo polainudo en el estrado de las madamas. ¡Qué magnífico el arabesco de su lírico cacareo, arrastrando el ala! El poeta se condolía con elegantes metáforas:

—Querida Marquesa, comprendo que tenga usted el corazón de luto como ataúd en bajel zozobrante. Lo comprendo, y, sin embargo, el estado de abatimiento en que a usted la veo no es razonable. Un espíritu como el de usted debe mirar serenamente ese contratiempo. Fíjese usted, mi cara amiga, que, de cuantos se hallan reunidos, uno es autor; los demás, gente alegre que estaba de broma.

Suspiró la Marquesa:

—Es usted muy benévolo juzgando ese aquelarre.

—¡Broma! ¡Nuestra clásica broma! Desgraciadamente, aún nos divertiremos así mucho tiempo en España. Esas son las novatadas de los Colegios Militares... Y las chungas del Deseado. Así se divierte en las bodegas andaluzas la más rancia nobleza. Y el estudiante aureolado con el asesinato de algún sereno también es clásico en las Universidades. ¡Querida Marquesa, así nos hemos divertido todos los españoles en algún momento!

La dama se oprimió las sienes:

—¡Es África!

—¡Herencia africana!

—Triste consuelo que mi hijo no pueda ser una excepción. ¡Triste, triste, triste tener que consolarse con el mal ejemplo de los otros! ¡Es absurdo, Ayala!

—Y, sin embargo, tiene usted que reconocer ese absurdo como el pecado original de España.

La Marquesa premió al poeta con una lánguida sonrisa de Clemencia Isaura. Aquellas razones fatuas y el pomo de sales inglesas, insensiblemente, le habían aliviado la jaqueca. Murmuró con delicado interés:

—¿Cuándo es la reposición de su comedia, Ayala?

—Esta noche. Pero la comedia no es mía. Yo soy un modesto refundidor. Había reservado un palco para usted, Marquesa.

—¡Muy galante! ¡Pero estoy muerta, Ayala! Mi corazón lleva luto, como usted ha dicho antes tan bellamente. Me acordé de su comedia porque, al hablar del crimen de esos insensatos, ha expuesto usted una tesis que podía llevarse al teatro.

El cabezudo poeta dibujó su arabesco de gallo polainero:

—¡Muy peligrosa para nuestro público! Acaso podría llevarse a la escena combatiéndola, porque en el teatro es donde se castigan siempre las malas costumbres. ¡Y repare usted por boca de quién! Por boca de los cómicos, que son de tradición la gente más relajada, y no se sabe que ninguna de las bellas máximas que los autores ponemos en sus labios les hayan llevado a buena vida.

—¿No tiene santos la farándula?

—Algún arrepentido por asuntos de familia, no por gracia de las comedias que representaba. El teatro, sin duda, ejerce saludable influjo en las costumbres de la colectividad, pero no provoca súbitos arrepentimientos ni hace milagros. El teatro clásico nos ha dado el espejismo del honor de capa y espada. Intentaba combatir la tradición picaresca, y la ha contaminado de bravuconería. Las espadas se acortaron hasta hacerse cachicuernas, y la culterana décima se nacionalizó con el guitarrón del jácaro. ¡Los pueblos nunca pierden su carácter!

—¡Es usted desolador! ¡Y como usted, casi todos los españoles de talento! Todos tienen el mismo escepticismo en la obra de los hombres. Pero, entonces, ¿quién hace los pueblos?

—El mismo que los deshace: ¡el Tiempo!

—Y usted, ¿por qué es revolucionario?

—Por decoro, querida Marquesa.

—¿Sin esperanza en la revolución?

—Lo que puede esperarse de un barrido en una casa vieja.

—¡Desolador! Y así, todos los españoles de talento: Campoamor, Antonio Cánovas, Juanito Valera...

La Marquesa Carolina, lánguida y nostálgica en su nido de cojines, se incorporó, asiendo el borlado cordón de la campanilla. Acudió, con breve pisar de pájaro, la señorita francesa. Declinó los ojos la madama:

—Aline, ¿quiere usted entrar de puntillas y ver si descansa la señorita Feliche?

Deploró el poeta:

—¡Pobre niña!

—¡Me angustia el alma!

En la puerta apareció Feliche. Tenía encendidos los ojos, la contracción de una sonrisa en la boca pálida:

—¡Estoy bien, Carolina! No te inquietes.

—¿Has descansado algo?

—He dormido a intervalos. ¿Y tú?

—Ayala ha hecho prodigios de ingenio para distraerme, y lo ha conseguido. Siento que tú no le hayas escuchado.

El gallo polainero trazó la más pomposa de sus ruedas:

—¡No merezco la corona que usted me ciñe, Marquesa!

Denegó la madama con una sonrisa y, cambiando el gesto en arrumaco, tomó de la mano a Feliche.

—Ayala nos ha reservado un palco para el beneficio de Julián Romea. Lo hace con una refundición de Ayala. ¿Te hallas con ánimos para asistir?

Se dolió Feliche:

—¡Carolina, y me lo preguntas!

—Ya sé que gusto no lo tienes... ¡Yo tampoco!... Y que a las dos nos perdone el autor. Pero te he dicho ánimos. La gente parece dispuesta a considerar esa desgracia como consecuencia de una relajación tolerada y consentida. No es justo que ahora comience el rigor. Pero si nosotras nos recluimos, con nuestra actitud agravamos la situación de esos insensatos. Pudiendo dominar nuestros nervios, debíamos asistir esta noche al beneficio de Romea.

—¿Y cómo tomaría el mundo ese gesto de audacia? ¿No sería contraproducente?

—No, porque todos están en no darle importancia. Más comentada sería nuestra ausencia.

Aparecieron entre un cortinaje las medias rojas de un lacayo.

—El señor Marqués de Bradomín.

La Marquesa Carolina estrechó la mano de Feliche.

XXII

La Marquesa Carolina, prendida de perlas y encajes, con bucles y camelias en el escote, repartía saludos y sonrisas desde su palco en el Teatro de la Cruz. Julián Romea, en-

vejecido y mortal bajo el colorete, celebraba su beneficio
con *El Alcalde de Zalamea*. Valero hacía el Pedro Crespo,
y el Don Lope de Figueroa, Romea. En el **Saloncillo** de
Autores, un **crítico** flaco, miope y pedante, ponía cátedra
con maullido histérico. Le decían, por burlas, Epidemia.

—Nuestro Adelardo se ha parangonado, se ha parangonado con el genio de Calderón. ¡De Calderón! Ayala no ha
refundido, no ha refundido; ha colaborado. Como Calderón
había antes colaborado con Lope. ¡Con Lope! El tema ini-
cial pertenece al Fénix. Ayala ha igualado la versión calde-
roniana en sus más felices momentos. ¡En los más felices
de Calderón! ¡Igualado!

Interrogó un pollo camastrón, que asistía a todos los es-
trenos y regalaba bombones a las actrices:

—De la interpretación, deseaba yo oír el juicio de usted.

Intervino un vejete, despejado y risueño, con levitón y
bufanda, nariguado, muy expresivo de mirada y gesto:

—Yo le diré a usted el juicio de nuestro eminente amigo: ¡Valero, bien! ¡Julián, mal!

Se aseguró los quevedos Epidemia:

—Valero, casi bien. El otro, detestable. Valero, alguna
vez llega a convencernos de que es Pedro Crespo. ¡Alguna
vez! El otro es Lopillo del Gigo. Lopillo del Gigo, que va
a operarse de una pierna al hospital. En ningún momento
es Don Lope de Figueroa. ¡En ningún momento!

Un apuntador jubilado, peregrino de puerta en puerta
por los tabucos donde se vestían los cómicos, sonaba un
campanillón. Julián Romea, verdadero reformador de la escena, había entronizado aquel adelanto, mejorando la añeja
corruptela de avisar batiendo con los artejos. Al Saloncillo
de Autores llegaba un rumor colmado de aplausos. Masculló Epidemia:

—¡Son los primeros que oigo esta noche!

Finalizaba el intermedio de bolero, y el chusco de la ca-
zuela gritaba el clásico:

—¡Zape!

XXIII

Julián Romea jadeaba, suelto el coleto. Espada, chamber-
go y capa, repartidos por los muebles del camerino. El arrui-

nado galán también puso atención en los aplausos tributados al bailarín.

—¡Es triste y bochornoso! La joya del arte clásico, refundida por otro clásico, apenas se tolera. No se aplaude la admirable interpretación de Pepe Valero. ¡Verdaderamente admirable, si se prescinde de ciertos defectos propios de su escuela! ¡Malos tiempos, cuando así triunfan del arte las boleras manchegas!...

Quedó taciturno, mirándose las flacas y descoloridas manos. Don Luis González Bravo, sentado enfrente, observaba con adusto afecto al arruinado Don Lope.

—Debes descansar, Julián. Una temporada en la Huerta de Murcia te pondría nuevo.

—¡Esto se va, Luis!

Replicó el ceñudo Don Luis:

—¡La Huerta de Murcia y abstinencia del sexto!

Don Luis González Bravo —Ministro de la Corona en aquel Gabinete del Espadón de Loja— estaba casado con una hermana de Julián Romea. Los dos carcamales profesábanse añeja amistad, y se llevaban el genio, que los dos tenían esquinado. Julián Romea llamó al criado para que le librase de botas y espuelas. Se arrancó la peluca con un suspiro, y la tiró sobre el tocador:

—¡Poco me queda de oír aplausos!

El Marqués de Torre-Mellada apareció en la puerta:

—¡Admirable! ¡Admirable! ¡No hay que decir!... ¡El de siempre! ¡He visto aplaudir a los Reyes! ¡Admirable!

El actor le tendió la mano con deferente sonrisa:

—Gracias, Torre-Mellada. También he visto en un palco a la Marquesa. Salúdela usted en mi nombre, y dígale cuánto la he agradecido su presencia esta noche, que, acaso, será mi última *serata d'onore*.

Intervino el cetrino Don Luis:

—Una temporada de campo y abstinencia...

—No tienes que recomendármela, ya me la imponen ellas. A nuestra edad no se hace volver la cabeza a las mujeres.

Comentó con sorna Don Luis:

—Yo jamás he tenido esa gracia, ni de mozo ni de viejo. Torre-Mellada, tú no podrás decir otro tanto.

Cacareó el Marqués:

—¡En Madrid nada hay secreto! Sería ridículo que

ahora negase haber tenido algunas fortunas... Pero no creo que nuestra edad sea para cortarse la coleta. Julián está en lo mejor de su edad y en el apogeo de su gloria.

Denegó, nostálgico, el actor:

—En la escena hago los galanes, y en mi casa, los característicos. Me vencen los achaques más que los años. ¡Cincuenta y tres!

Se alborotó Torre-Mellada:

—¡Un muchacho! La mejor edad cuando se tiene experiencia... ¡Nada, una temporada en el campo y otra vez a cosechar laureles! ¡Esta noche ha sido memorable!

—¡Acaso lo sea!

El arruinado galán hundía los ojos en la noche del porvenir y los cerraba después, dramatizando la ceguera de un relámpago. La humada de azufre, como si el relámpago fuese de teatro, le encrespó la tos. El Marqués de Torre-Mellada, zalamero, tocó con los guantes el hombro de González Bravo:

—Dos veces estuve en el Ministerio. ¿Te lo han dicho? Es urgente que amordaces a la Prensa. ¡Porque se trata de una campaña política contra la sociedad más señalada por su adhesión a la Reina! ¡Esas calumnias contra la aristocracia sólo favorecen a la revolución. Es la demagogia quien propala esas infamias. ¿Conoces el resultado de la autopsia? ¡Un ataque apoplético!

Cortó, duro y sin reservas, González Bravo.

—¡Una falsedad! Esos forenses debían ir a la cárcel, y esos ilustres jóvenes, al palo.

Se desconsoló el Marqués:

—¡Luisito!

González Bravo acentuaba su ceño duro, de jaque viejo:

—Esta noche puedes verme en el Ministerio.

Susurró el palatino vejestorio, con fatuo merengue:

—Te llevaré en mi coche. ¡Ya no te suelto!

Julián Romea miraba su pañuelo, estriado de sangre, contraída la boca con un rictus de amarga desesperación. González Bravo, que tendía el ojo, afirmó, rotundo:

—¿Miras el colorete?

El actor, forzando una sonrisa, arrojó el pañuelo y llamó al criado:

—Quítame esos arreos y vámonos a casa.

Susurró Torre-Mellada a la oreja del Ministro:

—El coche está a la puerta... Cuando decidas...

Cortó Don Luis:

—Tengo que hablar con Julián... De madrugada me tendrás a tus órdenes en el Ministerio. Voy de aquí a la Presidencia.

—¿Se confirma la gravedad del General?

Atajó el ceñudo Don Luis:

—De todo hablaremos.

El capitán, Isabel, Felipe II y Rebolledo entraban con una relumbrante corona, ofrenda de la farándula al genio de Julián Romea.

XXIV

El Ministro de la Gobernación, Don Luis González Bravo, meditaba en su poltrona, con los pies en la tarima del brasero y el gorro turco sobre la oreja. Meditaba, y se enfriaba el chocolate con churros, que solía tomar en las horas de madrugada. Tenía la mirada semita y de azulinos blancos, que parecía afilarse sobre la línea corva de la nariz; la frente, calva, con tufos de ceniza, y aquel ceño brusco y acusado que, otro tiempo, los imagineros ponían a los judíos en los pasos de Semana Santa. Entró Carlos Mori, un pollo elegante, pariente remoto y secretario del Ministro:

—Don Luis, ha vuelto el Marqués de Torre-Mellada.

Afirmó su duro ceño de jaque gaditano el Ministro de la Gobernación:

—Hazlo pasar. Aguarda. ¿Qué pollos aristocráticos están mezclados en la danza?

—Gonzalo Torre-Mellada y Adolfo Bonifaz. Ese parece que ha sido el autor de la gracia.

—¡El Barón de Bonifaz puede acabar en el palo! ¿Será por salvar a ese rufo el interés de la Reina?

—¡Don Luis, por ahí se murmura que le ha hecho tales mimos en la fiesta de Palacio!...

—No hagamos esperar al Marqués. Quizá ese raposo con piel de tonto nos aclare el misterio.

El Marqués de Torre-Mellada entró, haciendo gallos, con una elegante morisqueta:

—¡Vas a darme tu palabra de que se echará tierra en la causa de esos locos!

—Si por mí fuere, su locura no les eximiría de ir algunos años a la sombra. ¡Sería un saludable escarmiento! Desgraciadamente, se tercian influencias tan altas, que la ley habrá de torcerse. El solo intento de hacerla cumplir me obligaría a dejar la Cartera... Y la situación política en estos críticos momentos no puede supeditarse a la broma de unos audaces.

González Bravo profesaba la doctrina del azote en carnes vivas. Torvo y mesiánico, lleno de intuiciones y fulgores, acariciando absurdos crueles, concibiendo gestos magnánimos, sentía el fuerte latido de su ambición, y en su política reaccionaria cifraba la salud de España. El taimado palaciego se abobalicó de un desbarate de gallos:

—¡Luisito, yo estoy desolado, y en el fondo, restadas las naturales exageraciones, de acuerdo contigo! Pero dime, ¿se interesa Palacio?

Sesgó la boca con acre desdén el Ministro de la Corona:

—La Reina se ha interesado hasta la ofuscación.

—¿Te habló?

—Me ha coaccionado. Me ha exigido, entiéndelo bien, exigido, que se eche tierra y que se amordace a la Prensa.

Repitió Torre-Mellada, acentuando el gesto babión:

—¡Se interesa la Reina! ¡Es angelical!

—La Reina se ha interesado... Que sea por afecto a tu persona... Acaso... Pero no estabas muy en predicamento en la Regia Cámara.

—¡Luisito, me matas! Para mí es esencial, como el aire, la buena opinión en la Regia Cámara. ¡Yo me hubiera divorciado! Afortunadamente, Carolina se ha convencido y renuncia a su puesto en Casa de la Infanta Luisa. ¡Se olvida mi acrisolada lealtad de tantos años y se me pone un inri! Mira, Luisito, yo estaba en la higuera, pero he recibido noticias de que, en la nueva combinación de altos cargos palatinos, me dejáis fuera. No lo siento...

—Aparte tu sentimiento. ¿Quién te deja fuera?

—¡Vosotros! ¡El Gobierno!... La Reina, eso es lo que me duele, habrá mostrado su beneplácito. El Gobierno, antes de incurrir en su enojo... Creo yo... No sé... ¿Tú dirás?

El Ministro desvió la taimada pregunta:

—Los nuevos nombramientos están aplazados. Tú, acaso cambies de puesto, pero es indudable que continuarás al lado de la Reina. El Gobierno no quiere separarte de Palacio. Te necesitamos allí, Torre-Mellada. Tú puedes tenernos al corriente de lo que fraguan aquellos camarilleros: eres uno de tantos, y tus servicios sabe apreciarlos el Gobierno. ¡Acaso sea preciso dar una batalla en Palacio! Más tarde hablaremos. El General puede morirse y sería una catástrofe sustituirle con fantoches como Pezuela. Creo que es el candidato de la monja. Esa señora no debe olvidar lo que la ocurrió el año treinta y cinco. Tú vas a confesarte conmigo, sin reservas. Se trata de salvar a España y al Trono. El Barón de Bonifaz parece ser el nuevo capricho de al Señora. Si es así, conviene tener asegurada la voluntad de ese pollo. Hundirle en la cárcel o ganarle para nuestro bando. ¿Cuáles son sus ideas políticas?

—¡No las tiene!

—¿Sus simpatías? ¿Sus preferencias?

—Me pones en un aprieto.

—¿No tiene prejuicios?

—Es un tarambana. Si quieres cazarle, pon tus sabuesos en acción y recoge los pagarés que tiene rodando por manos de los usureros.

—Seguiré tu consejo: pero es preciso asegurarse de que el capricho real es de consecuencias. Los fondos secretos no pueden dilapidarse... Y si, luego de recoger los pagarés, nos resulta que ha sido una calentura pasajera...

Se atropelló el palaciego:

—¡Son calumnias de la demagogia! No es tan voluble la voluntad de la Reina.

Deslizó el Ministro, con cínica indiferencia:

—¿Quién terciará de medianero?

—No creo que se acuerde de mí... En otra ocasión... Pero ahora estoy en desgracia. Sin embargo, como ese tuno está en Los Carvajales...

Repitió el Ministro...

—¿Está en Los Carvajales? Me has dado una luz. Es preciso retenerle allí. Acaso resulte el hombre necesario, Torre-Mellada.

—La Reina, si no es olvidadiza, recordará la lealtad con que la he servido siempre.

—Tendrá que recordarlo, si ante el crimen de ese insensanto no se arredra de la aventura y cambia de ánimo.

Se alborozó Torre-Mellada, dando al aire, con un arabesco, el fatuo desbarate de su cacareo:

—¡No conoces el corazón femenino! Si está interesada, le hará gracia.

El Ministro, con reto de majo, se puso en pie y, cruzando ante el palaciego, hizo el final de la escena en los medios del salón:

—¡Hay que guardar a ese pollo en Los Carvajales! Aumentarle la medrana, y cuando salga de allí, que sea de tu mano. Si el capricho real se confirma, debemos tener muy seguro a ese bergante. Torre-Mellada, vas a ser el alcaide del castillo: ni una carta, ni un aviso, ni una seña, sin que yo tenga noticias cabales. Te llevarás, como fámulos de tu servicio, dos agentes de la ronda secreta.

Se atortoló el Marqués:

—Pero ¿yo también debo desterrarme?

—Una breve ausencia.

—¿Podré invitar amigos? ¿Organizar una cacería? ¿Disimular?

—Indudablemente.

El Marqués selló el pacto con su pintada sonrisa de viejo verde:

—Pues convídame a chocolate con buñuelos.

XXV

En el Palacio de Torre-Mellada se albergaban dos tertulias mal avenidas, como en las Regias Cámaras: el Salón de la Marquesa Carolina y el Tresillo del Marqués, en la biblioteca. Allí, disputas, toses, reumas de apostólicos carcamales, comentaban con igual acrimonia las veleidades del naipe y las calumnias propaladas en el extranjero por la demagogia revolucionaria. Estaban aquella noche en un momento de paz las dos tertulias. La Marquesa, arrastrando la cola, frágil y mundana, recorría las mesas de juego apoyada en el brazo del Marqués. Con lánguido arrumaco, dulcificaba los ojos sobre la constelación de calvas y lechuguinos bisoñés. Hacía invitaciones y se despedía para Los Carvajales:

—¡Señor Navia Osorio! ¡Señor Arcediano! ¡Brigadier! No olviden que esperamos la visita de ustedes.

Soplaron alternativamente los tres bajos:

—¡Nos veremos!

—Se les guardará un fiel recuerdo.

—¡Que no sea larga la ausencia!

Cacareó el Marqués:

—Yo tendré que pasarme la vida en el tren. ¡Soy aquí tan necesario!...

Aduló el Arcediano:

—La Reina no se vale sin ustedes. ¡Tan antiguo en Palacio!

—Me quiere hasta la obcecación. ¡Es la frase de González Bravo! ¡Cuando se habla de mí, siempre la repite! ¡Ustedes se la habrán oído infinidad de veces! Y es verdad que no puedo estar quejoso del afecto de la Señora.

Solfearon los bajos su concertante de plácemes y destacó un solo de requinto el Vizconde del Zeneje:

—¡Otros pueden tener quejas, tú no las tienes! ¿Y cuándo es la partida?

La Marquesa Carolina dobló la cabeza sobre el hombro del Marqués:

—Jerónimo, ¿para cuándo nos han señalado audiencia los Reyes?

El Marqués se volvió, deferente, tocando con su nariz la nariz de la Marquesa:

—Mañana, querida, mañana.

Selló el Vizconde:

—Lo he leído en los "Ecos de Asmodeo".

Los Marqueses, apartando en abanico las cabezas, asentían con su sonrisa pintada. Tocando con la flor rosada de los dedos el brazo del marido, tornó a su estrado la Marquesa Carolina. El reuma, la tos y el resuello sochantre de los carcamales tresillistas la escoltaban. Aquella noche, por corto tiempo, firmaban paces las dos tertulias hostiles del Palacio de Torre-Mellada.

XXVI

Se fueron en el tren nocturno de Andalucía. Las siete de la tarde, en aquellos claros días marzales, era una hora elegante y discreta para las últimas despedidas en la Estación de Atocha. ¡Las siete de la tarde! Volvían de la Castellana los troncos con un vaho acre, salpicados de espuma los paramentos. El Marqués se llenaba de angustia con aquella evocación: el desfile de carruajes, los teatros, las visitas de monjas, el ceremonial palatino, todas las candilejas de su vida refitolera y mundana se apagaban en la cortijera reclusión de Los Carvajales. Para consuelo y amargura, lo mejor de la sociedad habíase dado cita en la Estación de Atocha. Un sentimiento confuso, de ajenjo y almíbares, arrugábale la cara, mientras se ponía los guantes, detenido en la portezuela del vagón. Asomó la Marquesa:

—¡Feliche! ¿Dónde está Feliche?

—No se pierde Feliche.

Era la voz gatuna y callejera de la Chamorro, Condesa-Duquesa de Villanueva del Condestable. Estaban en secreta conversación con Feliche:

—Me lo ha dicho persona muy enterada. La Reina está trastornada por el perdis de tu hermano, y todo su interés por que se tapase la cosa ha sido por él. Tú no debes irte a Los Carvajales. Niña, cuando pasan rábanos, comprarlos. ¡Se te abren las puertas de Palacio! ¡Aprovéchate! La revolución aún está muy dura. Al Duque no le sacan más dinero, y sin dinero no anda el carro. La Reina ha manifestado deseos de verte, lo sé, porque tengo muy buenos espías en la Casa Grande. La Reina, en el fondo, es buena; tú eres buena... Podéis entenderos. ¡Qué mal te vendría un puesto en Palacio!

Volvió a llamar la Marquesa:

—¡Feliche! ¡Que el tren arranca!

Insistió la Chamorro:

—¡Vuelve pronto!

Sollozó Feliche:

—¡Dolorcitas, usted no me conoce! Haré cualquier cosa antes que envilecerme con esa tercería.

Se pasmó, cándidamente, la Chamorro:

—¡Serías capaz de representar el Quijote con faldas!

XXVII

Eran las últimas despedidas. Saludaban los caballeros, alzándose las chisteras. Agitaban el pañolito las madamas. Teresita Ozores se subía al estribo para decirle un verde donaire a Torre-Mellada. Trepidaba el tren. La locomotora chispeaba, sudando aceite. Por la puerta de viajeros, de carrerilla, en un remolino, aspados los brazos, entraba un tipejo. Torre-Mellada lo vio y recibió el último consuelo mundano: aquel tipejo que llegaba con retardo era Asmodeo.

LIBRO TERCERO

EL COTO DE LOS CARVAJALES

I

Eran tierras de señorío. La vasta casona fue lugar de muchas intrigas y conjuras palaciegas durante el reinado de Isabel II. Los Duendes de la Camarilla más de una vez juntaron allí sus concilios, y tiene un novelero resplandor de milagro, aquel del año 49, donde se hizo presente en figura mortal la célebre Monja de las Llagas. ¡Notorio milagro! Se comprobó que, cuando esto acontecía, la Santa Madre Patrocinio estaba rezando maitines en el Convento de la Trinità dei Monti, recoleta clausura de los Estados Pontificios, donde ejemplarizó día a día todo el tiempo del inicuo destierro que la tuvo condenada el colérico Espadón de Loja. ¡Mucho sufrió entonces el cristiano sentir de la Reina de España! Para ahorrarle lágrimas y tribulaciones de conciencia, se celebraban aquellos concilios de Los Carvajales: ellos trajeron nuevamente a la santa beata y sosiego al piadoso corazón de nuestra Señora. Después, el tiempo veleidoso, que muda usanzas y tradiciones, sustituyó el santo rosario de las momias apostólicas por las cacerías y apartados de reses bravas, tientas y derribas, que están historiadas en los "Ecos de Asmodeo". En este año subversivo de 1868, los lucios personajes del credo moderado y la aristocracia camarillera intrigaban con el sesudo acuerdo de quebrantar la hidra del liberalismo, que conduce fatalmente al caos de las Revoluciones. Unos, como los viejos predicadores de aldea, sacaban el Retablillo del Alma Condenada. Otros, más profanos y teatrales, de un lugar invisible del espacio, sacaban, asida por los pelos, la ensangrentada cabeza de Luis XVI. ¡Cabeza de malabares que desdobla su ejemplo en las logias y en las sacristías, mostrando alternativamente una de sus caras, porque tiene dos, como el ladino Jano! Del Coto de Los Carvajales quedan luengas memorias en las páginas tontainas de Asmodeo.

II

La señorita Aline, Damiana, Toñete y Monsieur Pierre Durand, jefe de las cocinas, viajaban, con billete de segunda, en la santa compañía de dos monjas. El resto de la servidumbre iba en tercera. Los caballos, en un vagón, bajo la custodia de dos ternes mozos de cuadra. Las jaurías, estibadas en la perrera. Toñete, siempre que lo permitía la demora en las estaciones, se apeaba y asomaba la jeta tras el vidrio del coche donde viajaban los señores. El Marqués pegaba la nariz, batiendo con el ovillejo de los guantes:

—¡Los caballos! ¿Cómo van los caballos?

Toñete le tranquilizaba con un gesto y desaparecía. El tren dejaba la estación con su candilejo triste y sus bultos enmantados. Corría por los campos desiertos, que, a la luna, copiaban el blanco de los osarios y tenían claros dejos azules de quiméricos mares. Bajo la luna muerta, el convoy perfilaba una línea de ataúdes negros. Con su pupila roja y su fragor de chatarra, corría en la soledad de la noche, en la desolación de los campos, hacia las yertas lejanías de mentidos mares. Toñete penetraba en el coche con el tren en marcha, se aflojaba la bufanda y reverdecía una antigua querella con la señorita Aline. Las monjas, juntas las rodillas, haciendo mesa, tenían abierto el escriño de su parca colación. La más anciana murmuró, dengosa:

—¿Gustan ustedes?

La señorita Aline, Toñete, Damiana y Monsieur Pierre agradecieron unánimes. Las dos monjitas se santiguaban. La más vieja partió el pan y dio un pedazo a su compañera. A un guiño socarrón del ayuda de cámara, el jefe de las cocinas requirió el canasto de las vituallas. Con alardosa cortesía de gabacho, brindó a las monjitas, para hacer boca, unas alcaparras y un pequeño vidrio de Borgoña. Se remilgaron las beatas. Dijo la vieja:

—En nuestra regla no se estilan esas finezas, y sería muy malo que nos acostumbrásemos.

Y la joven:

—Sin tomarlo, se lo agradecemos igualmente, hermanos.

Retenía su marcha el tren. El revisor entró y quedóse alertado, mirando a la vía, suspenso en la actitud de cerrar la portezuela, sin recoger los billetes que le tendían los viajeros. El llano manchego, a la luz muerta de la luna, tenía la vastedad desolada y vacía de un mar petrificado. Amurgaban la oreja los viajeros: las mujeres, con susto; los hombres, arrecelados. Interrogó Toñete:

—¿Ocurre alguna cosa?

Volvióse el revisor, cerrando la portezuela:

—¡Nada! Un maleta que viaja de gorra y andamos para darle caza.

Cuchicheó Damiana:

—¡Hay gente sinvergüenza en el mundo!

La señorita Aline extraía su billete del guante con afectación pizpireta:

—¿Por qué no dan aviso a los gendarmes?

—Ya le tienen el ojo encima.

—¡Menuda tunda si lo atrapan!

Toñete sacudía los dedos, y con este ademán superlativo escandía las palabras, colmándolas de regocijadas posibilidades. Las monjas, un poco aleladas, tendían sus billetes. Explicaba el revisor, mientras hacía el taladro:

—Ese gachó se ha puesto en viajar de guagua, y conmigo no le vale.

El revisor saludó, alzándose la mano a la visera del quepis, abrió la portezuela y se fue por el estribo. Las monjas, para reponerse del susto, aceptaban las alcaparras y el borgoña.

III

A los costados de un vagón de tercera, por sendas ventanillas, asomaba fusiles y tricornios la Benemérita Pareja. Como un gato, se descolgaba la sombra adolescente de un pícaro, y luego corría a campo traviesa. Jadeaba el tren. Ahora, por el mismo costado del vagón, asomaban parejos los cañones de dos fusiles. Apuntaban. Sonaron alternos disparos, y el pícaro que corría echó los pies por alto con brusca zapateta. Murmuró un inglés, vendedor de Evangelios:

—¿Lo han morido, señores Guardias?

—¡Vaya usted a saber!... Algo lleva.

—En Inglaterra, la vida de un semejante...

Atajó el más antiguo de los dos Civiles:

—Estamos en España, no debe usted olvidarlo.

Intervino un clérigo, que viajaba con el ama:

—¡Así agradece nuestra hospitalidad esa gente!

Y el otro Guardia:

—Será bueno que enseñe usted los documentos.

El inglés sacó la cartera y enseñó el pasaporte. El Guardia intentó leerlo a la luz aceitosa del farol. Advirtióle el compañero:

—¡Déjalo, Orbaneja! ¡Ya luego veremos si las señas que ahí se especifican son concordantes..., que se me antoja que no van a serlo!

El Guardia Orbaneja dobló el pasaporte y se lo puso en el pecho, bajo el correaje. Protestó el inglés de los Evangelios:

—El documento ser de mí y no poder retenerlo ustedes. ¡Mí ser súbdito inglés!

Saltó el cura:

—El ser súbdito inglés no autoriza a difamar y calumniar un país. ¡Pobre España, abierta a todos, sin mirar las víboras que acoges en tu seno!

Replicó el inglés, con grotesca articulación de loro:

—En Inglaterra tampoco ser así los pastores de almas.

Se levantó el clérigo:

—En Inglaterra son amancebados.

El inglés le miró, flemático:

—En Inglaterra ser maritos y no pasar como en España.

El ama, avispándose, sosegaba al clérigo, que se sentó, vociferando:

—¡El primer amancebado, Martín Lutero!

La chusma del vagón se regocijaba con pullas. En los vagones de tercera, la chusma suele ser más liberal que Riego. El súbdito inglés, desdeñoso, tornaba a su tema, tendido a la bartola entre el caneco gibraltarino y la rima de Evangelios:

—En Inglaterra...

Saltó el tonsurado, abriendo de nuevo el cisma:

—¡La pérfida Albión!

Otra vez se enzarzaron. El ama tiraba del balandrán al clérigo. Dos mozuelas del trato, que iban bajo la custodia

72

de una vieja, se conchababan con los lacayos del Marqués. Alargando el rabillo del ojo, espiona, la celestina ríe con tres dientes. En los túneles eran los achuchones y la bulla maleante. Un alarido de antruejo rijoso revoloteaba en el vagón. El convoy perfilaba su línea negra por el petrificado mar del llano manchego. Trotaba detrás, enristrada la lanza, todo ilusión en la noche de luna, el yelmo, la sombra de Don Quijote. Llevaba a la grupa, desmadejado de brazos y piernas, un pelele con dos agujeros al socaire de las orejas.

IV

—¡Argamasilla de la Orden! ¡Diez minutos de parada!

Los Civiles cambiaron algunas palabras:

—¿Qué tiempo ha dicho?

—Diez minutos.

—Siempre serán veinte.

—Y te quedas corto.

—Podemos pasar el oficio.

Recogieron las carabinas y se apearon. En la mesa del jefe de estación adobaron el parte: lacónico, claro, veraz, como previenen las Ordenanzas del Benemérito Instituto. La pareja había sorprendido a una cuadrilla de gente sospechosa que viajaba sin billete. Intimada la rendición, unos se dieron a la fuga y otros hicieron armas. La Guardia Civil, forzada a disparar, los puso en dispersión, viendo caer a uno de los que tenían opuesta mayor resistencia. El hecho había ocurrido entre los kilómetros 213 y 214. Un escrúpulo de conciencia les llevó a escribir las cifras en números arábigos y en latín alfabeto. El Guardia Orbaneja, que tenía la pluma, murmuró, dejándola en suspenso:

—¿Se aducen testigos?

—Siempre es bueno.

—¿Qué testigos?

—Con tres hay suficiente. El revisor, el cura y la señora que le acompaña.

—Hay que saber los nombres.

—Espera, que voy a preguntárselo.

El Guardia Romero, en dos zancadas, llegó al vagón.

—Señor Cura, ¿me hace el favor de su gracia?

—Torcuato Valentín, párroco de Los Castriles.

—¿Y la señora?

—Soledad Reina.

Se sofocó el ama, porque no quería andar en declaraciones. El Guardia Romero la tranquilizó:

—No habrá caso. Se ponen testigos por mero trámite, pero es más que suficiente la declaración de la Pareja. No pasen ustedes cuidado. Gracias, y hasta luego.

El Guardia Romero volvió a la oficina del jefe de estación, soplándose la escarcha del bigote:

—Escribe, Orbaneja.

El Guardia Orbaneja requirió la pluma y esperó con ella en alto.

—¡Acaba de parir!

—Don Torcuato Valentín, cura párraco de Los Castriles, y Soledad Reina.

El Guardia Orbaneja escribió los nombres y rasgueó el "Dios guarde". Después presentó la pluma al Guardia Romero: era el más antiguo y su firma debía ir la primera, como previenen las sabias Ordenanzas del Benemérito Instituto. El Juzgado ya podía levantar el cadáver.

—¡Señores viajeros, al tren!...

La Pareja de Civiles se apresuró a montar, y con las últimas estrellas, ensuciando de humo los albores del páramo, entró el convoy en la estación de Los Pedrones.

V

El Marqués de Torre-Mellada, Conde de Cetiña y Villar del Monte, Señor de la Torre de Los Pedrones, adueñaba por estas antiguas casas muchas tierras de señorío en los términos de Solana del Maestre. Don Segis Olmedilla, gallo cuarentón y garboso, era el administrador, con residencia en Córdoba. Don Segis estaba en la estación, escoltado por una tropa de monteros uniformados con rodamonte y castoreño. Tenían con tal atavío un aire de bandoleros cantando zarzuela. El Marqués, asomado a la ventanilla, los miraba complacido.

—¡Carolina, ha sido un acierto el nuevo uniforme! ¡Muy elegante! ¡Verdaderamente elegante! ¡No lleva mejor a sus monteros Bernardino Frías!

Don Segis corría al costado del tren. Era alto, patilludo,

berrendo en colorado. Vestía de labrador andaluz, con muchos brillantes, y llevaba la capa con garbo. En Córdoba le decían el Niño de Benamejí. El Marqués le recibió con los brazos abiertos:

—¡Querido Segismundo!

—¡Señor Marqués! ¡Usted siempre tan famoso!

—¡Gracias a Dios! ¡Y usted también, Segismundo!

—A mí no me parte un pedrisco. ¿Y la Señora Marquesa?

Con una sonrisa desvanecida le acogió la madama:

—No tan bien como usted, Segismundo.

—Pero si usted es la santa de los milagros. Hoy estos campos se han extrañado de ver nacer el sol una hora antes.

—¡Muchas gracias! Es usted de su tierra.

Cacareó el Marqués:

—¡Segismundo, elegantísimo el uniforme de los monteros! Y ellos, muy buenos mozos.

Aseguró el Niño:

—¡Y crudos! Dispuestos para cualquier cosa, Señor Marqués.

El palatino se arrugó con una risa:

—¡Bueno es saberlo! Y de caza, ¿cómo andamos? ¡Hay que disponer una gran batida!

—Jabatos y corzos no faltan. Y todo el invierno nos ha rondado el lobo. ¡Han sido muchas las nieves este invierno! Al presente se mudó el tempero, pero con unos calores que no son propios de la estación.

—Las tormentas de Santiago el Verde.

—Veremos lo que traen. Como no venga por ahí un deshielo que nos anegue las siembras...

Los criados sacaban del coche valijas, sombrereras y maletines. Silbaba la máquina, y el jefe de estación, con sucios galones dorados, pringando sueño y aguardiente, daba sus mandones avisos. Don Segis le contuvo con voces, ademanes y gestos:

—¡Un momento, amigo, que no se pierde la misa!

Interrogó el jefe:

—¿Toma usted el tren?

—El Señor Marqués va a decir si lo tomo. ¿Quiere usted autorizarme las consabidas cuatro palabras y despachamos, Señor Marqués?

El Señor Marqués, con gesto de alarma pueril, dio algunos pasos por el andén, en plática muy reservada con el marchoso administrador.

—¿Qué sucede? ¿Llego yo, y usted quiere irse?

—Con billete de ida y vuelta, si no me prenden en Córdoba.

—Segismundo, ¿habla usted en serio?

—Voy llamado por el Gobernador. Allá sabremos lo que se le ofrece... ¡Ya tenía yo su migaja de curiosidad por verle los dientes a ese chucho! A lo que me han contado algunos que le conocen de otras partes, es un loco de teatro. Se le ha puesto acabar con la gente cruda, que es el mejor vino de estos pagos, y esa fantasía no la ha tenido ni Don Quijote. El bandolerismo, por acá, es endémico, y algunas veces muy conveniente, Señor Marqués. Lo que se llama un mal necesario.

—¡Si es necesario, no es mal! ¡Dios no lo consentiría!

—¡Justamente! Y a ello voy. Esa gente, ahora tan perseguida porque les desentierra las onzas a unos cuantos ricachos, es la mejor para ciertas danzas. Más de una elección nos han hecho ganar esos niños, y el olvidarlo no es propio de caballeros. Sobre que una elección puede haberla cualquier día, y entonces habrá que indultarlos.

Se llenó de pueriles alarmas el Marqués:

—¡El Gobierno está ciego!

—Señor Marqués, hágase usted oír en las alturas y que nos quiten a ese Gobernador.

—¡Está muy agarrado!

—Señor Marqués, ese hombre puede ser nefasto para los propietarios de tierras en toda esta parte. Vea usted que haciéndole algunos favores a la gente cruda íbamos salvando de incendios, talas y latrocinios de ganados. El Gobierno, de por sí, no basta para el resguardo de semejantes daños. Y eso es más viejo que el andar a pie. Si se enciende la guerra con los caballistas, el fuego se va a llevar muchas cosechas.

Abría los brazos el Marqués:

—¡La Revolución Social!

—Social o antisocial. Pero ello viene. Estas justicias de enero solamente traen perturbaciones a los campos, donde, un poco o un mucho, todos viven de hacer la capa a secuestradores y cuatreros.

Torre-Mellada se despintaba con una mueca:

—¡El Evangelio! ¡El Evangelio! Es la tradición del pueblo de las grandes casas. La Condesa de Villar del Monte, mi abuelita materna, cuentan que apadrinó una boda en pareja con el Tempranillo. ¡Eso cuentan! Es la tradición de las grandes casas, y no podemos faltar a ella. ¡Los caballistas, sin duda, andan por muy mal camino! Pero ¡si no fuesen caballistas, acaso serían algo peor! ¿No vemos el mundo sacudido por la demagogia? ¡Los caballistas no niegan a Dios! ¡Hasta tengo entendido que los hay muy buenos cristianos!

Aseguró, marchoso, el Niño de Benamejí:

—¡Y tanto! Juan Caballero, cuando andaba en la vida, le regaló un manto bordado de oro a la Virgen de Linarejo.

—La ola demagógica es lo que debía preocupar al Gobierno. ¿Le preocupa? Sin duda le preocupa, pero menos de lo que debiera. ¡Un pavoroso problema, Segismundo!

Protestaban el retraso algunos viajeros asomados a las ventanillas del tren. Paseaban, frioleras, las madamas. El Niño de Benamejí requirió, soflamero:

—Señor Marqués, ¿tomo el olivo para Córdoba?

—¡Indudablemente!

—¡Pues hasta la vuelta!

Con el tren en marcha, saltó al estribo, revolera la capa y en alto el sombrero. El Marqués cotorreaba por el andén, a juntarse con las pálidas y despeinadas madamas.

VI

Fuera de la estación esperaba el coche. Cascabeleaban las cuatro mulillas del tiro, cubiertas de borlones, primorosas y parejas. Ocupaba el pescante y tenía las riendas un viejo de centeno quemado, duro, ojiverde, las sienes con brillos de acero. El Marqués celebró el atalaje:

—Muy bien, Blasillo. ¡Muy bien!

El Señor Blasillo de Juanes era un antiguo cachicán que también terciaba de picador y de cochero. La Marquesa le interrogó con amable indiferencia de gran dama:

—¿Cómo anda tu gente, tío Juanes?

—Pues todos tan guapos, incluso la mujer, que la dejo sacramentada.

Se alarmó el Marqués:

—¡Hombre! ¿Por qué la has dejado?

—Pues a no ser por la obligación de recibir á sus vue-
cencias, no la habría dejado. Bien que me lo derrogaba la
infeliz, porque está de un momento para otro.

Rezongó Toñete, que acomodaba en el coche un lío de
mantas:

—¡Mala pata! Entrar en la casa y estar la muerte dentro.

Se volvió el palatino, con su clásica vuelta refitolera:

—¡Tú siempre buscándome preocupaciones! ¡Ya podías
callarte!

Dengueó la Marquesa:

—¡Pues no es nada agradable!

Murmulló Feliche:

—Pero ¿está desahuciada?

Respondió el viejo, dando un suspiro:

—Así parece. ¡Suerte que los hijos están ya criados!

La Marquesa Carolina, recogiéndose con un tiritón bajo
su abrigo de pieles, interrogó:

—¿Usted sabe si la enfermedad es de contagio?

—¡Un propio contagio!

—¿Has oído, Jerónimo? Pero esos muchachos, ¿cómo no
nos han puesto un telegrama? Hubiéramos suspendido el
viaje.

Propuso Feliche, serena y pausada:

—¿Qué padece?

—¡Contagio! Pero nosotros, como no sabemos más, le
decimos zaratán maligno. Otros nombran cáncer. ¡Propio
contagio de la sangre!

Se avivó la Marquesa:

—Pero ¿es un cáncer?

—Eso han dicho los médicos que la vieron hizo un año
este San Martín.

La Marquesa Carolina murmuró al oído de Feliche:

—Hija, qué susto me ha dado este buen hombre!

Hablaban en el fondo del coche. El Marqués, en el pescante, requería las riendas para güiar. Alargó la cabeza buscando con los ojos a Toñete:

—¡Los caballos! Recomiéndale mucho cuidado a Pepe.
¡Que los amante!

—¡Buena la trae Pepe!

El Marqués dobló la cabeza con un suspiro y restalló la

78

fusta. Las cuatro mulillas arrancaron, llenando la mañana
de cascabeles.

VII

Cinco quinterías albergaba en su término el Coto de Los
Carvajales: Castril, Solanilla, Pedrones, Cerrato y Majue-
los. Era un gran dominio de olivas y tierras adehesadas, con
casona antigua en cerco de cuadras, alpendes, lagares y tori-
les. A lo largo del camino, oculta en los encinares, sonaba
la castañuela de la urraca. En los oros celestes cantaban las
remontadas alondras, y las gentiles gollerías picoteaban en
las siembras, moviendo las caperuzas con melindre de niñas
viejas. Un cazador —sombrero haldudo, escopeta y perro—
cruzaba un cerrillo de fulvas retamas, con el sol de soslayo,
anguloso y negro. El baladro de las esquilas, el grito del
boyero, el restallo de la honda, juntaban su música agreste
con los olores de la tierra, y en el cielo, rasgado de azules
intactos, era solo el trino de la alondra remota, remota.

La Marquesa y Feliche, en el fondo del coche, con dulce conforte, se estrechaban las manos. No hablaban, pero sin
decírselo, cada una sabía de la otra, y de su consolación
en el feliz cristal del campo mañanero. El Marqués ponía
su atención en las mulillas de tiro. Preguntaba por el precio
del ganado y la concurrencia de las ferias. El cachicán, sentado a su vera en el pescante, le informaba por menudo.
Las cuatro mulillas sostenían el trote, alegres y cascabeleras.
El camino cruzaba un olivar viejo, con pardos baldíos. Una
moza venía cantando sobre el anca de su borriquillo. Se
entreveía un palomar. Entró el coche por un majuelo. Eran
tan verdes y juveniles los brotes de la viña, tan suave rosa
la tierra del camino, tan azul el cielo, la luna tan clara, tan
nítidas las voces en el beato silencio, que las madamas sentían la sensación de una pena mitigada, como después de
haber llorado y rezado mucho. Transpuesto un cerro alma-
grero, asomó el campanario de Doña Ximena. Ahora entraba el coche por una avenida de negrillos. Ladraban los
perros. En el fondo aparecía la casona, con sus grandes tejas
y su portalada, donde se agrupaba el cortejo de mozas,
jayanes, pastores, guardas. Feliche se sobresaltó. Le dolía
el corazón, y sintióse como arañada por una torva aridez

espiritual. Le pesaba su cruz, y resistía abrazarse con ella. Un negro resplandor le atorbellinaba la conciencia. Feliche se asomaba, ceñuda, a un abismo de odio, que copiaba la imagen, que repetía la voz de su hermano. La idea de verle, de oír aquella voz, la sumía en una angustia azorada y esquiva.

—¡Qué horror de hermano!

La Marquesa Carolina le acarició la mejilla:

—Se nos ha nublado la mañana. ¡Y era tan bella!

El Marqués frenaba las mulillas. El cachicán saltaba del pescante. El cortejo labriego rodeaba el coche, con resplandor de frentes tostadas y añejas prosas castellanas. Entre el cortejo labriego, era la sombra trenqueleante y caduca de una mujer adolecida, que se doblaba sobre un palo. Tras ella, la hija, moza lozana, abría el garbo de los brazos, atenta a sostenerla, con bermejo reír de manzana. La sombra trenqueleante, apretando la boca sin dientes, afirmaba en la estaquilla el pergamino de la mano. La Marquesa cerraba los ojos con espeluzno de miedo y repugnancia. Murmuró el viejo cachicán:

—¿Por qué dejaste el jergón? Los amos te lo tenían dispensado.

—¡Dios se lo recompense!

Saltó la hija, con mentida labia:

—No está tan para irse, que aún rompe unas mangas. ¿Verdad, mi madre?

Se volvió, arisca, la vieja, temblándole la barbilla:

—¡Las romperán los gusanos!

Cortó la Marquesa:

—¿Los señoritos aún duermen?

Explicó la mozuela, con su bermejo reír:

—Los señoritos, desde ayer, están de caza. ¡Hay muchos guarros, un sinfín!... Veremos lo que matan.

La Marquesa, pintando un rubio desmayo, caminaba asida al brazo de Feliche.

—¡Al menos han tenido la gentileza de marcharse y dejarnos solas!

—¡Si ha sido como supones!...

Feliche tenía una flama rencorosa en la voz. Entraban por el ancho zaguán, y se detuvieron a la puerta de una sala baja, con enormes rejas. Llegaba el *break* donde venía la servidumbre. Alegrábase el camino con la zalagarda de los perros y el relincho de los caballos, que los mozos de cuadra traían del diestro. El Marqués interrogó a Toñete:

—¿Los caballos? ¿Cómo vienen los caballos? ¿Tose alguno?

—El que tose es un servidor. ¡He atrapado un pasmo!

—No te hagas el interesante. ¿Cómo viene Fanny?

—Pepe me ha tapado la boca con que eso no era de mi incumbencia, y no he podido enterarme.

—¡Majadero!

La vieja cachicana, trenqueando sobre la estaquilla, tornábase a su jergón, y guardándola, con los brazos abiertos, a la vera, iba la mozuela del bermejo reír. Rezongaba la vieja, erizando los lunares de la barbilla:

—¡Cutres! No han sido para darme un chulí.

VIII

Las madamas, con las ojeras del insomnio, pero refrescadas y olorosas de aguas inglesas, desayunaban en la sala del zaguán. Era vasta como un refectorio, con enormes rejas y techos de bovedilla. Las paredes, encaladas y desnudas, tenían un zócalo de azulejos tan alto, que sobrepasaba el dintel de las puertas, chatas y con bailones herrajes, parejas, por su tracería, de las holgonas alacenas empotradas en los muros. La Marquesa y Feliche, mostrando desgana, apenas mordían la punta de los picatostes, apenas los humedecían en el chocolate:

—¡Qué horror! ¡Feliche, podemos decir que hemos visto la estampa de la muerte! ¡Yo estoy descompuesta para todo el día! ¡Es incomprensible cómo viven esas gentes!

—Como les permite su miseria.

—¡No, hija; esa infeliz, para estarse en su cama y ahorrarnos el espectáculo, no necesitaba más que querer! Sin duda no sienten como nosotros, los refinados por la civilización, que llevamos en los nervios la biblioteca de Alejandría. ¿Recuerdas quién dice esto? Tu mentor Bradomín.

Sonrió Feliche con gracia serena:

—Mi mentor habla siempre un poco en broma.

—Una broma seria. ¿Le escribirás?

Se sofocó levemente Feliche.

—No sé si debo hacerlo.

—Si te distrae el flirt.

—¡Carolina, le voy tomando miedo!

Se inquietó, pueril y mundana, la Marquesa.

—Pues no le escribas... ¡Pero qué artes tiene ese viejo verde! ¡Si todo terminase en boda!

Feliche cruzó las manos con gesto de fatalista indiferencia. El Marqués de Torre-Mellada, pintado, retocado, untoso de cosméticos, entraba con su típica morisqueta de fantoche, y rememoró haciendo aspavientos:

—¡Aquí fue, Feliche! ¡Aquí, en esta sala, se nos apareció, edificándonos a todos, la Madre Patrocinio! Veintitrés de octubre del año cuarenta y nueve. ¡No lo olvidaré jamás! Yo era, como puedes imaginarte, un pimpollo; pero ya figuraba. Figuré desde muy joven. ¡Aquí fue!

Hablaba, sacudiéndose livianamente una mota de la solapa con el ovillejo de los guantes. Feliche sonreía desengañada.

—¿Pero puede ser?

—¡Un milagro! ¿Vas a negar los milagros? Ahí tienes el Cristo de Medinaceli. ¡Pues ése todos los viernes guiña un ojo y tuerce la boca!

—Yo no lo he visto.

—Otros lo vieron.

—¿Tú?

—Lo vio Bradomín. Pero como es tan volteriano, salió diciendo que le había hecho la seña del tres. ¡Merecía que la lengua le quemasen! ¿Te ríes? A ti te cae en gracia ese cínico farsante, como le llama el Padre Claret. ¿Pero es posible que no creas en la aparición de la Madre Patrocinio? ¡Si todos la hemos visto! ¡A mi lado estaba tu pobre padre!

Murmuró Feliche, serenando la sonrisa:

—¿Y también la vio mi padre?

—¡Todos, criatura, todos! ¡Pregúntale a tu tío Quintanares!

Insinuó con ironía la Marquesa:

—Estaríais alucinados.

Media vuelta de marioneta y el cacareo petulante del vejestorio, en los medios de la sala:

—Querida, tú sabes que yo no me alucino fácilmente. Llevábamos una hora reunidos. Tenía la palabra el Padre Fulgencio. De pronto una ráfaga de viento apaga las luces y quedamos a oscuras. Fue un momento el volver a encenderlas. Ahí, hijas, en esa puerta, estaba la Madre Patrocinio. La estoy viendo, toda en un resplandor, tendiendo hacia nosotros las palmas llagadas. Yo oí muy claramente: Traigo para vosotros la bendición del Santo Padre. Desapareció, y todos nos quedamos edificados.

Aseguró displicente la Marquesa:

—No era para menos.

Inquirió Feliche:

—¿Pero se probó que la monja estaba en Roma?

Galleó el Marqués:

—¡Plenamente!

Esparciendo vahos de ginebra, asomó en la puerta el cochero, grande, obeso, encendido como un Rey de Portugal.

—Fanny, la yegua inglesa, tose.

El Marqués de Torre-Mellada se agarró el bisoñé:

—¡Y me lo sueltas a boca de jarro!

Salió con su trote menudo, azotando el aire con el ovillejo de los guantes. La Marquesa hizo una mueca desdeñosa:

—Hija, tenemos que echar fuera la murria. Vamos a ver si es grave la tos de Fanny. Después pondremos telegramas a los amigos apremiándoles para que nos visiten. Los amigos tienen la obligación de distraernos, como dice Jerónimo.

—¿No sería preferible la soledad?

—¡Hija, esto es un páramo!

—A mí me gusta este páramo, y soñar con ser una Santa Teresa.

—Más propio de aquí es Don Quijote. Pero con esas ideas acabarás entrando en un convento.

Reconcentróse Feliche con un gesto abismado ante el insondable y negro destino.

—¡Acabaré haciendo cualquier disparate, y ése no sería el peor!

La Marquesa quedó con los ojos clavados en su amiga:

—Tú has sido siempre juiciosa, y no puedes dejar de serlo...

Llegaba lejano lamentar de voces y llantos. Un mozo, que con el zamarro al hombro zanqueaba por el límite de los olivares, daba su fúnebre pregón a la gañanada remota:

—¡Entregó a Dios el alma la madre Dalmaciana!

IX

Fanny, la .yegua inglesa, elegante, desfallecida, romántica, tose y parece contagiada por la Dama de las Camelias. En torno del pesebre hacen junta mozos de cuadra y gañanes cortijeros. Tío Blas de Juanes, tascando la tagarnina, y por muestra de su luto la capa a cuestas, entró dando compañía a un vejete de levitín y castora, como los escribanos. Era Don Lope Calderete, mesorero, comadrón y albéitar en Solana del Maestre. Se pasó aviso al Señor Marqués. Don Lope, calándose las antiparras, inquirió si el animal mordía o coceaba, y tras del seguro que le dieron los mozos, procedió a mirarle los dientes. Luego, entrándose por el horcajo de los brazuelos, salió por el costado, sacudiéndose el levitín. Llegaba el Señor Marqués, y el albéitar le saludó con una genuflexión muy petulante. La mano extendida y encorvándose con gesto de sacerdote africano, formuló su dictamen:

—Siempre se tropieza en la práctica con que estos pacientes no saben explicarse... Y el animal, salvo que sea inglés, no está mal sacado.

El Marqués de Torre-Mellada cacareó divertido, abriendo un paréntesis en el duelo:

—¡Pura sangre, Don Lope!

—Ya le digo que no está mal sacado para ser casta extranjera.

Se regocijaba el Marqués:

—¡Este bicho vale un puñado de napoleones!

Cazurreaba Don Lope:

—Hay caprichos, y el que puede, los paga.

—Amigo, usted apure toda su ciencia y póngame sana la yegua.

—¡No hay que exprimir por demás la uva del sesamen para recetar el consiguiente de ese animal! Cocimiento de liquen con malvavisco, medio por medio, en tres cuartillos de agua. Hacérselo tomar de mañana y tarde. Puede escribirlo alguno de estos mozos que sepa de letra.

Pepe el cochero se burlaba, encendiendo el farol de la jeta:

—Conocemos el tratamiento. ¡Hay que sacar otras novedades, maestro!

—Novedades pides tú, que vienes de donde las promueven. Aquí no estilamos de novedades, que basta muy bien a valernos el saber de los antiguos. El remedio que por aquí estilamos es el cocimiento de liquen y malvavisco, como tengo preceptuado. ¡Ítem, la orilla es saludable y los animales agradecen el tempero, como si fueran personas infusas!

Asintió el cachicán:

—El tempero lo agradece hasta la tierra, que no padece achaques de cuerpo mortal.

Sentenció el viejo:

—Padece el achaque de parir para nuestro sustento.

Y un bigardo:

—El parir más aparenta potencia que achaque.

El Tío Viroque, gitano de las cuevas, alzó el hombro puntiagudo hasta tocar la oreja:

—Potencia del padre y achaque de la madre. ¡El mozo rubio, ese sí que no padece achaques!

Adoctrinó el pardo cachicán:

—¡Cállate la sentencia faraona! El mozo rubio, como antojan los de tu casta, padece el achaque de nacer todas las mañanas y diñarla al toque de Ánimas.

—¡Qué diñarla! Abre su mamporí en otros gallineros.

Por delante de la puerta cruzó la sombra de un zagalón negruzco y polvoriento que caminaba apoyado en una vara verde con flores de retama en la punta. La greña, sudada y angustiada, se le pegaba a la frente. Sentado a distancia bajo un olivo, clavaba los ojos en el horizonte, ojos negros y atristados de mozo doliente. La Pareja de Civiles azacanaba por la linde de los olivares, con el sol en los tricornios, y al zagalón se le quebró aún más el color de la cara. Alzóse y, disimulando la cojera, desapareció tras un almiar, ocultándose a la vista de la Pareja.

X

La hija de la difunta, el manteo en capuz y asomándole al borde un hacillo de cuatro velas, galguea a carón de las bardas, y hace el planto, conservando entre lágrimas los colores de cereza lozana. Aúllan nigrománticos los perros, y en las cochiqueras gruñen indiferentes los marranos. Tienen un azorado presagio los círculos de las palomas. Mirlos y tordos revolotean anocturnados en las ramas de los olivos. Velando a la difunta, allegados y amistades se consuelan con rondas de anisete y roscos de dulcero. Al pie del ventano hilvana la mortaja Gilda la Costurera. Con afanoso braceo tasca bajo el diente la hebra y requiere las tijeras, y es, toda ella, un cierre de ojos, y un mover de labios, y un abismarse en cálculos, con el palmo tendido sobre la mortaja. Entraba, encrespando el planto, la hija de la difunta. Una comadre le tomó la cera, otra le hizo catar un sorbo de anisete. La mozuela serenóse viendo alumbrar el rectángulo de las cuatro velas, con una oscura consolación ante la simetría de las luces. Gilda la Costurera, al pie del ventano, daba el último hilván a la mortaja. Bajo el alpende el viejo cachicán, tascando la tagarnina, escudriñaba el tempero, cabal para la poda del olivo y el enterramiento de su vieja.

Entre pajas, anidada en un cesto derrengado, cacarea la clueca, sin el cuido de la difunta. El hijo, baboso, cegato y tontaina, con aguardentosa pena, llenaba la copa que de mano en mano corría el círculo del duelo. Los críos de una comadre, lambiscando los roscos del dulcero, pedían la cata. El cegato tontaina, bajo el influjo del anisete, encandilado con la luz de las velas, llorón y cordial, conquería a los remilgados para que no hiciesen cumplimiento. La hija, al pie del ventano, sacaba del faltriquero la esterilla que marcara para decoro de la mortaja. Gilda la Costurera abría el palmo, haciendo un visaje:

—¿Qué has comprado?

—Siete cuartas.

—¡Para vistas, y apenas que alcance! ¿Qué pagaste?

—Real y medio.

—¡Qué latrocinio!

—Todo sube.

—Pero ¡no suben a la horca los ladrones!

Desde el umbral saludó el zagalón cojitranco que había tomado los vientos del anisete:

—¡A la paz de Dios!

Le invitó el cegato:

—Entra, Chirolé.

Juco el Chirolé, pícaro de capeas, entró despacio, al arrimo de su vara de jinesta, con su trémolo de flores amarillas.

—¡Ya considero la desgracia!...

Blasón, el hijo de la difunta, afarolado, con desiguales

compases, abrazó al cojitranco, que recogía en el aire la pierna mancada:

—¡Chirolé, huérfano me hallas!

Lloró, enternecido, alucinado por las velas, siguiendo el círculo de la copa por la rueda del duelo. Murmuró el Chirolé:

—¡No sabemos dónde tenemos el fin! Aquí donde me miráis vosotros todos, de la muerte escapo. Esta cojera se la debo a los Civiles.

Gilda la Costurera rezongó, displicente, suspenso el palmo y el cálculo sobre la esterilla de la mortaja:

—Tendrías algún débito.

—¡Ojeriza! No se afusila por viajar en los topes del tren. Esas no son leyes.

El hijo de la difunta lagrimeó:

—Chirolé, vas a beber una copa. ¡Hay que olvidarlo!

El Chirolé fue a sentarse en el umbral, descubriendo la pierna pasada de un balazo:

—Viniendo, me ha parecido que ahí atrás, en las cuadras, queda Don Lopillo. ¡Si alguno me hiciese la buena obra de avisarle!

Inquirió una vieja:

—¿Y esos negrones te los causaron por viajar de balde?

—De balde en los topes. Si aún fuera en un primera... Pero yo me pregunto: ¿Hay billete de tope? Pues mientras no lo haiga, el viajar en los topes queda libre. ¿Se afusila por subir a la trasera de las diligencias? No se afusila, porque no hay billete de trasera.

Se regocijó entre lágrimas la encendida mozuela:

—¡Juco, y pudiera ser tanta tu suerte que te quedaras señalado para toda la vida!

Aseguró la Gilda:

—¡Qué buenas danzas ibas a sacar, cojitranco!

Y el llorón encandilado:

—¡La suerte que pudieras esperar atoreando se te volaba!

Advirtió otra comadre:

—¡Cubre la pierna, que puede sobrevenirte un erisipel! Yo que tú, me ponía en manos de Doña Quica la de Solana.

Y el llorón:

—Tampoco está por demás que ahora le mire la herida Don Lope.

Tornó la comadre:

—Don Lope está más impuesto en huesos y quebraduras. Para llagas, golondrinos y cualesquiera herida, yo me iría derechamente a Doña Quica.

Gilda la Costurera se levantó con la mortaja.

—Fuera los hombres. Cerrad la puerta. Vamos a ponerle la última gala a la difunta.

El Chirolé, sentado en el umbral, reunía el duelo en torno y enseñaba los dos agujeros de la bala. Un compadre apostilló con arisca pulla:

—¡Chirolé, se están poniendo malos los tiempos para viajar!

—¡De reniego!

La boca morisca del cojitranco se arrugó con la sonrisa apicarada del hambre. Atajando por descampado venía una mujeruca que cargaba el ataúd destinado a la difunta. Acercábase la mujeruca, declamatoria, limpiándose el sudor con la mano y goteándola sobre el camino:

—El campo tiene sed, y estas calores tan prematuras se me antojan que van a cumplimentarle el deseo. ¡Marzal sediento, tormentas a ciento!

El vaho azulado de los olivos se dilataba en onduladas líneas, colmadas de silencio y galbana. Las barcinas esguevas, con matorros de carrascal, resecas y erémicas, pedían agua al cielo. Los rebaños se inmovilizaban sobre los alcores. El rumor de la vida, en el silencio del campo, tenía un compás de eternidad, un fatalismo geomántico de dolor y de indiferencia.

XI

La casona del señorío, reclusa en su cerco de limoneros y naranjos, parecía achatarse bajo el aleteo de las palomas que iniciaban el vuelo. La Marquesa y Feliche conversaban con espacios de silencio en la sala zaguanera. La señorita Aline anunció a Monsieur Pierre. El franchute, craso, chaparro, reluciente, apareció en la puerta luciendo una condecoración del Principado de Mónaco:

—¡Señora Marquesa, yo no puedo mismo comprometer mi reputación! Aquí no hay medios para guisar un pimiento. Querría presentar una salsa de langostinos con setas. ¡Imposible! Faltan los elementos. Un lenguado al gratín con berros. ¡Imposible! Faltan los elementos. ¡Señora Marquesa, declino mi responsabilidad!

La Marquesa le despidió con gesto de fatiga:

—Está bien. Procure usted que no sea completamente una cena de pan y queso.

La campa barcina se llenaba de sombras moradas. Los gallos cacareaban cimeros, con los oros del sol en la cresta. La gañanada, en fila india, se encaminaba al duelo con el remusgo del anisete. Las voces y las figuras tenían una desolación solitaria en la claridad mortecina de los senderos. La sala zaguanera oscurecía lentamente. La Marquesa y Feliche, sentadas en los cortejadores de la reja, sentían la tristeza de sus vidas. Un criado de librea trajo luces. El Marqués entró derramando en un suspiro las congojas de su ánimo:

—¡Me tiene muy preocupado la tos de Fanny! ¿Y vosotras, qué tal de aburrimiento? Mañana, seguramente, llegarán algunos amigos. He puesto más de veinte telegramas invitando para la montería de jabatos. Feliche, ¿quieres que juguemos una partida de ecarté?

Repentino, cerró los ojos, con chifle de vieja espantada. Un murciélago revoloteaba azotando las paredes. Temblaban las luces desquiciando las sombras. Huían las madamas del pie de la reja, y a sus clamores acudía la servidumbre con palos y escobas. En el silencio crepuscular se llenaba de ruidos la casona de Los Carvajales.

LIBRO CUARTO

LA JAULA DEL PÁJARO

I

Está el Coto de Los Carvajales señalado en la crónica judiciaria de aquellos días isabelinos como madriguera de secuestradores y cuatreros. El Viroque y Vaca Rabiosa, Carifancho y Patas Largas, reverdecían los laureles del Tempranillo y Diego Corrientes. El Marqués de Torre-Mellada, en los pagos manchegos, y Su Alteza el Infante Don Sebastián, en Córdoba, eran notorios padrinos de la gente bandolera. Mojigatos los dos, soñaban con el espectro de la demagogia incendiando los campos, y a cuenta de no tener malos sueños, protegían al Maruxo y al Lechuza, a Vaca Rabiosa y al Tuerto. Y tan notorio era este padrinazgo, que la gente de la chanfaina, mudándose el nombre a lo pícaro, llamaba a Los Carvajales Ceuty.

II

Había salido la luna, y era el olivar una incierta humareda verdina. Tío Blas de Juanes silbó de lejos, contraseñando, y el lechuzo cantó por tres veces. A poco, sobre el camino, resonaban las herraduras de un caballo. El viejo raposo salió de su silo, entre matorros. La sombra de un jinete —tabardo y calañés— se perfilaba en el claro lunero. Traía los brillos del retaco en el arzón.

—¡A la paz de Dios, Tío Juanes!

—Con ella vengas. ¿Qué novedades dejas?

—¡La novedad usted tiene que decirla, pues tan aína nos ha reclamado!

—De novedad poco tiene, hijo Carifancho. Pues ello es poneros de manifiesto la suma urgencia para que os llevéis al pájaro, pues aquí nos apareja un compromiso y hay

91

que buscarle nido lejos, y caso contrario, darle suelta. A tiempo os advertí que este negocio no era lo que os pintabais. Debisteis haber cogido los sesenta mil reales que de primeras os daba esa familia y no soñar con Californias. Otra: ¿Tenéis dispuesto dónde engayolar al pájaro?

—Pensamos que si puede continuar aquí por unos días... Eso pensamos. De no, veremos de transponerlo en dos noches al cortijo del Infante. Por allá los amigos son amigos.

—Y en todas partes. Pero vosotros estáis tan ciegos que no reparáis el peligro que corre de ser descubierto el escondite. ¿Y qué sacaréis entonces?

—Maestro, no se hable más. Sea como usted ha dicho. La gente está notificada, y si hemos de transponer a ese palomo, conviene aprovechar la noche. Súbase usted a la grupa, Tío Juanes.

Y le soltó el estribo para que montase. Tres jinetes —calañés, retaco y manta— salieron de los jarales. La noche, diluyendo los contornos, agrandaba las sombras. A lo lejos choqueaban las esquilas de un rebaño de chivos y destacaba sobre el cielo la silueta del ágil pastor insomne, que los seguía saltando de risco en risco. La tropilla de jinetes, a la procura del molino donde estaba dispuesto el aparejo de la cena, subía la cuesta del Jaral Bermejo.

III

Sobre la piedra del hogar se calentaba un hombre tullido, acochavado en astroso serón de esparto. Salía al pabilo del busto, cosido en la amarilla angostura de un jubón de franela. La molinera aguzaba el ojo de atalaya en el ventano. Era tuerta, endrina, rizosa. En la figura, brío y vivacidad de cabra. Murmuró, apagando la voz:

—¡Si no vendrán esta noche!

El tullido, avispado en su yacija, alargaba la oreja:

—Extraño se me hace, vista la urgencia de transponer el contrabando. Tío Juanes andaba muy agudo sobre ese empeño... Pero también se me hace extraña la tardanza.

—¡Lo peor sería un encuentro con la Pareja!

—Ya saldrían avante, que no son mancos. ¿Y tú, por qué no aprovechas y le bajas la cena a ese lechuzo? Luego que los compadres aporten, no habrá de faltar faena.

—Me parece que aquí los tenemos.

La molinera salió algunos pasos fuera del umbral. Los cuatro jinetes sobresalían por el repecho. Luego que estuvieron arriba, dejaron los caballos bajo el cobertizo y se juntaron con la molinera. Preguntó Tío Juanes:

—¿Se halla muy conforme con su cautiverio ese palomino?

—Es muy repodrido y de todo se queja.

—Pues eso, con que la familia apoquine el loben, todo se remedia.

Los otros compadres ya se habían metido puerta adentro, y tenían la plática con el baldado. El cachicán y la molinera se retardaban, arrimados al muro, en la sombra del alero. Interesada y maligna, la bisoja sofocaba la voz:

—¿Es cierto que ha merado la vieja?

—Cierto es.

Malicia la molinera, relajándose del talle:

—Un descanso para ella y para todos. Pues a buscar otra que le caliente la cama, Tío Juanes.

—Mira tú de quedarte pronto viuda.

El viejo pardo abrazaba a la molinera, refregándole a la oreja los caños del bigote.

—¡Buen humor trae usted de chanzas para el tropiezo en que nos vemos!

—Todo se arreglará. Vamos a echarles un pienso a los caballos, Juanilla.

—Deje usted que les sirva un jarro a esos chavales y que encienda el farol.

Esquivóse la molinera, y requebró el Tío Juanes:

—Esperándote quedo, cabra loca.

IV

Cuando entró la molinera, explicaba la causa del retardo un mozo crudo, cumplido de la trena, que atendía por Patas Largas. Era cañí y ceceaba muy cortado, en el modo extremeño:

—La Pareja nos echó el alto desde un cerrillo y nos ha dado una migaja de trabajo.

La molinera, que encendía el farol agachada sobre el hogar, se recogió, suspensa:

—¡Mal encuentro!

Se avispó el tullido:

—¿Y cómo salisteis avante?

Patas Largas rió, enseñando los dientes:

—Que lo digan los caballos. Oído el alto, volvimos grupas más ligeros que corzos. La Pareja, de que lo guipó, hizo fuego, sin alcanzarnos, pues habíamos tomado mucho vuelo. ¡Y aquí estamos! Pero hemos tenido que dar un gran rodeo para que perdiese la pista.

Se aguzó la molinera:

—Muy bien hecho. La Pareja ronda por estos lugares, y hay que estar sobre aviso.

Encendió el farol y salió a la puerta. La figura cirial del tullido se removió en el hogar, alargando el busto amarillo:

—¿Dónde vas?

—A echarles un pienso a los caballos.

—¿Por qué se quedó fuera Tío Juanes?

—Querrá tomar la luna.

Salió la molinera. El tullido, arratado, fúnebre, removió las brasas y encendió el cigarro que guardaba tras de la oreja. Aún explicaba Patas Largas:

—Pues tomamos campo y estuvimos culebreando por esos olivares hasta que se entró bien la noche.

V

Iba nublada la luna, y en el recato de las bardas se hacían un bulto el cachicán y la bisoja... Y ha vuelto la luna, que tras el nublo saca un cuerno. La molinera ríe, desatándose con garbo tuno el pañolito del talle, sacudiéndose los granzones prendidos en los flecos. Endrina, garbosa, tuerta, cenceña, ríe caprina y maligna. La sombra del viejo, socarrona y parda, proyecta otra sombra sobre las cales del tapial. Tiene brillos lilailos en el pecho, luces de lentejuelas, obra de un majo, escapulario de Nuestra Señora del Monte Carmelo. Un escapulario regalo de monjas, que el cachicán, en fiestas y domingos, se reviste sobre la gala de sus prendas. Sujetándose las ligas, se comba y cimbra la comadre:

—Esta broma hay que rematarla. Igual hace usted que

un mozo sin miramiento. Para usted que se camina, bueno está... Pero no dice lo mismo quien aquí se recrea oyendo las músicas de un perro sarnoso. Tío Barrabás, ¿qué hizo usted para despabilarse de su vieja?

Picardeó el viudo:

—Pedírselo a la Divina Providencia.

La bisoja se ataba el pañuelo del talle:

—¿Con alguna receta, Tío Blas de Juanes?

—Con no más que el pensamiento y el diente de la enfermedad que comía en la desinfortunada.

—No me sirve su ejemplo, Tío Juanes. Yo, si espero la obra del pensamiento y de una enfermedad misericordiosa, no me veré sin cruz in sempiternis.

Tío Juanes se agachó para levantar un haz de pajas, y lo volvió a la fajina donde hacía servicios, disimulando la boca de una cueva.

—Juanilla, hay que ver de alejar el mochuelo.

—¿Adónde va usted con ese cantar? Estoy que no sosiego, y no hay más sino que esta noche lo transponen.

—Pudieran esos chavales destocar, visto el tropezón que tuvimos con los tricornios. Eso, supuesto que viniesen en el ánimo de transponer al pájaro, que está en cierne.

—Pues este nido hay que aburrirlo.

—¿Adónde?

—A donde sea.

—En esa tirantez no habrá otro remedio que darle franquía, con lo cual se habrá perdido el trabajo y la opinión.

—¿Y obrar un escarmiento?

—Juanilla, no abramos un pozo para cerrar un hoyo.

—¡A usted me le han mudado, Tío Barrabás!

—Los tiempos son los mudados, y no están para faenas de compromiso.

—Tío Juanes, mejor se esconde un muerto que un vivo. Pero usted se trae la novedad de confiar ese negocio a la industria de la Divina Providencia.

—Juanilla, no me atorees.

—No le atoreo, y hago propósito de que se rematen estas y las otras fiestas. La soltera es libre; la viuda es libre; la casada no lo es cuando tiene en el propio costado un perro que no cesa de ladrar condenados textos ni de día ni de noche.

—Cállate esas aleluyas, Juanilla. Ninguno sabe lo que

trae reservado en sus divinas cavilaciones el Señor de Cielos y Tierra.

La voz cazurra trascendía un sentido de rezo sacrílego ante la silueta que en el claro de luna cimbreaba su arabesco caprino y moreno.

VI

La molinera levantaba el farol, que había escondido bajo el caparazón de un cesto viejo.

—¿Quiere usted echarle la vista al palomo, Tío Juanes?

—No estará por demás.

—Usted siempre busca que le adivinen la idea.

—Eres tú muy zahorí.

—¿Negará usted que se inducía sobre esa cavilación?

—No lo niego. Juanilla, vamos a representarle la comedia a este palomito, que nunca está por demás. Por ese paripé, que no cuesta dinero, en alguna ocasión muy señalada me zafé de una condena.

—Pues a ello. Vivo, nuestramo, que tengo el apaño de la cena en el horno.

La molinera esquiciaba los haces de paja, que, en fajina, disimulaban la boca del silo. Asomó la cabeza.

—¿Hay gazuza?

—¡Una sed del Infierno!

Venía del fondo tenebrario la voz lamentosa, con amplificación de difusas resonancias. La comadre, levantando el farol, metióse por la tobera, y proyectó la luz alumbrando una yacija alzada en cuatro tablas, sobre dos caballetes. A la vera, sentado en un banquillo, estaba el pájaro, con los ojos vendados y los pies en cepo. El Tío Juanes requirió el farolillo que traía la comadre y, levantándolo, estúvose un buen rato mirando al cautivo:

—¡Es una mala vergüenza verle a usted en este sufrimiento por la avaricia de su señor padre!

Lamentó el cautivo:

—¡Mi padre no tiene el dinero que ustedes le suponen!

—Que su señor padre es hombre acaudalado lo saben en esta tierra hasta los perros. Yo, sobre el tanto y el cuanto, tampoco voy de acuerdo con los compadres que le tienen a usted en esta mazmorra. Pero no vale mi consejo. Están alucinados y sueñan con Californias.

—Mi padre ha ofrecido sesenta mil reales. Tómenlos ustedes, que si más no da, es porque más no tiene.

—No van por ahí los sueños de esos pollos.

—Alguna vez despertarán.

—¡Y esa es la hora que yo me temo más que una tormenta de rayos! Puede volvérsenos para todos una hora negra. La avaricia de su señor padre es un pico que ahonda entre la sepultura y la horca. ¿Usted comprende el sentido, criatura? ¿Comprende usted que el despertar de esos chavales sería para usted una sentencia de muerte?

—¡Que me maten! Mi padre no puede dar más de lo que ofrece.

La voz tenía un plañido obstinado. La sombra en pernetas, con las manos sobre las rodillas, y la venda sobre los ojos, prisionera en el círculo bailón del farol, se desquiciaba con el banquillo pegado al nalgario. El cachicán arrastró unas jalmas y se sentó frente por frente del cautivo. El farol, puesto en medio. La tuerta le asestaba el ojo, los brazos en jarra, la mueca de risa. El viejo pardo articuló, conciso:

—El mal que a usted le sobrevenga por ese secuestro será para mí un cargo de conciencia. Harto tiene cada uno con las cuentas propias para cuanto más aparejarse las ajenas. Yo, en este negocio, estoy de la banda de fuera, y el que lo gobierna tiene el alma más negra que un pirata de Argel. Precisaba de un escondite, y acá se nos vino con el influjo de ser muy jaque. Se lo he consentido porque ya no está uno para reñir batallas con caballistas... Pero vista la pinta del naipe, usted comprenderá que un hombre de bien no quiera complicarse en el fin sanguinario que a usted le tienen asignado. Acabar en la horca cuando se está al fin de la vida es como un escarnio, y antes que eso me juego lo que se tercie sacándole a usted a salvo. Quiero hacer una buena obra, ya que tantas malas tengo sobre mi conciencia. En una palabra: si usted se conforma con que le pasen el corazón de una puñalada o le vuelen la cabeza de un trabucazo, menda no se resigna con que le priete el corbatín el verdugo de Sevilla. Y esta comadre es del mismo propósito. A los dos se nos ha puesto salvarle a usted la vida por encima de la cuenta que hacen esos chavales y de la avaricia de su señor padre. Conque a no dormirse, que esta noche aburre usted el nido.

—Pero ¿usted quién es?

—Va usted a verme la cara y a fijársela bien en la memoria. Va usted a poder reconocerme en todas partes. Usted podrá delatarme, y nadie le pedirá cuentas. Puede usted ser Judas. ¡Puede usted venderme!

Agitando la venda arrancada a los ojos del cautivo, retrocedía y alzaba del suelo el farol, encumbrándolo por encima de la frente. El rostro oscuro del cachicán bailó en el ángulo desquiciado de un reflejo.

—¡Míreme usted!

—¡Estoy ciego!

Apuntó la comadre, velada la voz por dramático recelo:

—Bata los párpados. Es de la venda.

El cautivo pestañeó con un gesto incoherente y aterrorizado. Se quedó fijo. Insistió el cachicán:

—Míreme usted.

—¡Ya le miro!

—Para no olvidarse.

—¡Para siempre!

—Míreme usted, y no me agradezca mi buena acción, que si a considerarlo vamos, yo solamente me guío por el descargo de mis culpas. ¡Míreme usted, y sea usted Judas!

—¡Jamás!

Ponderó la comadre:

—¡Vaya, que vale usted para misionero! ¡Hay que ser muy dura para no llorar con sus textos! ¡Y cómo los pinta el hombre! Tío Barrabás, vuelva a taparle a este niño los soles.

La molinera, con quiebro y sandunga, levantaba en la punta del pie la venda del cautivo. El farol aprisionaba en su círculo bailón las figuras, y correteaba por el muro, con intriga de marionetas, las tres sombras.

VII

En la cocina del molino la pellejuela del mosto hacía la rueda. Sobre la piedra del hogar, retorcido como un pabilo, el baldado mojaba el hocico en la honrada compañía de Vaca Rabiosa, Patas Largas, Pinto Viroque y Carifancho: El tullido, que reparaba con un ojo a la puerta, cuando entró el cachicán escupió repetidamente en la lumbre y se

98

puso a picar tabaco con una navaja de a tercia, cacheada en su nido de remiendos. La bisoja, con el escarnio y el desafío de su risa de cabra, sacó del horno un lebrillo de chicharrones:

—¡Vamos a repartirnos esta pobreza!

Cantó Patas Largas:

—¡Nunca nos falte!

Y Pinto Viroque:

—¡Juanilla, Dios bendiga tu apaño!

—¡Y tus manos, Juanilla!

—¡Y la sal de tu cuerpo, y la sal que has puesto al marrano!

El tullido, estibado en la amarilla coraza, torcía el pabilo del busto, puesto a picar la tagarnina con la enorme navaja. La comadre, balando su risa de cabra, plantó el lebrillo en medio de la rueda y se enderezó, ondulándose como si estuviera desnuda. El cachicán se quitó el calañés y lo puso a su lado, cubriendo el yesquero y la petaca. Los otros compadres imitaron la cortesía del viejo. En el canto del hogar, el tullido, con una mueca de reconcomio, picaba la tagarnina. Se le acercó por detrás la parienta:

—¡Vamos, guárdate ese alfiler, que ya le has lucido lo suficiente! ¡Tienes a estos ángeles en sobresalto!

Pronta y agatada, le arrancó la chaira y la cerró, sonando los muelles. Se atornillaba con el humo, chimenea arriba, su bufido de cabra. Juraba el paralítico:

—¡Rediós, vuélveme la cerda!

Torcía el pabilo amarillo del busto, encadillado al ruedo haldudo de la tuerta:

—¡Arría!

—¡La herramienta!

—No la precisas.

—¡Rajo, que me la vuelvas!

—¡Arría, mala ralea!

El baldado, echándose de bruces, le clavó los dientes en el tobillo:

—¡Tirada!

Se remontó la tuerta:

—¡Tú quieres que te aplaste!

Desprendióse de una revolera y le dio en la cabeza con el zapato. El rejo despreciador y las manos sobre el talle, escupió una salivilla de mofa. El tullido, con bramas de injurias, le clavaba los ojos enconados, redondos de rabia:

—¡Tirada!

La mujer, soflamera, se daba al guiño con los bandidos, que se divertían embullando el rifirrafe. Carifancho le alargó la bota:

—Bebe tú, que beba ese, y a darlo todo por acabado.

La bisoja recogió la pellejuela y, levantándola con garbo, refrescóse la boca. Luego, sacando una tajada del lebrillo, se puso a cantar:

—¡Aquel tuno, tuno,
robarme quería,
robarme la cerda
que llevo en la liga!

VIII

Tío Juanes, con dignidad homérica, metió los dedos en el condumio, y los cuatro bandidos secundaron en el ejemplo. El mosto y la ocasión azarosa condujeron el coloquio. Pinto Viroque, desertor de presidio, contrabandista y cuatrero, expuso el ideario del Finibusterre de Cartagena:

—La Ley de Dios es la igualdad entre los hombres. ¡Va diferencia del robo que supone la riqueza, sustentándose sobre el trabajo del pobre, y la justicia que nosotros hacemos rebajando caudales!

—¡Esa es la chachipé!

La sombra del tullido se alargaba. Proseguía el Viroque:

—Yo he rodado por todos los cortijos de esta tierra, y en todos ellos roban al trabajador, que deja la vida en los campos y no come.

El cachicán molía su sonrisa de viejo cazurro en un rincón de la boca:

—El trabajador, hoy en día, tiene hasta vicio. Yo conozco lo que pasa, sin que ello valga para contradecir que haya mucha avaricia en el señorío. Por eso, nuestra obligación es atender a la rebaja de caudales.

—El mundo está muy descompuesto, y hay que arreglarlo. ¡Unos tanto y otros tan poco no está bien!

—¿Qué méritos pone el que hereda?

—Ser hijo de su padre.

—Y muchas veces no serlo.

—Un mundo bien gobernado no permitiría herencias. Allí todos a ganarse la vida, cada cuál en su industria. ¡Ya subirían los más despiertos! Dende que se acabase la herencia, se acababan las injusticias del mundo. Y como el dinero agencia el gobernar, los ricos que truenan en lo alto, todo lo amañan mirando su provecho, y hacen de la ley un cuchillo contra nosotros y una ciudadela para su defensa. ¡Si a los ricos no les alcanza nunca el escarmiento, por fuerza tienen que ser más delincuentes que nosotros! ¡Con la salvaguardia de su riqueza se arriesgan adonde nosotros no podemos!

Confirmó la tuerta:

—¡Y cuando se puede, es por algún padrino que nos asegura!

Clavó su aguijón el tullido:

—Se puede robar un monte y no se puede robar un pan. ¡Eso es la España! Y el caso aconteció con Doña Ximena. Tío Belona, cuando fue alcalde, se quedó con el monte de Peralvillo. ¡Sembrado de olivar lo tiene!

Tornó la bisoja:

—¡Y a un mozo, por robar un pan, le mandaron a Ceuta!

—¿Eso es justicia? La extrañeza es que, siendo tantos los castigados por la falsedad de las leyes, no se junten y hagan valer su fuero.

Sacó el busto Pinto Viroque:

—Si yo tuviese cincuenta hombres que me siguieran, veríais la iguala que hacía, y entonces el que trabajara que comiera. ¡Y cuántos ricos inútiles iban a jamar maroma!

Se removió el tullido:

—¿Es justicia que un hombre, cuando se estropea para el trabajo, no tenga otro amparo que la muerte? ¡Poco es la rebaja de caudales! ¡Con menos que la horca no pagan los que fomentan tanta desigualdad como hoy impera! Pero eso no se alcanza con sofismas de sobrecena. Pasadas noches se ha cuestionado rebajarle a ese mochuelo quinientas onzas de su caudal, y ahora le habéis dejado por bajo de la mitad. Con esas blanduras se camina al descrédito.

Rechinó, esquinada, la molinera:

—¡Vinieran los tres mil durandartes!

Falló, doctoral, Tío Juanes:

—¡Esa familia no es una California!

—Pues si mi fe valiera, antes de rebajar un chulí se obraba un escarmiento. En la primera carta a la familia se ha escrito que se colgaría la cabeza del cautivo en el aldabón de su puerta, y no se aventuran palabras para no darles cumplimiento.

IX

Hacía nocharniegas el farol y estaba floja la pellejuela. El Tío Blas de Juanes explicaba con su rezo conciso, que tenía tañido de metal antiguo:

—Todo en la vida se pone en lo mismo, y no hay otra cosa. ¡Tener aldabas! Ahora las aldabas dicen: "Caballeros, a no repicarnos y andarse con pupila y estarse aplastados." Pues eso nos cumple, y la primera cosa ha de ser esquivarnos de peligros manifiestos y transponer al pájaro. Y, en fin de cuentas, ver si en alguna cosa puede condescenderse, y rematar lo más pronto posible este negocio.

Enconado, asestó el tullido:

—¡Antes de recoger una miseria, debe hacerse como se ha dicho, y colgarle la cabeza de la aldaba!

—Esas son pamplinas. Si se sacan tres mil durandartes, no habremos salido con las manos en la cabeza. Hay que ponerse en razón y comprender que esa familia no es una California.

Saltó Vaca Rabiosa:

—La rebaja, sin contar con todos los compañeros, no puede acordarse.

Asintió Patas Largas:

—De la rebaja se hablará a su tiempo, que, como encontrásemos una jaula segura, no habría caso.

Confirmó el Viroque:

—¡Planoró, que has estado muy bueno!

Tío Juanes, con un gesto duro, borraba los dichos de los otros, para proseguir tenaz y pausado:

—La Guardia Civil, visto lo tenéis, anda julmando por descubrirnos las querencias, y conviene proceder con sentido. Este negocio puede torcerse y aparejarnos un estropicio si no se tiene mucha cifra. Ocho mil duros, que se han pedido por el rescate, son muchos miles, y la familia, aun cuando acaudalada, tardará en reunirlos. Han pedido un plazo, y no habrá más remedio que concederlo.

Patas largas amontonaba el ceño:

—La familia se ha berreado y busca ganar tiempo.

Se alargó la sombra del tullido, entalada y fúnebre.

—¡Esa olisca me ha dado! Y de salir cierto, se impone cumplir lo que iba puesto en la carta y hacer un escarmiento que sea sonado.

Vaca Rabiosa se tocó el navajón que escondía en la faja:

—Caballeros, si llega el caso de cumplir la sentencia, como me sospecho, que se me reserve la cabeza de ese jabato. Va para dos meses que afilé la herramienta, y todavía está sin haberse estrenado.

La sombra del tullido encendía los ojos de lechuza, en su nidal de trapos:

—¡Colgarle la cabeza en la aldaba de la puerta es lo que cumple si la familia no apoquina el loben! No se hable de rebajar la suma. Si os hacéis de miel, se os comerán las moscas. Las cosas se divulgan, y aluego no se podrá trabajar sin que vengan poniendo alguna rebaja.

Enseñó los dientes el Viroque:

—Se tarifa contando con ello.

El tullido se alargaba en su mortaja:

—¿Y el tiempo que se pierde? ¿Y el riesgo que se corre con el pájaro en la jaula? Si de una vez se hiciese un escarmiento, verías cómo las familias andaban menos renuentes para aflojar el parné.

Vaca Rabiosa se estallaba los artejos:

—¡Tú la entiendes, y esa es la fija!

El tullido se recogía escupiendo en la lumbre con tos cavernosa.

X

Tío Blas de Juanes maduraba en los rincones de la boca su mueca de viejo pardo:

—Si esta noche hacéis cuenta de transponer al mochuelo, no hay que perder la razón.

A espaldas del tullido, sacó la lengua la bisoja, con hurto bellaco:

—¿Dirá usted que ha estado por demás el pienso que

les echamos a las caballerías? Pero estoy conforme en que no conviene retardarse.

Negrotes, zainos, burlones, los cuatro bandidos se contraseñaban. Carifancho se alzó con zalameras jonjanas:

—El negocio se ha escachifollado, vista la precisión de aburrir este nido. El nuevo escondite habrá que pagarlo, y por el camino habrá que ir aflojando parné para callar lenguas y cegar ojos. En lo menos tres noches, no llegamos a seguro, si llegamos, pero los tricornios ya se ha visto cómo nos andan sobre los pasos. Camino tan disforme se lleva un pico de la ganancia. Añadid ahora el nuevo escondite. Pues hemos trabajado para el archipámpano, y no valía la pena de haberle puesto los espartos a ese pollo.

Saltó la comadre, palmoteando sobre la cadera, con un revuelo de la falda:

—¡Ya os veo de venir, y toda esa retórica es para dejarnos otra vez cargados con el mochuelo!

Acudió con un quiebro Patas Largas:

—No vayas tan apurada, Juanilla. Nosotros, para resolver, esperamos las noticias que traiga esta noche Padre Veritas. Si se halla comprometido, cambiar de jaula, y si vosotros persistís en lo dicho, se apiola al pájaro.

Confirmó Vaca Rabiosa:

—Antes que repartirnos una miseria, más provecho sacaremos obrando un escarmiento.

Se afilaba el tullido en el borde del fogaril:

—¡Hay que colgarle la tiñosa cabeza en el aldabón de la casa!

Tío Juanes apuntó su sentencia lagarta:

—¡No abramos un pozo para tapar un hoyo! Y por lo que discierno, el compromiso más pequeño es dejar al lechuzo en su oliva.

Se avino Carifancho:

—Si eso puede ser, no se hable más.

Y ariscóse la comadre:

—¡Tío Juanes, que los tricornios nos tienen puesta la fila!

—¡Lo transpondremos a Cueva Beata!

—¿Y quién lleva el alpiste?

—Que ayune el traspaso. Ahora, caballeros, vamos a ver cómo se le hace escribir una carta que le ponga el alma en un puño al cutre de su padre. O, por mejor, al padre y al hijo, porque vamos a darle un bromazo al pollo. Es una diablura que puede traernos algo en el rabo. Pues, caballeros, mi discurso es que ese mocito escriba otra carta, aluego que vosotros le deis la gran desazón, con amenazas de muerte, haciéndole creer que le ha llegado la última hora. Así conseguiremos que el hombre apriete al marrajo de su padre para que afloje el loben. ¡Y todos contentos, en la reserva de enterrarle vivo en una zanja o de llevárnoslo por esos andurriales, conforme lo que traiga en las mirlas Padre Veritas! Si es necesario enfriarlo, se hace, y si no es necesario, se le guarda. De todas suertes, con hacerle escribir la carta nada perderemos.

Sobre el umbral, en el claro de luna, la tuerta picardeaba:

—¡Saca usted más invenciones que un papel de romances! ¡Tío Juanes, mueva las tabas, si habemos de ahuecar con el bulto para Cueva Beata!

Tío Juanes, ladeado el catite, redondo el ruedo de la capa, sobre el pecho los lilailos monjiles del escapulario, se caminó para la puerta. En el fogaril, el tullido levantaba el busto, aviborado sobre el arrebujo de las canillas:

—No estaría de más que algún otro saliese a ver si está libre el campo.

—¡Muy puesto en razón!

Vaca Rabiosa apagó el chicote en la suela del zapato y, agudo, se salió afuera.

XI

La bisoja, apartadas las gavillas que disimulaban la lobera y puesto el farolillo al borde, se sumía en el antro.

—¡Padre camastrón, aquí tocan llamada!

—¡Me abraso de sed!

Rodaba difusa y profunda por las terreñas bóvedas aquella voz de africano cautiverio. En la boca del silo asomaba la mano de la comadre a la requisa del farol:

—Tío Juanes, échese usted de pechos para le antecoger por los brazos.

—¡Allá vamos!

Despojado del sombrero y la capa, zanquilargo, en talle de galgo viejo, aplastóse sobre la boca de la cueva.

—¡Hala, gandul! ¡Hala! ¡Hala! ¡Hala! ¡Pesa usted menos que una lenteja! ¡Hala! ¡Hala!

Izaba al prisionero asido por las muñecas. Detrás asomó la bisoja, con el farol y unas enjalmas:

—¡Vale Dios, echarle sobre las carnes ese apaño!

Gimió el cautivo:

—¡No puedo caminar con las cormas!

Y conquirió Tío Juanes:

—¡Ánimo! Le llevaremos a usted en volandas. ¡Echa acá una mano, Vaquilla!

Acudió ligero el bandido, jugando los brazos al saltar del bardil desde donde oteaba. Cubierto con las jalmas, metieron al preso en la cocina. Era un mascarote consumido, afligido, en pernetas, como lo habían raptado de su cama. Un pañuelo le vendaba los ojos, un cepo le trababa los pies, un grillete le rodeaba las manos. Le metieron en la cocina. Para verle, el baldado del fogón aguzaba el hocico y los ojos, con una expresión de rata maligna.

XII

—Suéltensele las manos y póngasele delante el lebrillo de los chicharrones. ¡Qué lo rebañe! El requisito del bien cenar no se le niega a ningún reo de muerte.

Empavoreciose la voz del cautivo:

—¿Van ustedes a matarme?

—¡Vamos a cumplir la sentencia que te impone con su cicatería el raído mala casta de tu cochino padre!

Gimió el cautivo:

—¡Mi padre está por encima de esos insultos! Si no ha ofrecido más, es porque más no puede.

Alzando el hombro hasta tocar la oreja, ceceó Patas Largas:

—¡Pues ya verá dónde se le pone la guasa de querer diñársela a los caballistas! Se acabaron las contemplaciones. Tu padre te sentencia a morir, y tú, como buen hijo, debes disponerte a ello sin rompernos la cabeza con llantijos.

Se aventuró el cautivo:

—¡Si ustedes me matan, no sacarán nada!

Flameó el pabilo consumido del baldado sobre las trébedes de las canillas:

—¡Sacaremos haber dado un ejemplo a las cochinas familias que se pudren de talegas y dejan morir a sus hijos!

¡El cochino usurero de tu padre verá lo que le cuesta no desenterrar las onzas!

Intervino, poniéndose de por medio, el Tío Juanes:

—Caballeros, creo que nos aceleramos, y que si una carta no ha sido bastante a ultimar este negocio, otra puede arreglarlo. Este pollo le escribirá por última vez a su señor padre la necesidad en que se encuentra. ¡Amigo, usted buscará modo de ablandarle el corazón!

Corearon los compadres:

—¡Duro le tiene el raído!

—¡De usurero ladrón!

—¡Un canto de río es más humano!

Suspiró el cautivo:

—¡Mátenme ustedes, pero mi familia no puede reunir la suma que ustedes exigen!

Apaciguó Tío Juanes:

—Tú escribirás, y ellos verán lo que gobiernan.

—¡Mi familia no puede encontrar ese dinero!

Amenazó Patas Largas:

—Déjate de pamplinas. Tú, si no quieres pasarlo mal, vas a escribir otra carta.

—¡Yo haré lo que ustedes ordenen, pero sé que todo es inútil!

Tío Juanes se inclinó, tocándole el hombro:

—Guárdese usted esos calendarios... ¡Tan y cuanto estos ángeles se cercioren, date por muerto, padre camándula!

La molinera sacó de la hucha el recado de papel, tintero y pluma. El Patas Largas puso al cautivo de cara a la pared, y en tanto le desvendaba, hacía el ojo zaino a los otros compadres para que se estuviesen detrás.

—¡Si vuelves la cabeza, te paso de una puñalada!

Y le mostraba por el hombro el facón que se había sacado de la cintura. La molinera, cubierta la cara con el mandil, puso sobre las rodillas del prisionero un cartapacio con el recado de escribir.

—¡Aviado!

XIII

Los caballistas se consultaban con los ojos. Tío Juanes meditaba. Se arrastraba el tullido al borde del fogaril. Suspiraba el preso. Patas Largas le tenía apoyada la punta del facón sobre la nuca. Musitó el cautivo:

—¡En mi casa no hay dinero!

Tío Juanes, arisco, sin volver la cara, interrogó:

—Caballeros, ¿se acuerda alguna rebaja?

Respondió un levante de voces:

—¡Que el camastrón de su padre apoquine el loben!

—¡Que afloje la zaina!

—¡Mi padre ya da lo que puede!

—¡Gandulazo, que te buscas un finibusterre! ¡El cutre de tu padre abilleta el sonacai en tinajones!

Silbaba el baldado:

—¡No escribes, charrán! ¡Reza el yo pecador!

Coreaba Carifancho:

—Basta de cartas y de enredos. ¡Ahora voy a darte lo tuyo, majito!

Vaca Rabiosa montó su retaco:

—¡Hombre muerto no habla!

Con grandes voces, aparentando que el compadre se disponía para hacer fuego, metíase por medio Tío Juanes:

—¡No dispares!

—¡Aquí se hará lo que nosotros queramos, porque aquí no mandan más bocas que las de los retacos!

Y Carifancho, sacando su faca, se mofaba con flamera gambeta:

—¡Un tiro vale dinero, y este palomito no merece cosa mejor que una puñalada!

—¿Qué vas a hacer? ¡Trae esa faca!

—¡No quiero!

—¡Detente!

XIV

Tío Juanes trabó una lucha para que no descargase el golpe. El cautivo no se movía. Asustado, miraba en la pared el tumulto de sombras, el guirigay de brazos aspados, ruedos de catite, mantas flotantes, retacos dispuestos. Intuía el sentido de una gesticulación expresiva y siniestra por aquel anguloso y tumultuoso barajar de siluetas recortadas. La sota de copas, ronca de la disputa, bebía de una pellejuela. La de espadas, inscribía en la pared los ringorrangos de un jebeque. El cautivo temblaba con el cartapacio sobre las rodillas. Alarmas y recelos le sacudían. Batallaban sensaciones y pensamientos, en combate alucinante, con funambulescas mudanzas, y un transporte del ánimo sobre la angustia de aquel instante al pueril recuerdo de caminos y rostros olvidados. Sentíase vivir sobre el borde de la hora que pasó, asombrado, en la pavorosa y última realidad de transponer las unidades métricas de lugar y de tiempo a una coexistencia plural, nítida, diversa, de contrapuestos tiempos y lugares. Fuera se remontaban azorados ladridos, cacareaba, puesto en vela, el gallinero; zamarreaban con relinchos y coces los caballos atados bajo el cobertizo. Crujía la techumbre. El preso volvió la cabeza. Acicateados en una ráfaga, contrahechos en una sombra sin relieves, los bandidos se salían por la puerta. El tullido, encenizado, oliendo a chamusco, se sacaba del jubón la llave del cepo:

—¡Oye, gran rajado, sinvergüenza! Yo te liberto las tabas y tú me sacas en brazos. ¡Esos tíos sarnosos y la gran roída poco que se alegrarán de vernos salir ilesos! ¡Y este cochino techo está mirando cuándo nos aplasta!

XV

¡La riada! Giraban las aspas del molino con un vértigo negro de pájaros absurdos. Huroneaba por los olivares el viento. La zorra aullaba al borde de la barranca y su hálito fosforecía en la nocturna tiniebla. Bajo la luna, la quiebra azulada del horizonte, indecisa de resplandores y nieves, tenía un pronto y confuso tumulto de rebotante marea. Saltante, pujante, espumeante torbellino de crines al viento. Hacían agorino todas las voces del campo, despiertas, sobrecogidas de terror ante el crinado relámpago de las azulinas quiebras. El lobo y la loba, en el claro de luna, suspendían sus juegos y aguzaban las orejas. Los pájaros que dormían en los surcos se levantaban azorados, acogiéndose a los olivos, con inquieto aleteo. Arreciaba remoto el baladro de los chicos, y el machero, encaramado en un tolmo cercado de espumas, rezaba juntando las manos, la cigüeña del cañado, sobre un fondo de luceros. Rugían las secas esguevas, y sus terreñas encías desmoronábanse enlodando el rugiente cristal de las quebradas nieves. Una tromba de viento desgreñó

el lunero tejado del molino. Las aspas, negras y frenéticas,
rodaban sus cruces sobre el repente de voces asustadas. La
riada, abierta en mares, remansada en curvas de espuma, se
tendía ganando las vegas. Flotaba sobre el agua un gallinero
arrancado de sus poyos. El gallo y las gallinas navegaban
cacareando. Gruñía en el fangal una piara. Pronunciábase
la gente de las quinterías con gritos y alarmas. Gatos y
mujeres desnudas salían a los tejados. En los remansos de
las vegas la luna multiplicaba su medalla.

LIBRO QUINTO

LA SOGUILLA DE CARONTE

I

Negro, sobre la lumbrada del ocaso, el arruinado molino tenía inmóviles las aspas. El Marqués de Bradomín, a mitad de la cuesta, muy velazqueño con atavíos de cazador, oía los cuentos de la molinera, y atendían de lejos, sentados en un ribazo del camino, Feliche y la Marquesa Carolina. Agorinaba la molinera:

—¡Subitáneo, mi señorita! ¡Subitáneo! ¡Fue aquel desate un propio santiamén de Lucifer! ¡Como lo pinto! ¡A pique de perecernos sin el aviso de la viga!... ¡Y vaya un revuelo de tejas por los aires, más negras que cárabos! ¡Como lo pinto! ¡Propio desboque de yeguas era aquel tumulto de mares monte abajo! Y ahora ¿qué se hace? ¡Buscar una cueva para acabar estos tristes años! ¡Todo aquel arreglo bendito se lo llevó el desate de aguas! ¡Santísimo Dios! ¡Ya nos tienes otra vez coritos como al nacer! ¿Qué cuevas nos deparas, Justo Juez? ¡Y si tampoco quieres darnos una cueva, mándanos un tabardillo y acaba tu obra misericordiosa, ya que tan desnudos nos dejaste! ¡No lo descuides, Rey de los Cielos! ¡Cinco inocentes, dos de un parto, un hombre impedido que pinga los reumas!... ¡Y qué te cuento, si sabido lo tienes!

En el cielo, raso y azul, serenaban las lejanías sus crestas de nieves, y en pujante antagonismo cromático encendía sus rabias amarillas la retama de los cerros. Remansábase el agua en charcales. Asomaba, en anchos remiendos, el sayal de la tierra. Volaban los pájaros en aparejado noviazgo. Entraba y salía, en los círculos de la tarde serena, el frívolo cuclillo, con su flautín irreverente.

Las madamas, desde el ribazo, recogidas y sobrecogidas, miraban a la molinera, flama, morena, caprina, un ojo velido, el otro con iris de verdes ágatas. Murmuró Feliche, impregnada la voz de suave bálsamo:

—Y ahora, ¿dónde se acogen?

Agorinó la molinera:

—¡Bajo el manto de la Santísima Virgen, que es la noche estrellada!... ¡Ni una cueva, mi señoría, ni un guiñapo para cubrirnos las carnes, sino estos guidillones que llevo sobre mí! ¡En lo fortunada, pocas me igualan! ¡Tengo de arriendo toda la tierra del mundo, para correrla del cabo al rabo con un caudillo de criaturas y un hombre que anda a las rastras!

La Marquesa Carolina se tapaba los ojos, poniendo un toque teatral en su espanto:

—¡Parece una sibila!

Y Bradomín, persuasivo, amable, con desdeñosa afectación de dandismo, rectificó a la madama:

—Un Job volteriano, Carolina.

Feliche, con rubores de reproche, agacelada y furtiva, miraba al caballero. Bradomín le envió una sonrisa, los ojos compadecidos, desilusionados, tristes de ciencia mundana:

—Feliche, ahora verás bajar del trípode a la última sibila manchega.

Se aguzó la molinera:

—Juana de Tito, para servirles en aquello que gusten de mandar. ¿No me aseñaba?

Bradomín asintió con desdeñosa indulgencia:

—Juana de Tito, por mi cuenta te será reparado el molinejo.

La mujer echóse de rodillas, la voz transportada de populares fervores:

—¡Bendito corazón que me guiaste al encuentro de este sol soberano! ¡No se le borre el buen pensamiento, mi señoría!

Murmuró con espiritual donaire la Marquesa:

—¡Era una falsa sibila, Feliche!

Juana de Tito asestaba su ojo de pájaro sobre el velazqueño caballero:

—¡Si la promesa me cumple, he de besar por donde pise

el señor mi dueño! ¿Cuándo hace el propósito de empezar su buena obra?

—Mañana.

—¡Dios del Cielo!

La molinera abría los brazos y se acorujaba besando el camino. Susurró con melindre la Marquesa Carolina:

—¡Feliche, nosotras también tenemos que preocuparnos de esta pobre gente y hacer algo por remediar su miseria!

Feliche batía los párpados:

—¡Me siento árida!

Y Bradomín la consoló con sutil dejo de galantería:

—¡Has visto convertirse en polvo a la última sibila! Dulce Feliche, una vez más han estado reñidas la estética y las obras de misericordia.

La molinera, acurujada en el camino, asestaba la inquieta y redonda pupila sobre Feliche. El ojo velido acrecía enigmático el prestigio unitario del ojo que miraba.

III

Tornando a Los Carvajales aullaban lúgubres los perros *Luzbel* y *Belial*. Se detenían vueltos sobre un rastro, las orejas erguidas, el rabo cobarde. La Marquesa Carolina se impacientó con un grito nervioso:

—¡Por Dios! ¿Qué les pasa a esos bichos?

—¡Ventean a la difunta!

Las madamas se asustaron. A su espalda agorinaba la voz de la sibila, que, callada, venía detrás. La Marquesa se asió al brazo de Feliche:

—¡Qué horrible mujer!

Y explicaba la voz sobre el camino:

—Miren acullá el farolete del velorio.

Feliche se santiguó:

—¿Quién ha muerto?

—La tía Cachicana, que despachó el viernes pasado, y como el desate del río se ha llevado la puente, aún no pudo recibir tierra bendita.

Se alarmó la frágil y pintada Marquesa:

—¡Para desenvolver una epidemia!

Y profetizaba, nocharniega, la voz sobre el camino:

—¡Volveremos a ir con soguilla para el cimenterio, como antañazo!

Feliche cerraba los dulces ojos agacelados:

—¡Es pavoroso!

Mostró asombro el Marqués de Bradomín:

—Y si el río se ha llevado el puente, ¿por qué no entierran a la difunta en Solana?

—La nuestra parroquia es Doña Ximena. Por ello mi decir de que otra vez iremos con soguilla para la sepultura.

Batía los párpados Feliche:

—¡Esta mujer da miedo!

Y acriminaba, voluble, la Marquesa:

—¡Parece loca! ¿Qué habla de la soguilla?

La molinera chuscó el ojo:

—El caballero bien me comprende. La soguilla con que se pasan los muertos por el río. Antañazo todos iban con ese aditamento. Después hubo puente. Ahora no lo hay. Miren acullá el farolete bajo el alpende. Conócese que sacaron a la difunta para afuera de la casa por la pestilencia.

Las madamas, sobrecogidas, miraban la luz que en el sombrizo del alpende también hacía el guiño de mirarlas, asomándose por cima de los bardales. Graznaba, manchando el cenit de la tarde, una bandada de cuervos, y los perros, sobre la linde, tenían un largo gañir estrangulado. Las madamas rezaban, supersticiosas.

—¡Qué horror, Feliche!

Murmuró Feliche, estrechándose a la Marquesa:

—¡Y esta mujer sin dejarnos!

Se volvió con instinto sobresaltado. Sentía la mirada fisgona de la molinera, la mirada redonda y enconada, que parecía signarla con negro presagio.

IV

La Marquesa y Feliche, estrechándose, cogidas del brazo, medrosas y ligeras, se metían por el portón de la casona. Un mozuelo pitañoso y zanquilargo, gorra de visera y alpargatas, rebatía la aldaba sin que acudiese ningún criado. Ante el revuelo de las azoradas madamas, se ariscó, escupiendo una salivilla:

—¡Contra! ¡Aquí todos parecen sordos! ¿Es que no va a haber quien reciba un parte del telégrafo?

Volvió a los redobles de aldabón y salió un criado de librea, solemne, las manos a la espalda, la pechuga de papagayo. Echaba por delante con grave compás los zapatos de hebilla:

—¿Te has creído que llamas en un mesón?

—¡Pues sí que está ocurrente! ¿Sabe usted el tiempo que aquí llevo?

El criado salió al umbral, y con gozo sereno de clérigo panzón se estuvo mirando la puesta solar. Se volvió, finalmente, al pitañoso mozuelo:

—¿Qué se te ofrece?

—Un parte del telégrafo.

—¿Y para eso tanto ruido? Ahora saldrá quien te lo recoja.

Se alejó majestuoso, mientras el zagalón rezongaba limpiándose la pestaña con un trapo mugriento. El Marqués de Bradomín descargó la escopeta sobre el remontado vuelo de unos estorninos, y los perros sacudieron su espanto corriendo con alegre zalagarda. El olor de la pólvora y las carreras de los perros trastornaban el sentido de la tarde, dándole una apasionada vehemencia. Al otro lado del portón, la molinera y el mocete se tiraban manganas.

—Si no llamas, raro que vengan.

—Y llamando acontece lo propio.

—¡Mete un repique como para despertar a San Pedro!

—¡Y me gano una tunda! Puedes tú hacerlo.

—A mí nada me va, que mi procura la tengo en ese caballero cazador.

El Marqués de Bradomín se acercaba, y la molinera, al acecho, recogida en el misterio de su máscara, comenzó una prosa:

—¡Señor mi dueño, remediador bendito, tanto me gozo con el día de mañana, que hago el cuento de lo esperar en este portón!

El Marqués de Bradomín, en la fría claridad del crepúsculo, acentuaba su empaque de figura velazqueña. Feliche, en una ventana, los rizos revolantes sobre la frente, llevaba los ojos por los pardos lejos, buscando con obstinada expresión la luz del alpende. No logró descubrirla, y quedó en la ventana diluyendo su angustia interior en la angustia de la hora crepuscular. El Marqués de Bradomín, enviándole una sonrisa, entró en la casona. A su espalda, la sombra caprina ponía el ojo en la ventana, escrutando a Feliche. Tornaba el aullido de los perros. Feliche huyó con un grito:

—¡Qué horrible mujer!

Sentíase yerta, transida de angustioso sobresalto, con la certeza irremediable de su destino, como si acabase de verlo en el fondo maligno de aquella pupila agorera.

V

El Marqués de Torre-Mellada, avecindándose al balcón, desdoblaba el telegrama que un lacayo acababa de presentarle en bandeja de plata. Terminada la breve lectura, con los quevedos en la punta de la nariz y el aire lelo, miró a su mujer. La Marquesa, aspirando el pomo de sales inglesas, le observaba:

—¿Alguna contrariedad?

—¡Un telegrama que no entiendo!

—¿De quién?

—Firma Luis.

—Será de tu primo Luis Osorio. ¿Qué te dice?

El repintado palatino, asegurándose los quevedos, se arrimaba el papel a los ojos, metiéndose en el hueco del balcón:

—"¡Ven con el quiquiriquí, Luis!"

—¿El quiquiriquí?

—¡Perfectamente claro!

—¿Tú has ofrecido algún quiquiriquí a Luis Osorio?

—No recuerdo. ¡Pero a santo de qué...!

—¿A nadie le has ofrecido?...

—¡A nadie, que yo sepa!

La Marquesa Carolina se emperezó con gesto displicente:

—Eso tiene todas las trazas de una burla. ¿A qué persona, con sus cabales, puede ocurrírsele ese ordeno y mando de que tomes el tren para llevarle un gallo?

Torre-Mellada, en el balcón, tenía un falso balido y hacía dobleces al papel, con los espejuelos bailones en la punta de la nariz.

—¡Una broma! Pero ¿de quién?... ¡Luis! ¡Luis! ¡Como no sea Luis Bravo!

116

La Marquesa Carolina aspiraba su pomo de sales con una sonrisa de conmiseración:

—Volvemos a lo mismo. ¿Tú le has ofrecido un gallo?

El Marqués emprendió un trote menudo del balcón a la puerta.

—¡Luis Bravo! ¡Qué luz! Está aclarado el misterio.

—¿Le has ofrecido un quiquiriquí?

—Carolina, tendría que darte explicaciones muy enojosas para que pudieses comprender toda la trascendencia de este telegrama. ¡Son secretos de Estado!

Se incorporó con movimiento vivo la madama:

—Escucha, Jerónimo. Si tus deberes de hombre importante te imponen silencio, nada te pregunto, supuesto que ese telegrama sea de González Bravo... Pero trae tal olorcillo de faldas, que pudiera no serlo, y en ese caso tendría derecho a una explicación. ¡Cuando menos, a reprocharte que no hubieses sido un poco más discreto reservándome el contenido de ese papelucho!

El Marqués se arrugó con carantoña de beaterío:

—¡Qué imaginación la tuya, Carolinita! ¡Son secretos de Estado! Perdóname que no sea más diáfano.

La Marquesa se recogió en el canapé con gesto de hastío:

—¡Está bien!... Y créeme arrepentida de haberte cuestionado sobre ese importante secreto del quiquiriquí. ¡Qué asco! ¡Apesta a mujerzuela!

El palaciego se afligía falsamente:

—¡Carola, esa aberración no es compatible con tu talento!

Repitió la dama, con risa de displicente mofa:

—¡El quiquiriquí!

El Marqués volvió desde la puerta con su falso balido:

—Voy a levantar una punta del velo. No quiero que existan nubes entre nosotros, querida Carola. Lo del quiquiriquí es un simbolismo. Luis Bravo alude a uno de nuestros mejores amigos, que actualmente se halla en Los Carvajales.

La Marquesa frunció el dorado arco del ceño:

—¿Adolfito?

La engatusó el marido:

—¡Qué sagaz eres!

—Pues ya puede volar solo, sin que tú le acompañes.

El Marqués acarició las manos de su mujer:

—¡No era más que una punta del velo! ¡Carolinita, no me pongas en el trance de serte desagradable!

La Marquesa retiró las manos con disgusto:

—No deseo que violes ese secreto de Estado. Desgraciadamente, creo adivinarlo.

—¡Siempre irás demasiado lejos!

La madama tenía un empaque puritano:

—El quiquiriquí es el nuevo capricho de la Reina.

—¡Por Dios, Carola!

—¡El último baile ha sido un escándalo!

—¡Qué calumnias!

—¡Todo eso da asco! ¡Y verte a ti terciando en tales tapujos me avergüenza y me duele en el alma!

El Marqués hacía su carantoña de beaterío:

—¡Carolinita, te obcecas y me apesadumbras con apreciaciones injustas! ¡Tapujos! ¡Francamente, empleas un vocabulario!... ¡Tapujos!

La madama clavó los ojos agudos y enconados.

—El nombre podría ser más duro.

Se solemnizó el palaciego, alargando una mano:

—¡Calla! ¡No manches tus labios! ¡No abras entre los dos un abismo infranqueable!

Los ojos de la madama se hacían cada vez más duros:

—Jerónimo, las obligaciones de tu sangre te vedan esas tercerías. González Bravo ha olvidado que eres un Grande de España.

—¡Qué nervios! ¡Qué nervios! Carolinita, la imaginación te exalta todas las cosas. Vas a escucharme con calma. Yo soy como un padre para ese perdis de Adolfito. Feliche es como una hija en nuestra casa.

Musitó la Marquesa:

—¡Pobre Feliche!

Torre-Mellada bajó la voz, revistiéndose de un aire importante:

—Luis Bravo, sabes lo expeditivo de su genio, sabes nuestra antigua amistad, y no puede extrañarte que me haya hablado con cierta franqueza respecto a Adolfito.

—¡El quiquiriquí!

—Carolinita, deja las reticencias. Si me oyes con calma, acabarás por darme la razón. Luis Bravo, en nuestra última entrevista, sin ambages, a boca de jarro, como él las gasta, me ha enterado de algunos pormenores... En una palabra, que vino a decirme: "Tengo a ese pollo en las uñas. He adquirido todas sus deudas y en mi poder obran testimonios infalibles de que vive bordeando el Código Penal." ¡Exagera! ¡Indudablemente exagera! ¡Comprenderás, Carolinita, mi situación en aquel momento! Intenté disculpar a ese perdis. ¡No hallé palabras! ¡Estaba anonadado! Luis Bravo me autorizó para prevenir a nuestro insensato amigo y hacerle saber que está en las uñas del Gobierno. Carolinita, ¿debo dejarle con los ojos vendados caminar a un abismo cuyo fondo no puede medir? Esa es toda mi intervención en este asunto. Ya has visto cómo mis convicciones de amigo y de cristiano no están reñidas con ser Grande de España.

La Marquesa plegaba su boca de falso carmín con una mueca desdeñosa:

—La explicación de esa intriga, donde tú actúas como amigo entrañable y ferviente cristiano, ¿no podrás dármela?

Cacareó Torre-Mellada, entre ladino y abobalicado:

—¿Por qué no? Tú, Carolina, me prometes no divulgarlo. Adolfito, son las voces que corren, está indicado para un puesto en la Alta Servidumbre.

—¿Y la indicación es de la Reina?

—Carolinita, mi lealtad monárquica me impone discreción.

—¡Es repugnante!

—Carolinita, nosotros no podemos hacernos eco de bajas hablillas. El Gobierno, muy natural que busque aliados de su política en Palacio. La política es maquiavelismo.

—¡El quiquiriquí! ¡Alta Servidumbre!

La Marquesa acentuaba sus palabras con gesto de repulsa. Explicó el palaciego:

—No se quebranta el protocolo. Adolfito es Grande de España.

—¡Un Grande de España que bordea el Código Penal!

—¡Carolina, esas cosas no se creen!

—¡Tienes razón! Creyéndolas no sería nuestro huésped el Barón de Bonifaz. ¡Pobre Feliche!

Sobre el fondo sinfónico del anochecido cruzaba ululante la queja de los perros. La madama agitó el cordón de la campanilla. Evadióse el Marqués. La señorita Aline acudió con esbelto trote de cebra:

—¡Esos perros, Aline! ¡No puedo más! Cierre usted el balcón.

—¡Son los perros de todas las noches, señora!

—¡Es horrible! Avise usted a Toñete. Es preciso que den tierra a ese cuerpo.

VI

La Marquesa Carolina, mimando la comedia del frágil melindre nervioso, bajó a la sala zaguanera, donde damas y galanes hacían la tertulia del véspero. Teresita Ozores, Lulú Berlanga, Pepe Tamara y Jorge Ordax se divertían jugando al burro, con chabacana algarabía. El Brigadier Valdemoro y Don Pedro Navia paseábanse de uno a otro testero, arcanos y meditativos. Dos bueyes labrando un surco. Gonzalón, cabalgando en una silla, tomaba el fresco al pie de la reja, y desde allí, de tiempo en tiempo, graznaba un timo chulapo. Pepín Río-Hermoso asistía al carcamal palaciego en la traducción de un tratado inglés de veterinaria. La Marquesa Carolina hizo su aparición armoniosa y lánguida, rubia pintada, gracia crepuscular y francina de Dama de las Camelias. El Marqués llamó a su mujer, con falsete casquivano y glándulo:

—Carolinita, ¿quieres sacarme de esta confusión?

Entornó los ojos la madama:

—Tú dirás. ¡Yo, con mil amores!

Apuntó el pollo Río-Hermoso:

—Estamos completamente peces, Carolina.

Murmuró la dama:

—¡Pues sigo sin haberme enterado!

—De la lengua de Milton.

—¡Oh!... ¿Y qué deseáis?

—Que nos eches un capote. ¡Tú chamullas el inglés como una lady!

—No tanto.

Suspiró el retocado carcamal:

—Haz el favor de traducirnos este párrafo, Carolinita.

La Marquesa tomó el libro y se acercó al quinqué. El marido, meticón y zalamero, le apuntaba el párrafo con el índice. Pepín Río-Hermoso hacía el propósito mental de perfeccionarse en la lengua inglesa, disciplina indispensable, dadas sus aficiones hípicas. El Brigadier Valdemoro y Don

120

Pedro Navia se replegaron en un testero, y suspendía la broma del naipe el otro cotarro. Sonreía la Marquesa:

—Parece que voy a oficiar.

Comenzó a leer en medio de un profundo silencio. El Marqués arrugaba la cara, confrontando la lección del librote con los síntomas que presentaba Fanny. Pepín Río-Hermoso entornaba los párpados deseando atesorar íntegramente toda aquella doctrina veterinaria. La Marquesa Carolina hizo una pausa:

—¿Continúo?

Murmuró el marido, con falsa carantoña:

—Si no te cansas.

—Pues tomaré asiento.

Insinuó Pepín:

—¡No te molestes leyendo, Carolina! ¡Jeromo, son los síntomas de Fanny!

—¡Indudablemente!

El Brigadier Valdemoro, haciendo piernas, heroico y campanudo como si recorriese un campo de batalla sembrado de muertos, salió de la sombra y vino a fincharse en medio de la sala.

—La Fanny no tiene otra enfermedad que mimo y monada.

El Marqués le reconvino, con aspaviento:

—¡No has oído cómo tose!

—¡Monada!

Pepín Río-Hermoso sentía una profunda indignación:

—¡Si se ahoga!

Se encrespó el mílite glorioso:

—¡Monada!

Insistió el pollo:

—¡Si tiene la enfermedad pintada en los ojos!

El Brigadier Valdemoro acentuaba su pompa de gallo bélico:

—¡Monada! Esa niña requiere una tanda de palos, ponerle la silla y meterle una carrera que la bree.

El Marqués y Pepín Río-Hermoso cambiaron una mirada de estupor. Cacareó el vejete:

—¡Pobrecita Fanny!

Y apuntó Pepín Río-Hermoso:

—¡Si el animal se cae, Brigadier!

—No sea usted doctrino. Esa niña se pone buena con una estaca.

Gritó burlona Teresita Ozores:

—¡Jesús, qué hombre más sanguinario!

—Teresita, con usted soy una malva.

—Yo quiero que lo sea usted con todo el mundo, incluso con esa yegua Traviata. ¡Para usted todo es monada!

El Brigadier Valdemoro se finchaba tripón:

—¡Todo no, Teresita!

—Vamos a ver. ¿Yo qué soy para usted? ¡Una monada!

El Brigadier Valdemoro, guiñando la pestaña, se puso los galones de sargento:

—¡Usted, una monería!

Aplaudió, burlona, la Marquesa:

—¡El Brigadier es invencible en los salones y en los campos de batalla!

Jorge Ordax musitó, sentado entre Teresita y Pepe Tamara:

—¡Me irrita cómo ese hombre se pone en ridículo!

Se regocijó Lulú Berlanga:

—¡Es una eminencia!

Y Pepe Tamara:

—¡Valor probado!

Bromeó Teresita:

—¡Un Daoíz y Velarde, como dice mi doncella!

VII

Con voces, silbos, carreras y zalagarda de canes, se avecinaban al portón de la casona algunos huéspedes, que por quemar la pólvora habían estado tirando a los buitres de Los Castriles. El Marqués de Torre-Mellada se avizoró metiendo la cabeza por la reja:

—¡Adolfito! ¡Adolfito!

Graznó una voz jocosa:

—Se ha extraviado, Jeromo.

El Marqués acudió al zaguán, y el ritmo del trote rimaba el teclado de su risa ovejuna:

—¿Dónde está ese perdulario?

Berreó Gonzalón desde la reja:

—¡Papá, si esta tarde se ha ido en el tílburi a Solana!

Canturrió Teresita Ozores:

—Tiene allí la querencia.

El Marqués tornaba a los medios de la sala. En la puerta, el grupo de cazadores sobresalía algarero y bizarro. En el zaguán, un montero atraillaba los perros. Lulú Berlanga metía la cabeza entre Pepe Tamara y Jorge Ordax:

—¡Sois unos sosainas! ¿Por qué no le gastáis una broma esta noche cuando vuelva de pelar la pava?

Saltó Teresita:

—No tienen imaginación estos chicos.

Lulú Berlanga, con guiño de confidencia, se llegó a Gonzalón:

—Estamos conspirando para gastarle una broma a Bonifaz.

Gonzalón se alegró, con sonrisa pascual:

—¡Podíamos darle un susto!

—¿Has pensado algo?

—¡Darle un susto!

Gritó la tarasca, azotando blandamente los lomos del joven Torre-Mellada:

—¡Este tiene una idea!

Gorjeó Teresita:

—¡Será buena!

—¡Pchss!... Salirle al camino y darle el alto con una descarga. ¿Hace?

El Marqués abría los brazos con una carantoña de mal comediante:

—¡Niño, no seas tan armadanzas! ¡Me asustan esas bromas peligrosas!

Graznó el hijo con zaino respeto:

—¿Qué peligro ves tú en soltar cuatro tiros al aire?

—Pero ¿cómo pueden divertiros esas bromas incultas?

Se transfiguró el hijo en filósofo:

—¡A falta de cosa mejor!

El padre consintió, atribulándose:

—Unos tiritos al aire, y os volvéis. ¡Lo peor será si se espanta el caballo! ¡En esas bromas siempre puede ocurrir una desgracia!...

Sobre la voz fatua apuntó de pronto un mimo asustado. El Marqués se acordaba del guardia muerto en la tasca del Garabato. Y su pensamiento se comunicó a todos. Sobrevino el silencio tras la festiva bullanga de damas y galanes. Entraba el claro de luna por las grandes rejas, y el nigromante ladrido de los canes rasgaba el azul nocturno de grillos y luceros. La Marquesa Carolina, como el héroe antiguo, se tapaba las orejas.

VIII

El farolillo, bajo el alpende de las yuntas, convocaba al velorio. La caja, puesta sobre dos caballetes, partía el círculo de luz. Hedía la carroña de la difunta. El velorio, apartado en un rincón del corralizo, bajo los naranjos, mataba las horas chusco y refranero. Las mozuelas prendían en los labios hojas de malva olorosa. Algún jayán se restregaba la jeta con aguardiente. Otro, con requiebro, cortaba un ramo de azahares y lo repartía entre el concurso femenino. Otro se jactaba de tener perdida la olisca con unas fiebres. Gritó una voz que se acercaba:

—¿Cuándo contáis darle tierra al cadáver? La Señora Marquesa ha tenido noticia del caso y dispone que sepultéis el fiambre, como ello sea.

El Tío Juanes, arrastrando la capa, salió al claro de luna, sobre el borde de sombra que dibujaban los naranjos.

—De haber lugar, ya lo tendríamos cumplimentado, y el propósito era hacerlo tanicuanto bajase la crecida del río. Y que sea mañana tiene que decirlo el tiempo. Conforme, por lo de ahora, parece estar con ese dictamen. Las aguas bajan.

—Y si las aguas no bajan, hacéis la cueva al pie de un olivo. Siempre será mejor que levantar una epidemia.

—¡Ay mi madre! ¡Ay mi madre!

La mozuela del bermejo reír hipaba, llorona, en el sombrizo de limoneros y naranjos. El jayán, que a la vera y a hurto le corría la mano por el talle, la consoló brindándole su copa de aguardiente. Con remilgo, por no hacer desprecio, cató un sorbo la mozuela, y el galán, recalcándole la mirada, apuró el resto. El Tío Juanes, en el claro de luna, volvía la cabeza con ritmo pausado:

—¡Cállate la boca, chicharra, y déjame darle su respuesta a este amigo! Pues sabrá usted, amigo, que su ocurrencia está muy ocurrente para las bestias. A los fieles, con la sal del bautismo, les corresponde tierra bendita.

Toñete, asomado sobre el cancel, se tapaba las narices.

—A todas partes llega la pestilencia.

—¡Ay mi madre! ¡Ay mi madre!

—¡Calla, chicharra! La Señora Marquesa, si bien lo considera, verá que la culpa no es de la familia. La Señora Marquesa dispensará la molestia, y en lo tocante a la sinrazón que representa enterrar a la finada bajo de una oliva, aventuro que no lo mentó la nuestra dueña.

—La Señora Marquesa ha ordenado que sin otro más la llevéis a sepultar a Solana.

—No es la nuestra parroquia. La nuestra parroquia es Doña Ximena.

—Os dejáis de parroquias y de madrugada salís pitando con el fiambre.

—¡Menuda jornada! La Señora Marquesa no se representa que son al pique de cinco leguas a Solana. Puestas las cosas en no conceder esperas para que haya vado por el río, pasaremos con soguilla a la difunta.

—¡Ay mi madre! ¡Ay mi madre!

—¡Calla, chicharra!

El que ahora imponía silencio era el hermano. Salía de las cuadras, dormilón, cubierto de granciones, restregándose los ojos y arrastrando la faja. Toñete, tras la cancilla, con la mano en las narices, hablaba gangoso:

—Quedamos en que, como ello sea, va la finada al hoyo.

Recalcó el viejo pardo:

—Si se avienen la orilla y la soguilla, en ello quedamos.

Y Toñete retrucaba con su voz de máscara:

—De otra, haberla embalsamado, Tío Juanes.

Bajo la luna, el soñoliento zagalón colmaba la copa, e iba, arrastrando la sierpe de la faja, a verterla sobre la tierra, al pie del féretro, conforme al ritual. El Tío Juanes arrimábase a la cancilla, tanteando la sonsaca de Toñete:

—¿No ha mandado sus noticias el señor Administrador?

—A este cura no se las ha comunicado.

El hijo de la difunta, lloroso y babón, con la mejor política, pisándose la faja, se acercó brindándole una copa al ayuda de cámara, que la recibió postinero:

—¡Vaya por el descanso de la finada!

Apuntó desabrida una voz de beaterío:

—¡Esos responsorios no sacan de penas a las Benditas!

Sentenció otra voz, timbrada de burlas:

—¡Todo ayuda!

Y el hijo, con trémolo llorón:

—Ayuda y consuela.

Retornó a su tema el viejo pardo:

—¿Por modo, que no hace cuenta de venir por acá el Niño? Y con todo ello, considerando el averiazo de las aguas, no estaría muy por demás que se diese una vuelta. O mucho me engaño o esta noche acá lo tenemos. ¿No ha ido el cesto a Pedrones?

—Más sabe usted que un servidor.

El Tío Juanes, apicarando la jeta, se volvió dando voces al hijo:

—Chaval, aporta otra copa para este amigo, que trae apegada una oblea.

Saltó, bajo la sombra del naranjal, el remilgo de la beata:

—Tío Juanes, si gusta de lo hacer pasar, aquí tiene una silla.

Saludó Toñete:

—Se estima el cumplimiento.

El viejo cachicán descorría el cerrojo de la cancilla:

—Entre usted, señor Toñete.

—Para irme de naja, Tío Juanes. No más que echarle un vistazo a la difunta y rezarle un páter.

La voz enmascarada del ayuda de cámara resaltaba como una pulla irreverente en el nocturno de perros nigromantes.

IX

Con las últimas estrellas, viejos y viejas del velorio adormecen calamocanos, mientras mozos y mozas, insomnes, encandilándose con rijos de celo, se hacen mamolas. Y Tío Juanes apareja el cuartago bajo el alpende, propositando llegarse a tratar el entierro con el Padre Cura de Doña Ximena. Al tiempo de alzarse sobre el estribo, distinguió una sombra que gazapeaba al arrimo de la barda. Salió trotando, los ojos avizorados, tendidos en curva mirada. De un burujo incierto, al borde del camino, surgió la confusa silueta de Juana de Tito:

—Se halla de vuelta el padrino, y reclama por usted, Tío Juanes. Dende la cancilla le descubrí a usted aparejando, y fue el aplastarme a la espera, para no ser notada. ¡Pues se halla de vuelta el padrino y aparenta sobresalto!

—¿Dónde te has entrevistado tú con nuestro majito?

—¿No distingue allá abajo una sombra, en el resguardo del olivar, pasado el cerro de la casona? Yo me había medio transpuesto, al arrimo de la puerta, allí agazapada a la espera del día para una diligencia. Bien que usted no sabe que uno de los huéspedes —a mi parecer, caballero titulado— me ha hecho promesa de poner en pie el desbarate del molino. ¿Usted qué pronóstico saca, Tío Juanes? ¿Cumplirá?

Cazurreó el viejo:

—Juanilla, las palabras de esos señores por veces se las lleva el aire.

—Pues habrá de verme en sueños.

—¿Quién te ha hecho la promesa?

—Para mi discurso, titula de Marqués.

—¿Uno entre viejo y mozo, blanco de barba, pero muy derecho y gallo?

—El propio. Tiene su enredo con una guapa señorita. Nada he visto que me lo declare, y con todo ello... Tío Juanes, de ponerlo en claro, algo nos pudiera valer el secreto de esa pareja.

—¡No estás mala liebre! Monta a la grupa, y vamos en una trotada a vernos con el padrino. Has mentado que de algo pudiera valernos averiguar los pecados de ciertos sujetos, y no vas descaminada.

—¡Pues que hay gatuperio, por seguro!

Juana de Tito apagó el cuchicheo y cabalgó en la grupa. El cuartago rebotaba el anca, y la tuerta se sostuvo abrazándose al talle de Tío Juanes.

—El acelero del padrino es motivado a no haber todavía transpuesto al pájaro.

—¿Y acaso hubo modo?

—Pues hágale usted los cargos.

—Qué cargos, si basta con echar una vista, y considerar el desbarate de las aguas y el mucho tránsito por los pasos libres, al tenor de ser las ferias de Solana.

—El padrino viene levantado por algún cuento... Y no sería extraño que este cisma lo promoviese aquel condenado que me chupa la sangre. Siempre a morirse, y nunca acaba. ¡También eso hay que considerarlo! ¿Qué falta raída hace en el mundo ese veneno?

Socarroneó el cachicán:

—Será, Juanilla, que ni la muerte lo quiere.

—Pues habrá que darle voces.

—Tú, ¿qué cuentas haces?

—Responda aquel de quien son mis cueros.

—¿Adónde vas con ese derrote?

—Una pregunta, con otra pago.

—¡Mucha letra tienes, Juanilla! Y a no ser tanta la angostura del tiempo, ibas tú a ver cómo te aclaraba las luces.

El cuartago relinchaba sobre la linde del olivar, y la tuerta saltó del anca con rechifle de burla:

—¡Larga iba a ser la respuesta, cuando así del tiempo reclamaba!

—Decirte no más de quién son tus cueros.

Sobre la linde, bajo un grupo de olivos, el padrino cuarteaba la sudada montura, por mantenerla con la grupa al viento, y dos jinetes culebreaban por el olivar, en operación de descubierta.

X

Tío Juanes, de un espolazo, se puso a la vera del padrino:

—¡A la paz de Dios! Parece que su merced le ha metido un buen julepe a la jaca. ¿Ocurre algún contratiempo?

Dos Segis asintió, brusco y encapotado:

—¡Un averiazo, tío Juanes! El Gobernador, sin andarse por las ramas, me ha conminado para dar suelta al pájaro.

—¿Y sabe que lo tiene usted preso ese Ilustrísimo Gobernador? Porque, si no lo sabe, sería pedirle a usted la luna. ¿Sabe eso, y le deja a usted libre?

—No lo sabe para poder empapelarme, pero tiene la evidencia. ¡Y me lo ha cantado! ¡Tío Juanes, que buscaban hacerme la cama!

—Ese aviso ya me ha llegado, y estoy con la mosca en la oreja, sin poder aburrir al mochuelo. Con mil sobresaltos le hemos puesto la gayola en Cueva Beata. ¡Y suerte andar agudos, porque todos estos días no ha dejado de visitarnos la Pareja!

—¡Que buscan hacernos la cama! El Gobernador es un novato con mucha fantasía, y conviene advertir a los amigos para que se sumen en tanto dura esta justicia de enero.

—Malo sería que se nos volviese del año entero. ¿No hubiera modo de cambiarle el pastizal a ese Ilustrísimo Gobernador?

—Es sobrino del Espadón.

—¡Buena aldaba! Pues alguna cosa hay que resolver para que no estorbe y deje vivir a los hombres. Entre los amigos hay gente necesitada, y, un poco o un mucho, todos nos ayudamos con lo que se trabaja. Don Segis, hay que oír cómo respiran el Pinto y Carifancho. ¡Son extremidades, pero su aquél es el de otros muchos!

Don Segis sacudió la ceniza del chicote, y se lo puso a un canto de la boca.

—Tío Juanes, usted me conoce. Hoy digo estarse achantados. Mañana, si la situación no se resuelve como espero, acaso diga otra cosa... Redaños para cuanto sea menester tiene el hijo de mi madre.

Asentía el cachicán con su gesto duro y conciso:

—Ya sabemos cómo usted las gasta, y que no tienen mejor padrino esos chavales... A todos nos intersa que no dure mucho la holganza, y en cuanto a caminar con pupila, viva usted asegurado. Quién más, quién menos, todos tenemos afilada la pestaña. Vea usted cómo habemos transpuesto al pájaro fuera del molino. Eso es que sin saber de cierto ninguna cosa, se me puso el alma en sobresalto, y no sosegaba por el contrabando tan a la vera. Ese negocio, ya usted sabrá que no ha pintado como se esperaba. Yo, dende un principio, advertí que esa familia no era tan acaudalada como la quería suponer Padre Veritas. Usted recordará que cuando se vino con aquellos mapamundis, harto le aduje que esa familia no era una California... ¡Pues a no tener mudado de gayola a ese cárabo sin plumas, acaso se nos hubiera ocasionado un desavío con tanta visita como ahora nos hace la Pareja!

Don Segis se pasaba el pañuelo de seda por la frente:

—¿El Señor Marqués se ha diquelado alguna cosa?

Cazurreó el cachicán:

—El Señor Marqués, perdonando la manera, no se diquela de tres sobre un pollino. ¡Hay quien lo cuenta muy en desgracia por las alturas! ¡Usted se hallará enterado!

—El Señor Marqués siempre goza de influjo.

—Pues esa aldaba usted la tiene asegurada. Por el hilo de algunas preguntas se me ha puesto que se busca sacarle a usted los monises con otra hipoteca sobre Los Carvajales. Usted, aun cuando no suelte el lobén, puede muy bien atorearlo. Camine usted sobre esa luz. ¡Y quién sabe si le puede convenir quedarse con Los Carvajales!

El cachicán tendía la astuta y codiciosa mirada por las lejanías de olivos. Don Segis meditaba, y sus pensamientos pintábanle una sonrisa de fachenda entre las patillas de jacha. Era su más íntimo reconcomio alzarse por dueño en los señoríos de aquellas dos antiguas casas de Cetina y Villar del Monte. Silbó, y culebreando por el olivar se acercaron los remotos jinetes, destacados en descubierta. De entre las matas, como una coruja, se levantó Juana de Tito. Tiniebla de voces:

—¡Acullá van los tricornios!
—¿Sobre qué vientos irán esos pachones?
—¡Por el cerro arriba, si no es al molino, irán al cielo!
—¡Pues se llevan chasco si buscan mis tejas caídas!
—¿Enquiciaste todos los rastros?
—¡Pídame usted otra ciencia!

XI

Tío Juanes, cambiadas noticias y concertados pareceres, espoleó el cuartago, sobre su anterior propósito de tramitar el entierro. Cruzó por Vado Jarón. Oyó la misa muy beato, con golpes de pecho y bisbiseo de oraciones. Sobre el ítem entróse a la sacristía y trató el entierro de la parienta con el señor Vicario de Doña Ximena. Pagó los responsos, se enjugó los ojos, ofreció una misa y fuese, dejando una pieza de dos cuartos en el cepo de las Ánimas. Por el camino, a lomos del cuartago, sentíase fortalecido por una fe tosca y milagrera: la Santísima Virgen del Carmen, que le tenía asistido en su celestial ayuda en más apurados empeños, ahora, en aquella faena, no iba a negarle una punta de su manto de luceros. Durante la misa, entre kiries y leisones, habíase cuidado de recordarle que era su devoto del tiempo de la nana. Obstinábase sobre el atisbo de que así obligaba a la Divina Señora. ¿A un devoto antiguo iba a negarle el cobijo de su manto, de una punta, ya que no solicitaba más el Tío Juanes? ¡Y aun contaba con otros valedores en la Corte Celestial! El Cristo de Medinica, Nuestra Señora de la Serrana, San Pedro de Matejón, San Dámaso de Ceruel. En la iglesia, aquella misma mañana, también tenía mosconeado sus rezos por congraciarse la ayuda de estos aventajados padrinos. Suspicaz y cazurro, consideraba que nunca por mucha cebada enflaquece el bayo. ¡Y cuántas tribulaciones para solo mal vivir! ¡En este valle de lágrimas todo son redes y caramillos puestos al pobre desafortunado! Sufre más persecución que los lobos, siempre en el trámite de atropellar las leyes. Los Bienaventurados de la Corte Celestial, donde se conocen todas las intenciones, de por fuerza habían de considerarlo así. ¡Nadie por su gusto se juega la cabeza y lleva un vivir sobresaltado! La rebaja de caudales, aun cuando los ricos la acriminasen, era obra de justicia. El derramamiento de sangre en casos extremos, tampoco merecía el vituperio con que lo señalaban. En un vivir de tantos riesgos, las sentencias de los caballistas eran siempre obligadas, en tanto que muchos desgraciados, sin mayor delito que buscarse el manró, acababan en el patíbulo por la mala voluntad de jueces y escribanos. Transpuesto Vado Jarón, con el cuartago a paso de andadura, iba el viejo pardo devanando la madeja de sus pensamientos. La vista de las tierras asoladas le nubló el ánimo con esquivos dejos de amargura. Erguido sobre la silla, abarcaba con acuciado oteo los campos encharcados y malograba la siembra. Sentía más honda la cotidiana pesadumbre de la vejez esclava de las labranzas, sin levantar jamás cabeza. ¡Castigo del fisco! ¡Castigo del amo! ¡Y en última instancia, el sinfín de calamidades que se le ocurra ordenar al Padre Celestial! ¡Unos, hartazgo, y otros, tan poco, que una vuelta de las nubes basta a dejarlos sin pan y sin techo! ¡Si es más que justicia rebajarles a los ricos sus caudales! ¡Tanto vituperio sobre los caballistas, y callar la boca para el mal ejemplo del que corrompe su hacienda en el bateo de vino, baraja y mujeres! ¿Y esto no es más escarnio que tentarle las onzas a un malvado usurero que las tiene enterradas? No les faltaba razón a los compadres cuando decían que las leyes las sacan los ricos, sin otra mira que sus prosperidades. El viejo pardo, por el hilo de sus cavilaciones y recelos, deducía el monstruo de una revolución social. En aquella hora española, el pueblo labraba este concepto, desde los latifundios alcarreños a la Sierra Penibética.

XII

Sobre la querencia del pesebre, apresurábase con relinches el cuartago de Tío Juanes. Salía el jinete del olivar, sesgando la campa de barcinos almiares. Oteaba la casona del señorío, cercada de cipreses y naranjales, el vasto vuelo de aleros, el torreado de chimeneas. La portalada tenía soles de mañana. Era luminosa con un retablo de escudos y rejas. Cabrilleaban prestigios de charoles y metales en el arco de entrada, y había fuera un grupo de gente quieta. Tío Juanes sintió el alma enfriarse, serena y fuerte, como un mar que hubiese quedado convertido en roca de cristal, en la inminencia de mayor zozobra. ¡La Pareja! Tricornios, fusiles, cartucheras, definían sus luces negras. Tío Juanes, sin una vacilación, puso espuelas y bajó resuelto a donde estaba la Pareja. El peligro se convertía en un sentimiento quieto, mudo, sin fragua, una carga del nacer, una condición fatal de la vida, como las plagas celestes sobre los campos. Trotó valiente.

—¡Señores Guardias, a la paz de Dios!

—¡A la paz de Dios, Tío Blases!

Saltó del cuartago, y por las riendas se lo entregó a un mozuelo mirón:

—Anda, hijo, llévalo a la cuadra y desencínchale, échale un pienso y no le quites la silla, porque viene un tantico sudado. ¿Se pasa alguna cosa en que se pueda servir, señores Guardias?

Alternaron los tricornios:

—Hacernos presentes al Señor Marqués.

—¡Ofrecernos!

El Tío Juanes asintió, encopetado:

—Con franqueza, se me hacía extraño no haber antes tenido ocasión de saludarlos. El Señor Marqués estimará mayormente, esa cuenta hago, que ustedes ronden por estos lugares, y vivirá más seguro cuando ustedes le hayan cumplimentado. En estos tiempos, con el hambre y las guerras, hay muchos desesperados que se han puesto al camino. Otros, sin tanto necesitarlo, por vivir mejor y lucir y triunfar en francachelas, se les han juntado... Sin contar los aturdidos de mala sangre, con alguna muerte a cuestas, y los levantados por las coplas del Tempranillo. ¡Hay una perversidad en las conciencias, y una falta de respeto a las buenas costumbres, como jamás se ha visto! Es el hambre, ellos lo dicen, pero el hambre justifica garbear un racimo sobre una cerca, no el secuestro de un hacendado. ¡Que no se puede vivir, y a no ser por el respeto que ustedes imponen, habría que ahuecar de los campos!

Tío Juanes se revestía la piel de raposo. El Cabo Ferrándiz no le quitaba la fila, el ojo penetrante, duro, con el pavón de las balas:

—Como habla usted, hablan otros muchos; pero cuando llega la hora se vuelven encubridores de los caballistas.

—Se transige, para no verse uno cosido a puñaladas.

—¡Pues a no transigir, Tío Blases!

Con pulcritud de notario, enmendó el viejo crudo:

—Blases son Juanes.

Comentó burlón el otro Guardia:

—Usted no quiere que le corrompan la cédula.

—Así podrán ustedes mandarme sin equívocos.

—¡Pues a no torcerse!

—¡Qué más torceduras que el reuma, y los años, y las desazones del vivir! ¡Vean ustedes cómo se nos ha despedido la vieja para donde el Señor!

—Ya nos ha llegado la noticia, y no hay otro más que llevarlo con paciencia.

El Cabo Ferrándiz, veterano y cenceño, aceraba los ojos sobre el Tío Juanes. Con gesto senequista, marcaba su asentimiento el viejo pardo:

—Por demás se sabe que la muerte es el camino de todos. Una sentencia que no la remite ningún indulto. ¿Y ustedes no se servirán de echar un trago en el velorio, Señores Guardias?

Los Señores Guardias se miraron indecisos. El Cabo Ferrándiz, cejas, lunares, perillona y mostachos ordenancistas, miraba inquisitivo al compañero, un hastial rubio, indolente, con cara de luna, los ojos inmutables cuarzos azules, la boca y los dientes alobados, con fulvas inocencias de fiera. El Cabo:

—Nos hallamos de servicio.

El Guardia Turégano:

—Otra vez será. Diga usted, maestro: ¿irá con soguilla la difunta?

—Eso vengo a tramitar con el Señor Vicario.

—¿Se pasa bien por el Vado Jarón?

—Un vado, ustedes lo saben, se pasa bien o se pasa mal, conforme el conocimiento que tenga la bestia en que uno transite. El cuartago lo ha pasado sin novedad. Si otra cosa no mandan, ahí tienen ustedes al ayuda de cámara del Señor Marqués.

Toñete, rasurado, achulado, encopetado como un bailarín de flamenco, abría el compás por el zaguán penumbroso, fresco, encalado, con un reflejo rojizo de aljofifadas baldosas. Toñete, llegando, saluda con torero saludo militar a los Guardias. Un quiebro, y se engalla con el Tío Juanes:

—¡Amigo, tiene usted buena a la Señora Marquesa! Pero ¿no sabe usted que hay dos huéspedes con epidemia? Pasen ustedes, Señores Guardias.

Los Señores Guardias, unánimes, se echaron el arma al hombro; unánimes, sacaron el pie marcando el paso; unánimes, inflaron la equis de las correas, y unánimes el tono, la palabra, y el gesto, advirtieron:

—¡Ojo con torcerse, Tío Blases!

Sermoneó el viejo:

—¡Qué más ojo que no poder alevantarlo del trabajo, y dejar en la tierra el sudor de toda la vida, a pago de contribuciones y enfermedades! ¿Qué más ojo me piden ustedes, Señores Guardias?

—No hablemos más.

—Pues sonsoniche.

El cachicán silbaba, y con la punta del verduguillo hacía primores en una rama de oliva.

XIII

El Marqués de Torre-Mellada, gorro, batín y pantuflas, se ovillaba en una mecedora, la cara vuelta a la reja. Más que por fuero orgulloso, por el repulgo de no mostrarse despintado, permaneció de espaldas cuando entró la Pareja.

—¡A la orden de Vuecencia, Señor Marqués!

Cacareó el prócer, con cacareo usado, untoso de rutina protocolaria:

—¡Adelante! ¡Adelante!

La Pareja permaneció en la puerta. Habló el Cabo Ferrándiz:

—Sentiríamos haber llegado en ocasión molesta. Venimos a ofrecernos a Vuecencia.

—¡Gracias! Vigilen ustedes. La tranquilidad de este país está en manos del Benemérito Instituto. Es una gran responsabilidad, pero es un honor insuperable el que le rinde el país confiándole la salvaguardia del orden. Toñete, ofréceles habanos a estos amigos.

El Cabo Ferrándiz:

—Se agradece.

El Guardia Turégano:

—Yo no lo gasto; pero lo tomaré para el Comandante del Puesto.

Cacareó el palaciego:

—¡Toñete! ¡Una caja sin abrir! Se la ofrecen en mi nombre, estimulándole por su celo en defensa del orden social. ¿Cómo se llama el jefe?

—Don Cosme Maroto.

—Ustedes le saludan y le ruegan en mi nombre que acepte el recuerdo de un amigo. Toñete, incluye una tarjeta. ¡Adiós! Me dejan muy complacido. Acompáñales, Toñete. ¡Adiós! Mis saludos al jefe. Que me cuente como un amigo. No olviden ustedes su misión. ¡El orden! ¡El país! Toñete, dame el correo. Se me habrá enfriado el chocolate. Toñete, hoy nos vamos. Prepara las maletas.

Aprobó Toñete:

—Me alegro, porque esto es un desierto para embrutecerse y perder las maneras. Pero si hemos de irnos, apenas llega el tiempo. Son las doce, y a la una y tres cuartos pita la locomotora en Pedrones.

—¡Qué escándalo!

—¡Pues así es!

—Pero ¿cómo me has dejado dormir hasta las doce? ¡Y si aún durmiese! Pero me he aburrido toda la mañana leyendo una entrega tonta de *La mujer coqueta*. ¡Y el tren, a la una y tres cuartos! ¡Cuando las cosas se tuercen! Toñete, dame el correo. Averigua si se ha levantado el señor Barón de Bonifaz.

—¡Qué esperanza! El señor Barón todavía estará en el primer sueño. Aquí solo madruga el Señor Marqués de Bradomín. Ese, con el alba, ya está sobre el camino, y no cesa de recorrer el país y hablar con la gente y aprender gitano. No parece que se halle muy en sus cabales, pero no ha perdido el gusto para el bello sexo. ¡Para mí que se entiende con la hermana del señor Barón!

—¡Feliche es muy buena, y si se pone en amores será para casarse! ¡Se le está pasando el tiempo! ¡Lástima esa juventud malograda! ¡Porque es un encanto de criatura! Toñete, hazme la barba. ¡Un encanto! Bradomín sería un canalla.

—¿Por qué? Vuecencia póngase en su caso. Esa pieza no la deja escapar ningún hombre de gusto.

—¡No seas imbécil! Bradomín es un caballero. Enjabóname bien. Desdóblame *La Época*. Mira si trae "Ecos de Asmodeo". Nos iremos mañana, Toñete. ¿Vienen "Ecos"? ¿Qué ocurrirá para que no salga "Ecos"? Dame *La Época*. El doctor Riva Moreno sigue anunciando el Aceite de Bellotas. ¿Tú crees en su eficacia?

Sacó el belfo con gesto cesáreo el ayuda de cámara:

—¡Estamos en la tierra de los primaveras!

Suspiró el carcamal, aventando la espumilla de la jabonadura:

—¡Con todos sus defectos, la patria es la patria, y tenemos el deber de amarla!

Toñete asintió, pasando la navaja por el cordobán. Eran palabras mayores, palabras escandidas con una claridad tipográfica de libro escolar, redondeadas, pulimentadas en un fluir de conceptos y deberes, intuidas con la palmeta del dómine. El ayuda de cámara sentía la retórica como un papanatas.

XIV

El Marqués y Don Segis tuvieron conversación muy reservada. El Marqués, terminada la toaleta, recibió al administrador con una sonrisa amanerada, tocándose el pecho para reconocer si llevaba la petaca, explorando por el pañuelo en los faldones del levitín:

—Retírate, Toñete.

El palatino, con lisonjas y mieles, acabó solicitando del administrador un adelanto sobre las rentas. Don Segis, sin aventurar prenda, dábale el vaya con promesas marrajas:

—El dinero es muy cobarde, y por el miedo a los secuestros, los que antes lo manejaban en el negocio del rédito

136

ahora compran fincas y nadie tiene una peseta en su casa. Y, a propósito de secuestros, ¿sabe usted que esta mañana anduvo por aquí la **Pareja**?

Se escaroló el beato palaciego:

—Me han cumplimentado. Yo, naturalmente, no les dije ni fu ni fa... Pero pienso quejarme. Hacer presente que para la defensa de mis propiedades tengo mis guardias. El bandolerismo por estas tierras es endémico.

Asintió Don Segis:

—Y algunas veces muy conveniente, Señor Marqués. Lo que se llama un mal necesario.

El Marqués y Don Segis se conocían de muchos años, y en sus tratos jugaban a engañarse sin ningún miramiento. Don Segis tendía sobre aquella gran casa los lazos de la usura y el palaciego embrollaba las cuentas, solicitaba demoras y devengaba réditos. Siguiendo las espirales del humo, apurando el veguero en los vanos y perezas de un silencio, untando las palabras de disimulo, sacó la oreja de sus zozobras el garboso Don Segis:

—¡Señor Marqués, pues no estoy en la cárcel de milagro! El Gobernador de Córdoba es muy joven, muy atolondrado, y pudimos tener un disgusto. Los Carvajales no están en su jurisdicción, y he tenido que recordárselo. Se le ha puesto acabar con los secuestradores, y como se han corrido a las provincias vecinas, en ellas los busca y en ellas los prende, sin pararse en jurisdicciones. Acoge toda clase de infundios, no ve cuatro sobre un asno y se presume estar sobre la pista del secuestro de Villar del Río.

—¿Y qué hay en eso? ¿Es verdad que los bandidos le piden al padre del muchacho cien mil duros?

—¡Qué disparate! ¡Ni cinco mil!

—Aun con esa rebaja, no se le puede negar un interés de folletín, doblemente conociendo y estimando al pobre Don Luis Pineda. Para un padre es un golpe terrible, y una gran responsabilidad. Pineda no tiene derecho, por un hijo, a malvender su hacienda, cuando le quedan otros. ¡Es un caso terrible! ¡Un drama, Segismundo! ¡Un drama!

—Pues en Córdoba lo ha complicado el Gobernador. ¡Señor Marqués, me ha calentado las orejas con que tienen por acá sus escondites los secuestradores!

—¡Eso no es tolerable! ¿Qué ha respondido usted, Segismundo?

—¡Me he reído, Señor Marqués! Hay ocasiones en que no puede darse otra respuesta.

—Pero ¿ese hombre está loco?

—¡Visionario!

—¿Usted me lo asegura, Segismundo?

—Señor Marqués, no vaya usted tan de prisa, que todavía tengo yo que asegurarme.

—¡Segismundo, evítele usted un compromiso!

—No se apure usted, Señor Marqués. ¿Qué trascendencia puede tener que, en uno de sus muchos predios, se robe una bestia, se cometa un crimen o se esconda un secuestro? Usted vuela por encima de esos accidentes naturales de la vida del campo. Señor Marqués, yo mismo, que tengo una inspección más directa, me lavo las manos.

—Pero ¿usted cree posible que el joven Pineda?... ¡Tan cerca de nosotros! ¡Acaso en los mismos Carvajales! ¡No, Segismundo! ¡No! Sería demasiada audacia la de los secuestradores, y un peligro. ¡Lejos! ¡Lejos! Transmítales usted mi orden.

—Usted, Señor Marqués, tiene muy agradecida a esa gente.

—¡Pero si no los conozco, Segismundo!

—Pero los tiene usted amparados sin conocerlos. ¡Señor Marqués, el buen corazón hace amigos en el infierno!

—¡Son criaturas pervertidas, Segismundo! Gente fuera del carril, y no hay que fiarse. Debieran haberme evitado esta molestia, y no buscar en mis tierras asilo para sus fechorías.

—Suspendamos los juicios, Señor Marqués. ¡Todavía falta ponerlo en claro! El Gobernador es un pollo que pierde la color con demasiada prisa, y hace falta mucha soflama para ese cargo. Está haciendo el panoli y gastándose los cuartos en pagar una nube de confidentes, que le timan con cuentos del mico. Vive alucinado por esas sanguijuelas, y se cree todos sus catafalcos.

—¡Una autoridad obcecada es una calamidad!

—Pues nos ha caído esa plaga.

El Señor Marqués se distrajo mirando volar una mosca, y cambió la clavija del discurso, pasando a otro tema, con un desgarbo aéreo de marioneta:

—Segismundo, usted es entendido en caballos, y me complacería que viese a Fanny.

—Ya la he visto, Señor Marqués. Fanny está enfosada. ¡Es un bicho muy delicado!

—¡Un puñado de duros, y están muy malos los tiempos!

—¿Que va usted a dejar de reponer la plaza de Fanny?

—¡Y qué remedio! No es mi voluntad, son las circunstancias, y, en último trámite, usted amigo Segismundo. Llévese usted esos papeles, estudie usted una operación por tres años, con un rédito razonable. Estúdiela usted durante el día para que a la noche podamos quedar acordados. Yo me voy mañana. La Señora me ha llamado. Esto indica que hay marejada política.

—¡Sí que la habrá! ¡Las noticias de los periódicos dan por desahuciado al Espadón!

—¡Qué desgracia para la Reina!

—Va a bailar entre dos Juanes: Don Juan Prim y Don Juan Pezuela.

—¡Y todo podría ser! ¿Dónde ha leído usted la gravedad del General?

—En Córdoba; lo han leído en la peña del café. Yo poco me mato descifrando calendarios de la política.

—Segismundo, Narváez es irremplazable. Las noticias mías no le dan de cuidado.

—Pues sería una fantasía de las gacetas.

—Segismundo, recoja usted esos papeles. Estudie usted la operación. Si no pudiéramos acordar nada definitivo esta noche, hace usted un viaje a Madrid. Salgamos, Segismundo. ¡Se impone una visita a Fanny!

XV

El Marqués de Torre-Mellada, rejuvenecido por artes de alquimia, el trote menudo, los gritos héticos, apareció entre sus huéspedes. Falso, casquivano, timorato, repartía, como caramelos, palmadas, agasajos y zalemas. En una puerta, pronto a esquivarse, muy expresivo, con mano y sonrisas, llamó a Bonifaz. El pollastre abrió los ojos, arqueó las cejas y pidió confirmación con un gesto exorbitante. El palatino asintió con lento mecimiento de cabeza y manos. Adoptaba una indulgencia de tío de comedia, tío francés, de comedia francesa mejorada por Mariano Pina. Al salir de la sala, que se abría sobre un patio de naranjos, el carcamal sacó el perfumado pañuelo, limpiándose los ojos:

—¡Adolfito, ya sabes que te quiero como a un hermano menor!

Adolfito se sacudió los bolsillos vacíos:

—¿No irás a pedirme dinero?

—¡Quién sabe!

Y el Marqués reía malicioso. Un cacareo con hoja, como
la moneda falsa. También el perdulario reía con el cinis-
mo de los elegantes encanallados.

—¿Qué ocurre, Jeromo?

Suspiró el vejestorio:

—Ya sabes la amistad que tuve con tu padre. Por eso,
alguna vez me permito reprenderte y aconsejarte. Es por tu
bien, y tú me lo consientes. ¿Verdad que no te ofendes?
¡Figúrate que es tu pobre padre el que está hablándote!
¿Has pensado seriamente en tu porvenir? Que no es solamente el tuyo, pues tienes una hermana. ¡Adolfito, hay que
sentar la cabeza! Quién más, quién menos, todos hemos sido
algo crápulas. Pero llega un día en que conviene dejarlo.
¡Hay que cambiar de vida, Adolfito!

Adolfo miraba con sorna al repintado beato:

—Jeromo, coincidimos. Esta vida hay que dejarla. Pro-
porcióname dinero, y mañana me redimo.

—¡No seas trueno!

—¡Cada día me hundo más!

—Pues yo quiero darte la mano. Déjate guiar, como harías con tu pobre padre.

—Jeromo, no argumentes. Yo he sido muy mimado y
siempre hice mis caprichos.

—Adolfo, permíteme que te lo diga: en estas circunstancias, ese modo de expresarte es poco serio. Mañana nos vamos a Madrid.

—¿Quiénes?

—Nosotros. Tú conmigo... Nos llaman...

—¿El Juzgado?

—¡No te alarmes!... Pero esa lección debes tenerla siempre ante los ojos, y no acompañarte de cierta gentuza...
Frecuentar tu mundo... Acaso en estos momentos está deci-
diéndose tu porvenir.

—¿Y para eso nos llaman?

—¡He sellado mi boca!

—Pero ¿quién nos llama?

—Luis Bravo.

—Jeromín, offíciale al majo gaditano que me estoy curando unas bubas. ¡Te descubro el drama de mi corazón, Jeromín! Ayúdame a raptar a la chica del Tío Juanes.

—¡Qué insensatez! ¡Raptarla! Supongo que será una broma. ¡Pero a ti no te llega un serrallo! ¡Porque esa de ahora no es la hija del otro guarda del Jarón! Luego, como son unas lagartonas, le cuelgan el milagro al tontaina de Gonzalón. ¡Y eres tú quien me hace abuelo! ¡Adolfito, una broma muy cara, porque me supone la obligación de dotarlas para que se casen! ¡En bodas y bautizos se me va mucho dinero al cabo del año! Hay que ser hombre formal.

—De acuerdo. Pero yo mañana tengo compromiso de pelar aquí la pava. ¡Está madura la niña, como una breva!

—¡Adolfito, no seas ciego! Renuncia a levantar de cascos a una lugareña. Es una aventura vulgar, insípida. ¡Te cubres de ridículo con esa conquista! ¡Líbrenos Dios que se divulgue, porque te creabas una situación imposible!

—¡Me ha dado cañazo!

—Te conviene el cambio de aires.

—Pero ¿qué se nos ha perdido en Madrid?

—No sé. El Gobierno nos llama. Déjate guiar. Tengo el presentimiento de que encontrarás algo más digno de ti que la chica del guarda.

Adolfito puso los ojos en blanco:

—¡Jeromo de mi vida, soy un romántico!

Con mueca de máscara llorona, el perdulario abría los brazos ante el pintado carcamal, que, compungido de veras, respondió abriendo los suyos. Adolfito Bonifaz era ingénitamente simulador, propendía por temperamento a la ironía y duplicidad en la labia. Representaba la farsa del pecador enamorado, sin otro propósito que el goce socarrón y ruin de engañar el casquivano juicio del palaciego. Con una mano sobre la frente y los ojos abatidos, escuchó el cacareo de Torre-Mellada:

—Pero, Adolfito, ¡recapacita que si esa niña te otorga sus favores es una solemnísima...!

—¡No aventures juicios, es una vestal!

—¡Bobadas! ¿Qué tiempo has tenido para adquirir ese conocimiento? ¡A una mujer no se la conoce con pellizcarla! ¡Son muy complicadas! Adolfito, no seas ingrato, tienes el santo de cara. La Señora, lo sé por un pajarito, quiere que ocupes un puesto en la Alta Servidumbre de Palacio. Mañana tomamos el tren, y te vienes conmigo a darle las gracias.

—Te agradezco tus buenos oficios, pero todavía no es tiempo.

—¿Qué esperas?

—Que me llame la Señora.

—Te llama el Gobierno.

—Pues yo espero a ser llamado por la Señora.

El Marqués aspaba los brazos, taconeando:

—No te esquines con el Gobierno. Adolfito, no estoy autorizado para revelarte ciertos secretos, pero no es posible que a estas horas, con tus pagarés, tus deudas y tus trampas, te halles prisionero de Luis Bravo.

—¿Para no cobrar habrá hecho esa operación financiera?

—Para tenerte en las uñas. ¿Por qué has de ser díscolo y crearte una mala situación con el Gobierno? Si tienes juicio, y te dejas guiar, y no asomas la oreja, no ha de faltarte ocasión de volcar Ministerios... ¡Y ocasión de hacerlos!

—Jeromo, para ese entonces te ofrezco una cartera.

—Ya te lo recordaré, tarambana. Déjate de tontadas. Dispón la maleta, que mañana nos vamos.

—¡Jeromo, tú me matas!

—¡Tarambana! González Bravo apoya tu entrada en la Alta Servidumbre. Lo hace con su cuenta y razón, esperando tenerte propicio para sus trabajos de Corte. Tú, en el prometer no te acobardes. Después, sabiendo el terreno que pisas, procura libertarte sin reñir. ¡Reñir, jamás! Nunca hay motivo bastante entre personas de mundo. En Palacio hay que templar muchas gaitas.

—Si Don Ramón estira la pata, allí la batalla será entre carcas y moderados.

—Será lo que aconseje Roma. ¡Muy justificado que en la política de una sociedad católica se escuchen los consejos del Santo Padre! Adolfito, ¿tú no habrás cumplido con la Iglesia? ¡Es un requisito indispensable para servir a los Reyes! En Palacio, en las dos cámaras reales, se da ejemplo todas las noches rezando el Santo Rosario.

—¿Y es verdad lo que cuentan de las camisas? ¿Se las pone primero Sor Patrocinio?

—No sé... Puede ser... ¡Nada tendría de particular esa devoción de la Señora! Adolfito, en Palacio quien hace el sol y la lluvia es la monja. Pero no te dejes prender demasiado de sus artes. Hoy todo lo gobierna. ¿Quién sabe mañana?

González Bravo es hombre para desterrarla, como hizo Bravo Murillo.

—¡Monjas y Bravos, coplas para fandango!

—Adolfito, acaso vas a verte en una situación única para ser oído, tu consejo puede influir en la vida política. ¡Son momentos excepcionales, y solo debe guiarte el bien de la Patria!

El Marqués hablaba con un tono beato, y el oírse le producía una efusión de lágrimas felices, una ternura chabacana con eco de novenas, sermones y comedias ramplonas.

XVI

Tenía la casona un jardín de naranjos con alambrilla en los caminos. Un jardín de traza morisca, recluso entre tapias de cal rosada. El espejo de una alberca estrellaba sus mirajes en una métrica de azulejos sevillanos. Aquel jardín pedía las voces de un esquilón de monjas, tal era su gracia sensual y cándida, huidiza del mundo, quebrada de melancolía. El Marqués de Bradomín amaba desenvolver sobre aquel fondo romántico sus coloquios con Feliche. El Marqués los conducía con arte de lírico mundano, sabía engarzarlos en sales y burlas, tenía en la verba fáciles y oportunos cristales de letras y arte. Feliche, serena, agacelada, sumisa, se deleitaba con las historias del viejo dandy. El Marqués habíale retirado de las manos un librote empergaminado, y teniéndolo cerrado en las suyas, exponía una extravagante lección de paradojas y donaires:

—¡El *Quijote*! Feliche, este es el libro que no debe leer una niña ilusionada. Este libro perverso va contra los sueños que todos hemos tenido alguna vez de redimir los dolores del prójimo.

—El celo de almas.

—¡Muy doctoral! Malvado libro que ni a la santidad le autoriza la extravagancia.

Con blando hechizo se animó Feliche:

—¿Y van juntas, a tu juicio?

—¡Fatalmente! Santidad y extravagancia no se separan jamás. A un capellán que hubo en mi casa, un bendito varón tentado de la usura, le he oído demostrar, por silogismos, que están llenos de exageraciones los Santos Evangelios.

Humanista y teólogo, reía con sus tres paperas, considerando el absurdo de que al rico, por sola la desgracia de serlo, le estuviese difícil la entrada en el Reino de Dios. Con razones muy doctas, restablecía la buena doctrina canónica respecto a los bienes terrenales, y propugnaba la urgencia de un concilio para expurgar de exageraciones, extravagancias, fantasía, paradojas y metáforas una cosa tan seria como los Libros Sagrados. Te diré que mi capellán era escoliasta del *Quijote*. No quieras conocer el veneno de esta serpiente encuadernada en pergamino, edición príncipe de Sevilla. Pero dame la mano.

—¿Sin que la beses?

—Te empeño mi palabra.

—¡Ahí va la mano, y sigue tus cuentos!

—Un hijo de rey se lanza por los caminos del mundo para mejorar la suerte de los destinos humanos. Yo hubiera querido casarte con él.

—Suéltame la mano, y acaba tu cuento sin hacerte casamentero.

—El hijo del rey, puesto en el santo propósito de amar al prójimo, se salió del palacio de sus quimeras a mirar lo que ocurría por estos cerrillos. Los cerrillos abrigaban en sus cuevas las mismas cabilas que ahora. ¡Figúrate el calvario del hijo del rey! Sufrió burlas villanas. Este libro las cuenta con divino arte. ¡Libro quietista y condenado! Miguel de Molinos ha puesto en solfa mística las mismas alegaciones contra el celo de almas. ¡Guárdate de esta serpiente encuadernada en pergamino! Te robaría el don de soñar y la voluntad de las bellas locuras para ser santa.

Reflexionó Feliche:

—¿Se puede, sin pecado, soñar con ser santo?

—¡Delicado problema de confesonario! ¿Se puede, sin pecado, soñar con ser santo? Feliche, ser santo incluye la naturaleza de pecador, la inteligencia del mal, la propensión a la culpa. ¡Los santos son barro de Adán!

Bromeó Feliche:

—No era esa mi duda, Padre Xavier.

—Pues ¿cuál era?

—Ya no sé decirlo. Me has embrollado los pajaritos. ¡Ah, sí! Mi duda era esta: el sueño de remontarse y querer ser santo, ¿no roza el pecado? Pecado de orgullo.

Murmuró Bradomín, entre burlón y sagaz:

—Eres una doctora molinosista.

—Contéstame.

—Solo es pecado soñar dormido, perezosamente. El proceso de la santidad se nutre de soñar andando. ¡Soñar! ¡Extravagar! Trascender la paradoja del juego de vocablos al acto. Realizar transformismos absurdos y, alguna vez, deleitarse con el halago de la iconografía, son achaques de todo el que profesa la santidad. Si haces el bien, aun cuando sueñes alguna vez con la canonización, y que la escoba de un sacristán te barrerá la cara, en imagen, no es pecado, Feliche.

Rió Feliche con grave donosura:

—¡Pecado del sacristán, que mío será para condenarme!

—¿Tú entiendes que la voluntad, la decidida voluntad de ser santo y correr todas sus aventuras, hasta la escoba del sacristán, es pecado?

—Sí. El santo debe creerse un gusano. Ese debe ser su estado de conciencia. ¡Gusano, el más miserable!

—La santidad no es aridez y desgana.

—¡Yo lo siento así!

—La santidad es música y canto. Día de fiesta. Para el santo no hay gusanos miserables: todas las criaturas son obra de Dios. El santo puede acendrar tanta humildad que su conciencia se aniquile en la efusividad del Universo. Pero un santo que, juzgándose el gusano más miserable, operase prodigios de taumaturgia, siguiendo el proceso de humildad, debía concluir con que todo ello eran trucos de Satanás. ¡El Dios Trino, solo en un rapto de demencia podía haber ungido a la más vil de sus criaturas con la gracia de calmar mares y vientos, prosperar cosechas, transigir agravios, saludar zaratanes y pestes, mirar por huérfanos y viudas, mejorar la suerte de las solteras! Con todos estos dones en la punta de los dedos, llamarse vil gusano sería de un pesimismo trágico. ¡Una blasfemia!

—Sin burla. ¿Tú crees que no debo leer ese libro?

—Te haría más vieja.

—¡Pues no habrá mujer que lo lea!

—¡Indudablemente! Acaso la Avellaneda... Pero eso ocurre con todos los libros que celebran los académicos.

—¿Y es un libro magnífico?

—Único.

—¿Y envejece mucho si lo leo?

—Acaso.

—Vuélveme el libro. ¡Lo leeré para que no me tengas por coqueta!

—Y para que me guarde de darte consejos.

—Tendrás todavía que darme uno. Acaso el último. Pero ya hablaremos.

Pasaba por el silencio del jardín el rumor de un cortejo lejano, con campanilla y salmodia. Aullaban nigrománticos los perros.

XVII

El entierro iba sesgando el olivar. Llevaba una carrera agalgada, gacho y nocharniego. Pero cuando cruzaba por los atardecidos prados, el ocaso ponía brillos y romerías de luces sobre el negro betún del féretro. Acezaba el cortejillo de jayanes y mujerucas lloronas, enternecidas con el anisete de cinco noches de velorio. Era muy remoto el cementerio, y el camino, transpuesto el olivar, de muy mal paso. En la tarde serena y azul, el flaco cortejillo calcaba su silueta galguera, remontando por la ribera del río, a buscar los vados por donde iba antaño el arruinado puente de maderos. El Villaje de Doña Ximena, sobre la otra orilla, acastillado en un cerro, escalonaba bardas y tejados. Cimero, entre tapias y cipreses, el campanario de la iglesia abría los ojos de sus campanas, bajo el roído tejadillo, ilustrando una metamorfosis de la corneja. El doble de difuntos dilataba sus mohosos círculos en el atardecido. El entierro galgueaba adonde dicen Vado Jarón. De la mano contraria, por un vericueto, aparecían los brillos de la cruz parroquial, y entre cuatro mantillas revoloteaba la sobrepelliz del clérigo. Tras de la cruz aguzaba sus cuernos el bonete. Se adelantó el sacristán, y encaramado a una cresta de la orilla, dio al aire su carraspera de viejo mandón que anda a escobazos con los santos:

—¡Ahí va la soguilla!

Tiró un tejuelo amarrado al cabo de una piola. Al otro lado, todo el cortejillo alzaba los ojos, siguiendo el vuelo del tiro. Cayó la piedra en mitad de la corriente. El sacristán habló para sí. Rosmaba. Borrachín, barbujo, pelicano, tenía el tartajo de cascarrabias que los añejos chascarrillos atribuyen a San Pedro. Corriendo por la vera del río, volteaba el brazo para darle impulso al tejo, que otra vez se hundió en la corriente. Gritó el viudo, al canto del féretro:

—¡Más nervio, padre mantecas!

—Haber traído tú la soguilla, ya que te pones por tan diestro.

El clérigo, con brusco arrebato, arrojó el hisopo en el calderete, se recogió la sotana, reclamó el tejuelo, y con arte de mayoral, lo lanzó, remontando sobre el río, a la otra ribera. Al verlo caer, algarearon los jayanes que acompañaban a la muerta:

—¡Ahí se ven los hombres!

—¡Ha estado usted mu güeno, Padre Cura!

—¡Eso lo hace la bota y el magro!

Los jayanes que acompañaban a la difunta halaron de la piola hasta tocar el amarre de una soga fuerte. Gritó el sacristán con la dignidad de un maestro de ceremonias:

—¡La gereta por los calcaños!

Ya habían sacado a la difunta del ataúd, y estaban apretándole el lazo de la reata en las canillas de cera.

—¡Harto se sabe!... ¡Jalaaa!...

Renovóse el planto de las mujerucas. En la otra orilla, el preste entonaba su latino responso y sacudía el hisopo sobre las aguas del río:

—¡Jalaaa!...

El cuerpo de la vieja zozobraba en el curso de la corriente. El sacristán, asistido de algunos mozos, recogía la soga en la ribera. Cantaba el preste. Las remotas campanas daban su doble y abrían en el atardecido círculos de sombra sonora. Los zapatos de la difunta navegaban río abajo, haciendo agua. La mellada luna, en el fondo de la corriente, guiñaba el ojo. Solo salían fuera del agua las manos de cera.

—¡Jalaaa!... ¡Jalaaa!...

XVIII

Un vuelo de cuervos manchaba con negros graznidos el cenit de la tarde morada... El hijo de la difunta, en muestra de filial respeto, ofreció al padre la cantimplora de aguardiente:

—¡Vaya un trago!

El veterano cachicán saludó reverente al concurso, y bebió poniéndose en la boca el gollete. Afirmó el hijo, llorón y badulaque:

—¡Siempre da su consuelo!

Rompió a llorar y a mesarse la mozuela del bermejo reír:

—¡Ay mi madre! ¡Ay mi madre!

Tentábase la faltriquera y sacaba un puñado de bellotas:

—¡Teney!

Las fue repartiendo al tenor que daba la vuelta por el corrillo la cantimplora del aguardiente. Bramó un jayán:

—¿Qué se hace con la caja, Tío Juanes?

Sentenció el viejo:

—Dejarla no hemos.

Hipó la mozuela:

—¡Vaya un expediente! Carguemos con ella, que no habrá de faltarle empleo.

La miró el padre, duro y arisco:

—Te pondremos a dormir en ella.

Retrucó el jayán:

—Puede usted revenderla o rifarla.

Encapotóse el viejo:

—O esperar a morir, que a mis años no será muy larga la espera.

—Tío Juanes, si usted la rifa, yo le tomo una papeleta, que estoy viendo cómo se nos va la güela.

Murmuró el cachicán, perdido en adusta cavilación:

—Niño, échala a cuestas, que llegado el caso lo trataremos.

Las voces agorinaban esparcidas en la niebla crepuscular. Silbaba en su olivo el mochuelo. El ataúd vacío navegaba bajo la luna, en el alterno rumor de las voces:

—¡Pagó con la suya!

—¡Es el camino de todos!

—¡Ninguno se excusa!

—¡Así es! Nacimiento dice muerte.

—¡Desgracia de aquel a quien no quiere la muerte!

—¿Por qué desgracia?

—Se cansará de ver duelos.

—¿Y si le espera suerte más negra? Por muy grandes que sean los trabajos de esta vida, nunca se igualan con los trabajos del infierno.

—El pobre, por lo tanto como aquí pena, tiene ganada

la Gloria de Dios. Si así no fuese, sería cosa de matar en una noche a todos los ricos.

—¡Pues tarda ese tiempo!

—¡Están anunciadas revoluciones!

—¿Y comeremos los pobres?

—¡Si no comemos, bailaremos!

—Acuérdate del canto: baila y no cenes, verás a la mañana qué cuerpo tienes.

—¿Sabes que hedía la difunta?

—¿Y qué extrañeza? ¿Cuántos días estuvo la finada sin recibir tierra, Tío Juanes?

—Pues, hijo, lo que va de un sábado a un viernes.

—Siete días.

—¡Justamente! Y de tener sabido que a la fin iría con soguilla, no habríamos tardado ese tiempo.

—¡Así es! Poca dura tuvo la puente.

—¡Y tan poca! Dos años. Ya andaba la difunta con su mal.

—¡No le tocó pasar la puente ni de viva ni de muerta!

—¡Chascos del mundo! ¿Por cuántos años estaremos sin paso?

—¡Por siempre jamás!

—¿Quiere decirse que todos tendremos soguilla?

—¿Y qué te importa si no lo sientes?

Se oía remoto el trote de cuatro mulas. Brillaban a lo lejos, rasgando el olivar, los faroles de un coche, y los cascabeles del atelaje despertaban los ecos del campo como una encendida orquesta de grillos.

LIBRO SEXTO

PARA QUE NO CANTES

I

Corría el galgo madruguero por el sayal de las labranzas,
pesquisor sobre la sombra de las alondras en vuelo. Tío
Blas de Juanes, con profundos dejos de melancolía, miraba
perdido el sudor de la siembra. Era sol naciente. Las gollerías picaban en la juvenil amanecida, sacudiendo la caperuza de niñas viejas. Sobre las bardas doraba sus plumas el
gallo algarero, y los charcales eran floridos de luces. Aún
farfollaban, crecidos, los cauces serranos. El cachicán subía
el recuesto del arruinado molino, y la comadre tuerta bajaba ondulando los guindillones de la falda.

—¿Se halla usted al tanto, Tío Juanes? La Pareja se me
ha incautado del mala costilla. ¡Y ese solimán se berrea
tanicuanto le aprietan las mancuerdas! ¡Que no vaya adelante de ningún escribano, porque nos pierde, Tío Juanes!

Abismóse el viejo rudo, en su puesto senequista, tendidas
las miradas del ánimo, a considerar la incertidumbre de los
sucesos:

—¡Me hallaba sobreavisado para cualquier desavío, que
lo peor de lo más malo se me había pasado por el pensamiento, y la tan maldita ocurrencia ni una sola vez me ha
dado el alto! Juanilla, la prisión de ese tuno puede traer
un averiazo que nos doble.

—¿Y cuenta usted mucho con el valimiento del Niño?

—El Niño bailará el cuerpo por ayudarnos, a la cuenta
que le tiene.

Agorinó la tuerta:

—¡Si nos hacen proceso, que no se vaya suelto ese toro
majo, Tío Juanes!

—No podrá irse. Pero el entanto ruede el tuno entre carabinas, la faena que cumple no es del Niño. ¡Si canta, vamos todos al estaribel! ¿Y cómo se pasó el zafarrancho?

151

—Asomaron los tricornios y me subí sobre sus pisadas.

—¿Tú tenías esquiciados todos los rastros?

—¡Si registro lo hicieron y nada hallaron, usted verá! En acabando, se ponen a picar un cigarrillo, y de que lo fuman, me ordenan traerles el rucio, que estaba pastando. ¡Qué remedio! Pero la sangre me dio un vuelco. ¡Era vista la idea! Y así fue. Sobre el pollino, terciado, se llevaron el camastrón.

—¿Cómo lo ha tomado el tuno?

—Con su risa rajada.

—¿No se te habrá pasado averiguar adónde le conducen?

—Puse los espartos, sin sacar ninguna cosa en claro. Pero atendiendo al andar del rucio, aun cuando lo muelan, en todo el día no salen del camino, si van a Solana. Tío Juanes, donde aclaramos las dudas es en la Venta del Manchuela. Esa comadreja, de cierto que ya tiene tomados vientos. Y también le habrán dejado los amigos la noticia de sus escondrijos. ¿Por qué no pica usted para allá, Tío Barrabases? Yo me llego a las cuevas para avisar a la prójima del Carifancho. ¡Allá nos juntamos!

—¡Oye, chiva loca! Tú no sabes de más obligaciones, y a mí me sujeta el cargo en que me hallo. Sobra estos tiempos mucha gente mirona por Los Carvajales.

La comadre se rebotó de un salto, con vuelo de faldas, resaltando el anca de cabra:

—¡Pues usted verá si hay modo de cumplir en las dos partes! Y cuanto más agudo se despache el negocio del camastrón, más tranquilo queda usted. Vea usted cuál de los dos cuidados es más urgente.

El Tío Juanes sacó del chaleco su pesado y platero reloj. Con ceño de présbita, teniéndole en las dos manos, escrutó la hora, las riendas sueltas sobre el cuello del tordillo.

—No olvidemos que si es buena la diligencia, el acelero trae por veces más daños que un pedrisco. No pongamos los cuerpos al descubierto, y andemos con ojo. Una es que el tuno se berree y otra que por el descuido de sellarle la boca nos echemos encima el recelo de la Pareja. Esa gente anda muy avisada, y como aconseja el padrino, hay que aplastarse y no dar el cuerpo. Antes que ninguna otra cosa, la primera diligencia es obrar con disimulo y poner sobre los autos al Niño.

Se oía el trote de dos caballos, y la tuerta dio una huida a esconderse entre las retamas.

—¡La Pareja!

Sobre el cerro, lujosos en el sol mañanero, bebiendo el aire asomaban una amazona y un jinete. Volvieron bridas caracoleando los caballos, y otra vez desaparecieron. Sacó su redonda pupila la comadre:

—¡Vaya un susto!

—Pareja la era.

—¡De enamorados! ¡Tío Juanes, un curelo para no descuidarlo!

—Si hay trapisonda... Y la habrá, que el tentador menea su rabo por todas partes, y lo mismo se peca por los chamizos de los pobres que por los palacios reales.

—¡Apuradamente!

—Agáchate, Juanilla, que de lo menos se induce una sospecha, y pudieran recelarse aquellos tunos que podan en Olivar Viejo.

—¡Así cieguen! Tío Barrabases, yo me voy con el viento a desayunar unas migas con la comadre Carifancho.

—Juanilla, que los amigos se dejen caer por la Venta de Manchuela. Allí se resolverá. ¡En el apuro, plan maduro!

II

La Carifancho, comadre renegrecida y garbosa, canta, disputa y peina la mata, a la boca de un silo, en Castril de las Cuevas. Las pencas del chumbo espinan las bardas. Perros y jamelgos, bien amados de la mosca, sacuden el rabo con ritmos alternos. Las voces, las greñas arañadas y las rapiñas, tejen el hilo de la cotidiana disputa que allí mueven las mujeres. Los coimes, cuando no cumplen alguna sentencia en presidio, garbean en la tunería de lechuzas, aljorjines y traineles, o se licencian en los estudios mayores de caballistas y cuatreros. Aquel rancho gitano tiene un resalte de ochavo moruno —luces cobrizas, magias y sortilegios, ciencia caldea de grimorios y pentáculos—. En Castril de las Cuevas la herradura, el cuerno, el espejillo rajado, los azabaches y corales de las gigas, el santico bendito, con ataduras y por los pies ajorcado, son los mejores influjos para torcer y mejorar los destinos del castigado Errate. El cuerno hace mal de ojo a los vellerifes. El espejillo enferma de muerte a los jueces. El santico ligado y ajorcado abre las cárceles. La herradura prospera sobre los caminos y saca adelante en los pasos apurados. Las gigas mejoran la estrella del nacimiento. En Castril de las Cuevas, a la boca de un silo, canta y peina la greña Malena de Carifancho. En estas ha visto llegar, dándose aire con una punta del pañuelo, a la comadre tuerta:

—¿Por dónde anda el tuyo, Malena?

—¡Cristo! ¿Qué te pasa?

—¿Por dónde anda?

—¡Lleva vuelo muy largo! A decirte verdad, no sé por dónde anda mi Pepe.

—¿Adónde vas tú con tanta ignorancia? Tu Pepe no puede andar lejos, pues allí cuelgan el retaco y la canana.

—¡Juanilla, te desconozco! ¡Ya te empapas en el engaño como los balichós!

—¡Así cieguen! ¡Los tenemos encima! Malena, me trae el aquel de que tu rufo, con todo acelero, se caiga por la Venta del Manchuela.

—¿Dirás de una vez lo que pasa?

—¡Se pasa que nos pueden conducir a todos en una cuerda si se berrea el mala sangre que esta madrugada se llevó preso la Pareja! Tío Juanes, que se ha entrevistado con el padrino, estima que se nos depara un averiazo con ese lagarto en las uñas de los Guardias. ¡A la primera solfa de baquetas nos pone el grillete! Con todo ello, la más negra sería que pudiese cantar en papel de Juzgado. ¡Allí nos abrasan!

—¡Juanilla, no me soponcies con esas cuentas tan negras, que estoy en meses mayores. ¿Tú traes ya cavilada la melecina para que no muerda ese churel? ¿Qué tiro es el tuyo?

—¡Yo estoy atolondrada desde que vi que se lo llevaban atado a los bastes del pollino!

—¡Vaya un retablo!

—Y el raído ha puesto una risa tan malvada, que descubría sus intenciones. ¡Ni solfa de baquetas precisa para que todo lo cante ese renegado! ¡Más pesarosa estoy de no haberle dado boleta para los Infiernos! ¡Y allí que cantase!

—¿Qué discurso hace Tío Juanes?

—Que no siga en las uñas de la Pareja.

En el fondo, moviendo el vistoso colgarín de una colcha gitana, por el arquillo de tierra, con esperezo y bostezo, apareció Carifancho:

—¡El desavío puede ser templado!

Saltó la bisoja:

—¡Ya me daba la olisca de que no andabas lejos!

Y la otra comadreja:

—Pues has oído la gachapla que ésta trae, dale respuesta.

Tosió Carifancho:

—La resolución ha de tomarse en junta, y no me parece mal discurrido entrevistarse bajo el alón de Frasquito Manchuela.

—Esa es la mía, y tras eso vengo, para que te dejes caer por aquella querencia.

La comadreja hincábale el ojo de pájaro, dorado en la rayola de sol que partía la cueva. Carifancho, negro y garboso sobre la cortinilla gitana, ajustábase el cinto del puñal. Malena le presentaba el retaco, le ajustaba las espuelas, barriendo los suelos con la clavelina del rodete. La bisoja se prevenía cruzando el pañuelo bajo el brazo:

—Si estás en ello, no se pierda más tiempo, y nosotros dos a procurar alguna noticia de la Pareja. ¡Y con este acelero, ni palabra se mezcló sobre el curelo de Cueva Beata! Pues ello es que la otra mañana presentóse el Niño. Venía muy levantado y sobrecogido por unos dimes con el Gobernador. Su consejo es aburrir el nido quien pueda, los demás aplastarse y dejar pasar esta justicia de enero.

—Todo eso está bien. Y tocante al pájaro, ¿qué propósito hace? A mí me ha llegado el aire de algunas palabras que no sé dónde se han dicho, y sobre las cuales acaso no estuvieran conformes todos los interesados. ¿Se clareó el padrino sobre el compromiso que trae de soltar al pájaro?

—Alguna cosa mentó.

—Pues habrá que echarle el alto.

—Esa cuenta os la arregláis entre vosotros. ¡Ahora cada cual sobre su obligación, y a no dormirse!

Rezaba la coima de Carifancho:

—¡Hay días que nacen aciagos!

Baló con hipo rabioso la otra comadre:

—¡Y vidas enteras!

Comentó jactancioso y ensombrecido el Carifancho:

—¡De este averiazo pudiera salirnos tejida la soga!

Las tres figuras, al moverse sobre las cales de la cueva, alternativamente cortaban la rayola del sol, y salía de la sombra su gesto expresivo, con un claroscuro potente.

III

Comadrejas, con el hombro pegado a las bardas, hacían cauteloso acecho por unas eras Juana de Tito y Malena la Carifancho. Subían los Guardias con el preso hacia el villorrio lomero de Castril Morisco. Un zagal requisado por los tricornios alegraba al rucio con oraciones arrieras y halagos de vara. Ponía el sol en los adobes una llama adusta, una luz de castigo que calcaba con tintas chinas el perfil de los tejados. Las comadrejas, cada una por su sesgo, abiertas las mirlas, y el ojo lagartero, metíanse por las callejuelas, atisbonas a los pasos e intenciones de los Guardias. Recayeron a un campillo con tres casucas arrugadas, puestas de esquina, en disputa temosa de viejas. Ante la puerta laureada de un tabernucho, apagaban las sedes del camino el rucio, el espolique, el preso y la Pareja. Los tricornios, con una sangría. Con agua de la noria los otros tres penitentes. Las comadrejas sacaban el ojo por contrapuestas esquinas. Los Guardias se alzaron, y el bulto del asno con el tullido salió trotando a la carretera, bajo la lluvia de azotes e injurias con que lo animaba el renegado espolique. Juana de Tito, escurrida y ligera, se acogió al tabernucho, cortando el terreno a espaldas de la Pareja. Con el pañuelo caído sobre el ojo tuerto, llegó al mostrador, y garbeando la mano soltó una peseta:

—Madre Melonilla, desengáñese si es buena esa beata.

Cambiaron un guiño. Disimulando, la tabernera contó la peseta en cobres, y puso el cambio sobre el mostrador:

—¡No me rompas la cabeza! Es moneda de ley.

—Se ve tan poco de esta fruta, que no es extraño desconocerla.

—¿Te sirvo alguna bebida?

—Agua del cielo, porque traigo más sed que un esparto.

—Pues, hija, si la gustas de tomar como unas nieves, ve a sacarla del aljibe.

—¿Y el perro, no me echará el alto?

156

—¡Me le han dado morcilla los vellerifes! ¡Aún se me encorajina la sangre!

A hurto, por entre el coloquio, sesgaban una sonrisa de trapicheo las dos alechuzadas comadres. En el fondo, con una mesa y un jarro por medio, el seminarista, el herrador y el pedáneo disputaban por una baza de julepe. La Tía Melona, obesa y reumática, subió un cadalsillo de tres escaleras y pasó por una puerta achatada, seguida de la comadre bisoja. En el corral, sentada entre los geranios del aljibe, con un espejillo sobre la falda y una alcuza a la vera, se aceitaba la Carifancho. Arrecelóse la Tía Melona:

—¿Por dónde has entrado, que no has sido vista?

—Por un agujero.

—¡Propia rata! Pues nos has cegado.

—¡Buen trabajo cegar a los ciegos!

—Pero ¿tú has entrado por la puerta?

—¡Como una reina!

—¡Vaya un arte que tienes para no ser vista!

—¡Y nada es bastante, Tía Melonilla!

—¿Y esa alcuza?

—Al entrar se me ha puesto delante.

—Pues aquí las cosas tienen dueño.

—Como en todas partes. Y por tener a nuestros dueños con un pie en el finibusterre, andamos nosotras aperreadas fuera del runjí. ¡Ha visto usted que los vellerifes le han echado el guante a Tito el Baldado!

Atajó la tuerta:

—¿Qué intención descubrían los Guardias? ¿Qué palabras tuvieron? Mi mala costilla, ¿por dónde rajaba?

—Cuando el sol se cubre no pidas ver claro. Los balichós gastaron pocas palabras. A lo visto, el sol del camino les tenía seca la garganta. El tuyo se dolía de las ligaduras, y no dejaba las maldiciones para que se las aflojasen.

—¿Habrá cantado?

—Las correas tan oprimidas dicen lo contrario.

La Tía Melona protegía la alcuza bajo un pico del mandilote, y motejándole la cicatería alzaba los brazos con gracia culebrosa la Carifancho.

—Tía Melonilla, no sea usted roña y écheme usted una gota de olio en las palmas para engordar las liendres.

—¡Si estás más lucida que un disanto!

—¡Tía Melonilla, écheme usted una gota, que no pido para freír un güevo!

—¡Si no has dejado ni la muestra!

—De una escurridura quiere usted que le deje un trapiche. ¡Valga Dios, la sangre que usted tiene, Tía Melonilla!

Se anudaba el pañuelo y sujetaba la liga Juana de Tito.

—¡Hay que no dormirse y sellarle el buzón al renegado! ¿Adónde le conduce la Pareja?

—Aquí requisaron para mudar de pollino, no hallaron coyuntura de servirse y largaron sin pagar su consumo. ¡Lejos los vea yo de mi puerta!

—¡Ganado de Lucifer!

La mano morena de la gitana prendía en el aire, con falsos anillos, el garabato de los cuernos. Juana de Tito acechaba sobre las barbas del corral:

—¡No perdamos los rastros de la Pareja!

La escueta procesión del preso y los tricornios azancanaba por la carretera. La andadura cojitranca del pollino descomponía los ángulos del cortejo, con una visión astigmática. Era en la llama de la carretera un adusto rastro negro, expresión de errantes destinos y estrellas funestas. Entraban por una sombra de alcornoques. La tuerta aguzaba el ojo sobre la barda:

—¡Soo! ¿Adónde va ese ganado que se sale de vereda?

Rió la carifancho:

—Si le dan mulé, aquí oiremos el tronío.

Apaciguó la Tía Melonilla:

—Son comedias que representan para ablandarles el rejo a los infelices conducidos y hacerles cantar.

Juana de Tito respondía a sus voces interiores:

—Yo me acercaría, pero si tiene cantado el mala sangre soy la primera que cae.

Reflexionaba la Tía Melona:

—Tú, bien está que te guardes. En cuanto a esta, puede rondar por los lejos de la Pareja.

La Carifancho, juncal y esquiva, ponía el moreno racimo de las uñas en las ondas lustrosas del pelo.

—Reina de España, ¿no me ve usted cómo estoy para alumbrar lo que traigo?

—Desde que te conozco, y van años, siempre te encuentras en el mismo ser.

—No se me logra fruto, Tía Melonilla.

Razonó, con un pronto, la tuerta:

—¡Sin más! Tía Melona, procúreme usted unas prendas de hombre. Malena, componte para ser una vieja.

Asintió Tía Melona:

—¡Vayamos al fayado, y allí escogerás en lo que tengo!

—Unos calzones y una chamarreta.

—El caso, que te vengan.

—¡Engordo el cuerpo, que por prietos no será la duda!

Ceceó la Carifancho:

—Tía Melonilla, ya me procurará usted unos polvillos de harina para encanecer la mata.

—Pides tú para adornarte el cascuelo más ingredientes que el postre de un canónigo. ¡Vamos al desvanillo! Tú por adelante de mí, Carifancha.

Inquirió la bisoja:

—¿No cierra usted el despacho?

—Así es más disimulado... Y Paco el Seminarista se ocupa de vigilar en mis faltas. Paco el Seminarista es muy aprovechable. Ese caso... Si os parece le pongo en autos. ¡Es de los buenos planistas, no hay otro más aventajado! Él habló con los Civiles.

Dudó la tuerta:

—Vamos al fayado y allí resolveremos. ¿Qué ayuda podría darnos su Paco?

—¡Ojo, que vivimos muy honradamente! ¡Nada de mi Paco! ¡Líbreme Dios de torcerle la vocación a ese arzobispo!

Temblaba con el peso de los tres bultos la escalerilla del fayado. La Tía Melona, asentada al pie del ventanillo, desató un burujo. Las dos comadrejas metían la husma y las uñas sacando los pingos al aire.

—¡Estos calzones me vienen pintados!

La bisoja se alzó con desgaire. Sacaba la pierna y medía por ella las longuras del calzón. Las otras dos, agazapadas al pie del ventanillo, dieron su dictado. La Carifancho:

—¡En esa tripa mal metes tus cachas!

La Tía Melonilla:

—¡Te daba unas onzas de las mías! ¡Estás como una vara!

Requebró la Carifancho:

—¡Cuerpo de bailadora! ¡Átate un pañuelo a la cachucha y ponte este catite sobre un lado! ¡Así disimulas la trenza!

—Tía Melonilla, si usted trae unas tijeras me la rebano.

Este disfraz ya no me lo quito. ¡Gachó me vuelvo!

Reflexionó la Tía Melonilla:

—¡La nube del ojo te delata! ¡Habías de ponerte un parche!

—¡Más notado!

Saltó la faraona:

—¡Un pavero, Juanilla! Te lo echas sobre la ceja.

La tabernera reposó las manos sobre las ancas:

—¿Y dónde lo hay el pavero, badajo rajado?

Tornaba la tuna:

—Juanilla, te completas con estas alforjas.

Y Juana de Tito, arrimándose a la tabernera, marteleaba:

—Para el pavero llame usted a su Paco.

—¡Deja la pelma! ¿Tú estás en que le hable y le ponga al cabo? Él convidó con la petaca a la Pareja. Al tuyo, como va esposado, le puso el pitillo en la boca y se lo encendió. Alguna seña pudieron haber combinado. Tú verás si vale la pena de llamarlo para que os convide. El interés que tuvo por ti no se le ha pasado.

—Tía Melonilla, ¿quiere usted cargarme el pecado de que le robe un santo al Cielo? ¡Llámele usted para ser formales! ¡Paco es muy tuno, y si habló con los tricornios alguna cosa le habrá diquelado!

—Pues espera. Bajo yo, le hago una seña y vosotras luego bajáis.

—¿No tiene usted a mano unas tijeras?

—Ese primor déjaselo a Paco.

La Tía Melonilla, renqueando, bajó al mostrador. Paco guipó por el aire su seña, buscó pretexto y suspendió el julepe.

IV

Paco el Seminarista rascó la garganta con una tos maja viendo salir a las disfrazadas comadrejas. El mentido chaval se le ponía a la vera tocándose el catite:

—¡Salud, maestro! ¿Sabría usted decirnos dónde hallar bagaje, que la güela no puede moverse? Señores Guardias se han servido requisarnos el rucio para un pícaro que se hace el baldao. Por aquí los verían ustedes pasar.

Simuló con hipo senil la Carifancho:

—¡De infantería me han dejado!

Apuntó el Seminarista:

—¿Qué padece la güela?

Torció el hilo de las burlas la Carifancho:

—¡Flato de años!

Las comadrejas sesgaban el diálogo con dobles intenciones. Un oculto sentido ondulaba su vena picaresca en los acentos. Paco el Seminarista, con el mismo arte, ponía una a una las fichas de su réplica. Paco el Seminarista era un bigardo sobre la treintena, que, atrás diez años, tenía ahorcada la beca en Sacro Monte de Calatrava. Las comadrejas se hacían gustosas su disfraz. La premura del tiempo y los peligros se rezagaban sobre la tunería del coloquio. Gozaban de la farsa con una rémora absurda. Sentían su virtud para el engaño y templaban con sabroso deleite su arte de máscaras. Jugando aquellos picardeos se adiestraban para sus tretas. Juana de Tito, súbitamente, mudó el registro en un sonsoniche:

—¿Hablaste al raído?

Paco el Seminarista, sin sorpresa, torció un canto de la boca y del mismo lado bajó el párpado:

—Tuvimos contadas palabras.

—¿Y ellas fueron?

—No te las repito por no sofocarte...

—¡Deja el miramiento!

—Pues no más que le puse el cigarro en la boca y le di lumbre, estos puñales: "Cuñado, aquella grandísima te ha pospuesto a Blas de Juanes. ¡Y esto a la presencia de los tricornios para escarnio!"

—¡Poco ha sido el veneno que tiene esa serpiente! Paco, hablaremos un día despacio. Las cosas son como son, y no me hagas el mal tercio de esquiciarme al viejo cuando le tengo en las uñas.

—¿Me quieres más caballero?

—Gracias, Paco. ¡Tú no dejarías sin respuesta al raído mala sangre!

—La Pareja nos tenía el ojo encima, y no era caso de andarse con polémicas.

—¿Adónde lo llevan?

—A Solana.

—¿Tú ignoras que se han salido de la carretera?

—¿Por los Jaramillos?

—¡Propiamente!

Apicaróse el rufo:

—Lo sabía hace un chico rato. Menda les ha puesto ese enguade. La Pareja la tenéis ahora sobre Castril Morisco. Lleva idea de requisar el jumento al Santero de San Blas. Aquí pidieron informes y van sobre ellos. ¡El engaño sería que anduviese recorriendo mundo el Tío Solano!

Susurró la bisoja:

—¡De estar en ello!...

Y la Carifancho:

—¡Poco mejoran, aunque hagan el trueque de bastes!

Juana de Tito recogióse, con el ojo clavado en el vaso de aguardiente:

—¿Habrá cantado?

El Seminarista tendió la pestaña:

—¡Cantará!

Resolvió la tuerta:

—¡Hay que no dormirse y sellarle el pío!

El cuerpo magro, ambiguo, de una elasticidad viciosa, en el sayo varonil, acentuaba su esencia de monstruo. Paco el Seminarista deleitó la mirada sobre la comadreja:

—¡Tenemos que entrevistarnos!

V

Por Jarón de San Blas, en los lejos, avizoraban las dos disfrazadas comadruelas. Arrimados los fusiles al muro de la ermita, sesteaba la Pareja. Tito el Baldado retorcía el pabilo del busto en la palmatoria de tuertas canillejas, peregrinante por el campillo, sobre los bastes del rucio, que tendía el cuello y desconcertaba los cuadriles, olfateando por una brizna de hierba. Era la hora del descanso, y curiosos de mirar al preso acudían los gañanes de un cortijo. Tenían destellos de sudados soles, risas fulvas y rejos ibéricos. Con aquella cuadrilla, acuciado de un cierto sobresalto, asomábase por vigilar la ermita el pardo santero. Movía en el haldón de la capa las secas tabas de galgo verdino. Con alegres cintajos de escapularios animaba el sombrero. En las manos sostenía el cepillo del Santo. Entró en la ermita y salió en talle con un botijo, que brindó a los Guardias:

—¡Otra cosa no tengo mejor que ofrecerles!

Un jayanote soldado veterano sacó el busto, el hombro, el brazo y el gesto, encaramado a la Pareja:

—¡Se llevan ustedes un pájaro de valía!

La Pareja, silenciosa a la sombra del muro, desdoblaba la adusta geometría de sus siluetas. Sustanció el Cabo Ferrándiz:

—Tío Solano, tenemos que requisarle el pollino para bagaje de ese tuno. La cuaresma que traemos no aguanta la carga.

Filosofó el Santero:

—¡Y qué remedio de aguantarla! Si esa ley valiese en la vida, todos seríamos testas coronadas. El compañero que tengo en la cuadra poco mal remedia. Es entrado en quintas y tiene sobrehuesos en las dos manos. Ustedes resolverán a luego del cotejo. Voy a estornudarle de su pasmo.

El Santero galgueaba para los adentros. El espolique, con el rucio del ronzal, advertido, acudía a ponerse bajo los ojos de la Pareja. Los gañanes, luces centenas las caras, en atento pasmo, curiosos, animados, felices de sentir el aliento popular del drama, contemplaban al preso:

—¡Amigo, vas caballero! ¡Así se sube a la horca!

Por unas lomas se retardaban, disimulándolo con el paso cansado, el zagal verdino y la vieja haldona. Las dos comadrejas, a pesar del disfraz, tenían recelo de aventurarse, sospechándose la mala voluntad de aquel dañino. ¡Era muy lince, y si las descubría, las delataba a la Pareja! De lejos estuvieron mirando el cotejo de los borricos y el baile babilónico que, asegurado en el goce del suyo, celebró Tío Solano, Santero de San Blasito. El Glorioso Patrono, todo báculo y mitra, en la clave de un arquillo, proyectaba su ingenua bendición de piedra.

VI

Tito el Baldado se retorcía sobre los bastes del rucio y clamaba porque le aflojasen las ligaduras. Las gañanada lucía los dientes. Risas crueles animaban los rostros centenos:

—Ya te curarán con sal y vinagre.

—¡Qué tan buenas acciones llevarás tú a cuestas!

—¡Por algo estás lisiado y señalado del Señor!

—Si ahora es tanto el quejido, ¿qué guardas tú para cuando te aprieten la mancuerda?

El preso se enguruñaba, agudos los ojos, la boca torcida, el gesto malvado, los acentos misioneros de hipócritas lástimas:

—¡Ningún cristiano considera mis padecimientos en cautividad de unos criminales, impedido de valerme, lisiado como me veo de las dos piernas! ¡Cinco años sujeto a malos tratamientos entre gente ruin que vive fuera de ley! ¡Un cautiverio de cinco años, al tino de que no pudiera cantar los malos pasos de aquellos empedernidos! ¡A sus robos y secuestros llaman rebaja de caudales y reparto de justicia! No encontraréis, hermanos míos, gente más sañuda que aquellos hombres y que más vaya contra la ley de Dios. ¡Nada se les da del tuyo y el mío! Puestos a negar, todo lo meten por tierra, y no les importa decir que las dehesas y las olivas las tienen robadas sus dueños. ¡Todo es robo para aquellas negras conciencias, y sólo es justicia la rebaja de caudales mediante la industria de los secuestros! ¡Es mucha desventura, hermanos, vivir cautivo un año y otro, entre tanta perdición, baldado y sin recursos, escarnecido por la conducta de la propia mujer! ¡Una gran criminal que merece subir a la horca! ¡El Señor la tiene marcada de su mano!

El garabato del pícaro, cosido en el jubón de hieles, encinchado a los bastes del rucio, zarandero entre los rígidos fusiles, traspasaba el atento silencio con su grito de misionero. La tropa cortijil, morena, sudada de soles labradores, extasiaba la bárbara risa, tensa y suspensa en las voces dramáticas del preso. Gustaba, en la gracia ingenua de sus orígenes, la virtud del romance popular y de la estampa con que se ganan la vida por ferias y romerías los ciegos evangelistas.

VII

De lejos tuvieron el atisbo las disimuladas comadrejas, advertidos los ojos, por el movimiento de las figuras allá abajo, en el Campillo de San Blasito. Huidizas, tomaron vuelo para la Venta del Pino. Allí se asilaron. Era el ventero un compadre desertor de presidio, que llevaba treinta años por aquellos parajes con el nombre supuesto de Frasquito Manchuela. Ya estaban en concilio Carifancho, Viroque y Patas Largas. Reunidos en torno de la lumbre, asegurados de que no había huéspedes ni otro recelo, dándole fin a una fritada de higadillos, perfilaban las últimas socaliñas para poner los espartos a la Pareja. Y apenas asomaron por la puerta las disfrazadas comadres, se alborozaron los bailones, al tino de quiénes eran los tales. Juana la Tito cortó la bulla, rajada de piernas, de gesto y de brazos:

—¡A lo que importa! Para mi discurso, visto el temor de que ese veneno nos lleve a la horca, más que a libertarle de los vellerifes ha de irse a sellarle el pío. La Pareja, si le echáis el alto, lo primero que hace es enfriar al preso. ¡Eso de toda la vida! ¡Pues a ello, chavales, y oréganos sea!

La unitaria pupila de ónix, avivada por la lumbre del hogar, imponía su oráculo. Patas Largas, que a todos miraba, apuntó un reconcomio antiguo que tenía con el Tío Juanes:

—Aquí, para tomar acuerdo, falta alguno a quien debe escucharse. Si está con el aviso, esperar es lo propio, y si no ha sido convocado, convocarle. ¡Aquí falta Tío Blas de Juanes!

Rajó la bisoja:

—Obrando como se ha dicho no tiene falencia. De Tío Juanes será prudente que amuestre poco la fila. Los que andáis sin paradero, de una parte a la otra, exponéis menos. ¡Hay que hacerse del cargo! Horilla el sobresalto está en si los tricornios le han zurrido el barandel a mi tuno y se ha berreado, porque, de ser así, ya tenemos encima el alzapié y no habrá otra que aburrir el nido.

Pinto Viroque le brindó con requiebro la bota del mosto:

—¡Tírate un latigazo, que tienes tú más cifra que el Verbo Divino!

Corrió la pellejuela de mano en mano. La bisoja, animada del trago, bailó el cuerpo con ritmo de cabra, lúbrica y ambigua en su disfraz de mancebo:

—¡Aquel tuno, tuno,
por verme la liga,
me dijo, me dijo
que fuese su amiga!

Pinto Viroque, con zumba de jaque, se ladeaba el castoreño:

—¡Buena gachapla!

—Pues a no olvidarla, amigos. Yo me meto en vanguardia para que aprendáis lo que es una mujer. Con esta copla os daré el santo apenas de que asomen los tricornios. Paraje hay que estudiarlo.

Como ya lo tenían tratado entre sí los bailones, con pocas palabras más hubo concierto, y se caminaron a un jaral, donde habían escondido las monturas. Vaca Rabiosa, en centinela sobre su cuartago, las tenía en reata. Salieron en fuga, apretadas las espuelas, bebiendo los libres aires y las luces del hogar ibérico.

VIII

—*¡Por verme, por verme*
por verme la liga!...

Se remontaba la voz. Los brillos simétricos de tricornios y fusiles asomaban apostillando la cinta de la carretera, repartidos a una y otra mano, por donde dicen la Barga del Moro. Trotaba el preso, zarandil sobre los bastes del rucio, y el mozuelo espolique, sin darle paz al zurrido, cantaba una solfa de responsos arrieros. El camino daba vueltas entre espesos coscojares. Vaca Rabiosa y Patas Largas, Pinto Viroque y Pepe el Carifancho, prevenidos, pecho en tierra, los retacos apuntando el camino, esperaban el cruce de la Pareja. Por la Barga del Moro, luminosa, agreste de brisas, ondulaba la copla fulera:

—*¡Me dijo, me dijo*
que fuese su amiga!...

Un fogonazo dio su llamarada en el coscojar. Rodó por el campo el trueno de un tiro y, encadenado, el vuelo de una garza, el latir de un mastín, un fugitivo rebato de cencerras. Unánime, exclamó la Pareja:

—¡Los caballistas!

Y, doblándose sobre el camino, montaban los fusiles. Espantaba el rucio las orejas y encogía las ancas. Aplastábase el espolique, barriga en tierra. Clamaban en el aire los pelos, las uñas y las voces de Tito el Baldado:

—¡Esta es la hora maldecida de mi muerte!

La Pareja hizo fuego. Con un trastrueque inverosímil se arrugaron el baste y el preso, en un batir de manos y cascos al aire. La Pareja volvía a cargar y quedaba en alerta. El Guardia Turégano, transpuesto un holgado espacio de silencio, consultó al Cabo Ferrándiz:

—¿Qué se hace?

—¡Como no sea esperar a que el pollino se levante!

—¿No habrá por ahí alguna emboscada?

—¡Apenas! Si venían a libertar al tuno, esa cuenta ya se la hemos liquidado.

El Cabo Ferrándiz, encorvado, el fusil dispuesto, se acerca y pisa en la sanguinosa mancha de arena, que recoge el sórdido bulto del preso y el asno. El Cabo Ferrándiz toca, inquiere, golpea con la culata:

—¡Listo!

—¡Un pícaro menos!

El espolique se alzaba para mirar el sangriento burujo:

—¡Lo que hace una bala bien puesta!

Le marcó el camino, con la culata, el Cabo Ferrándiz:

—Tú, chivato, no has visto nada. ¡Toma soleta, y ojo a lo que se habla!

Con media carrera huidiza, sin perder cara, se apartó el zagalón, y de lejos quedó mirando a la Pareja:

—¿No cobro bagaje?

—¡Como no cobres una tollina que te encienda el pelo!

El Guardia Turégano exorbitaba su risa de brutal inocencia, recogiendo sobre el zagalón la mirada celina, opaca, de piedra turquesa. El Cabo Ferrándiz, doblando el cuerpo, recelaba los ojos sobre uno y otro lado del camino. El Guardia Turégano, sospechándole el pensamiento, adelantó un comentario:

—¡Aquí tendremos que dejarlo sin vigilancia!

—¿Y quién encuentra alma viviente por estos desiertos?

La Pareja, repartida a una y otra linde, con los fusiles montados, desdoblaba las negras siluetas, apostillando la cinta luminosa de la carretera por donde dicen La Barga del Moro.

IX

La Barga del Moro se alegraba con el cascabeleo del atelaje. Trotaban las cuatro mulillas enganchadas al faetón y las regía el Marqués de Torre-Mellada. En la adusta soledad penibética era un adefesio anacrónico aquel vejete de chistera gris, guantes anaranjados, tobina con recortes de astracán, y en los fláccidos cachetes, rosicleres de alquimia... Tío Blasillo de Juanes, acerado de sienes, ojiduro, cetrino, cenceño, iba en el pescante a la vera del pintado carcamal. Adolfito Bonifaz, hundido en los almohadones del asiento, proyectaba el humo de un sueño ambicioso. ¡César o nada! Y con la divisa sonora, trenzaba el devaneo ruin con que se prometía jugarle una mala partida a Torre-Mellada. ¡Una con que reventase de rabia aquel mentor impertinente! Adolfito Bonifaz alargaba las piernas, cuidadoso de no macular con mesocráticas rodilleras los lechuginos pantalones de trabilla. Las mulas amusgaban la oreja. En medio del camino, un pastor rodeado del hato abría en el aire las mangas de capisayo. Tío Juanes se incorporó en el pescante y, ojiduro, removió la boca:

—¡Esto dice cautela!

El tiro de mulillas enderezaba las orejas. Dos perros con carlancas lamían en la charca negra y viscosa de sangre. Las moscas picaban los ojos yertos del tullido y del asnete. Crispóse, asustado, el Marqués. Emperezó Adolfito una mueca torcida de asco. Tío Juanes callaba y, disimulando hacia el cuento de las horas, sacaba sus consecuencias. El Marqués de Torre-Mellada dilató el susto y la congoja en una fuga de gallos:

—¡Esto es el delirio! ¡No hay seguridad en las carreteras del Estado! ¡El caos! ¡El caos! Sin un castigo ejemplar vamos a la catástrofe. ¡La Guardia Civil se descuida en la vigilancia de las carreteras, y los caminos son los cauces vitales del Organismo Nacional! ¿Qué ha pasado aquí? ¡Ese pastor! Interrógalo, Blasillo. ¡Adolfito, mala pata!

Adolfito sesgaba una sonrisa:

—¡Son las delicias del campo!

—¡Esta tierra es un presidio suelto!

Tío Blas de Juanes quebrantó el pliegue de la boca con adusta y concisa mueca de sentencia:

—¡Pues será al parigual de toda la redonda España!

X

El Marqués saltó del pescante, refitolero y medroso, las manos cruzadas bajo las haldillas de la tobina pisaverde:

—¡Se nos aguó la fiesta!

Adolfito acentuaba su cínica indiferencia:

—Un romano se hubiera vuelto a su casa. ¿Tú dirás si somos romanos?

—¡No me descompongas los nervios! ¡Cuántos cadáveres! ¡Qué espanto!

El Tío Juanes, con austera cordura, puntualizaba:

—Los muertos no pasan de dos. Un tuno y el pollino en que iba montado. Esta justicia, entendido que lo sea, se la debemos a la Benemérita.

Se alteró súbitamente el palaciego:

—¡Qué subversión de las ideas! ¡La Benemérita! ¡Ave María!

—¡Gracia plena!

Sin asomo de zumba, el viejo pardo se hacía la cruz desde la frente al pecho, donde daba sus luces garridas el escapulario del Carmelo.

LIBRO SÉPTIMO

MALOS AGÜEROS

I

Olivas y rastrojos, pardos sayales de aradas tierras, agrestes
tomillares, fulvas retamas, morados lejos de carrascos en
flor, venenosas digitales y torbiscos, quebrados roqueados.
Un tren con fragor de chatarra cruza el puente de hierro.
Notas de minio en la cárdena herrumbre. La locomotora,
sudada de aceites, despide borregos de humo, relumbra el
arete dorado de la chimenea.

—¡Pedrones! ¡Cinco minutos!

Renegridas mujerucas haldeaban a lo largo del tren, ofreciendo botijos ibéricos con leche de cabra. Subían al estribo,
acuciosas y vocingleras. El Marqués de Torre-Mellada, en el
angosto marco de la portezuela, se los compraba, y, tras de
pagarlos, se los volvía, gozando, mentecato, la puerilidad li-
mosnera de aquel toma y daca. Toñete, en el fondo del vagón, acomodaba en las rejillas sacos, mantas, sombrereras.
Silbó la máquina, y montaron con premura los rezagados.
Un mozo con galones rojos, sucio de hollín y aceites, pasó
echando el aldabillo a las portezuelas. El Marqués encasque-
tóse un gorrete de seda. Adolfito, sentado enfrente, presentía el aburrimiento del viaje y reclinaba la cabeza, entornando los ojos. El palaciego se santiguó, devoto, y se abismó
en un gesto de reserva:

—Esta noche aún veremos a Luis Bravo.

Adolfito se tumbó, desflorando un bostezo:

—Lo dejaremos para mañana. Esta noche yo recalo en
los Bufos.

Se alejó el taimado vejestorio con meloso aspaviento:

—¡Ya empiezas a rebelarte!

No arrancaba el tren. Chalanes de castoreño y garrocha,
con voces y malos textos, atendían a enjaular una punta de

171

becerros bravos. Al remate de la faena se aceleraron para beber un vaso en la cantina, siempre cuestionadores y hablando recio. Volvía a silbar la máquina, y aplazando la disputa, saltó al estribo un mayoral viejo, de zamarrón y peales:

—¡Pupila, pollos, que he visto rondar muy malas caras! Yo, para ir con algo más de seguro, voy a meterme en este coche de primera.

Runflaba la locomotora, y la ringla de mujerucas levantaba sus cacharros ibéricos a lo largo del andén.

—¡El botijo, tres cuartos! ¡Fresca! ¡Fresca!

II

El Barón de Bonifaz, desabrido y displicente, se tumbó en el asiento:

—¡Jeromo, así no se viaja!... Debías llevar el coche abonado.

—¡Indudablemente! Pero fíjate lo precipitado del viaje.

El palatino, anidado en el rincón frontero, balaba su excusa con vágulos hipos. El viejo de los peales saludaba, alzaba la mano al castoreño:

—¡A la paz de Dios! Caballeros, ¿quieren ustedes acomodarse en forma que todos quepamos?

El Marqués le advirtió con fatua amabilidad:

—Este vagón es de primera.

Confirmó el mayoral:

—¡Justamente!

Y Adolfito, tumbado a la bartola, bostezó con agresiva insolencia:

—Jeromo, es el adelanto de los tiempos. Ya los rústicos van en primera.

El castizo de la garrocha, limpiándose el sudor con el pañuelo de yerbas que sacó de la faja, repuso con recortada prosodia toledana:

—El asiento en el tren, como todo en el mundo, es de quien lo paga. ¡A Madrid se va hogañazo en primera con menos coste que hace veinte años en el caballo de San Francisco!

Asomó la gorra del revisor, y el toledano, cacheándose, sacó un billete de tercera.

—¿Qué vale el suplemento?

El revisor requirió el lápiz que llevaba en la oreja:

172

—Voy a verlo.

Explicó el mayoral con aguda intención, en tanto que le hacía el otro la cuenta:

—¡Para mi constancia, llevamos en el tren media partida de Quinto Barajas!

El revisor levantó los ojos, con el lápiz en suspenso:

—¡Y al propio capitán! Mucho me engaño, o un clérigo a quien acabo de picar el billete en segunda es Quinto Barajas.

Sobresaltóse el Marqués:

—¿Por qué no le echa el guante la Guardia Civil?

El revisor movía la cabeza:

—Mejor hará con no ver nada. Si quisiese prenderlo tendríamos un zafarrancho. La Pareja cumple con que el golpe no sea en el tren.

Adolfito insinuaba una duda burlona:

—¿Y cómo se sabe eso?

—La Pareja siempre lo sabe.

Saludó el revisor, tocándose la visera de la gorra, y continuó recorriendo el estribo del tren, pidiendo los billetes para ponerles el taladro. El Marqués interrogaba con fláccidos pianillos:

—¿Ese Barajas dicen que no mata?

El manchego razonó, estoico:

—Parece ser que, sin verse obligado, no mata.

El Marqués se santiguó. El Barón de Bonifaz gozábase con mala sangre, adivinándole las medrosas bascas. Sacándose el revólver de la cintura, se incorporó, farandulero, encarnizados los ojos sobre el mayoral:

—Buen amigo, ¿a qué llama usted verse obligado? ¿A encontrar resistencia? ¡Pues a mí no me desvalijan sin que deje seco a uno!

Aseguró con bravata el viejo:

—Seremos dos a no dejarse tentar la bolsa.

El Marqués se arrugaba, compungido:

—¡Prudencia! ¡Prudencia! Cuando vuelva el revisor, le haré que entreguen mi tarjeta a ese clérigo sospechoso que viaja en segunda.

Murmuró el garrochista:

—Algo me dice que pasaremos sin contratiempo. Quinto Barajas, para mi ver, ha dado el golpe en la feria de Cabeceros. Y dos seguidas rara vez las empalma. Sabe el oficio, y muchas fechorías en una misma comarca dan que hablar, y eso no trae cuenta. Los Guardias tampoco son lelos, y no desconocen que allí donde menudean los desafueros la gente se revoluciona y hay que andar sobre los pasos de las partidas y exponerse a malos encuentros.

Rezó el Marqués:

—¡La Virgen Santísima nos proteja bajo su manto! ¡Adolfito, ocurra lo que ocurra, tú vas a tener mucha prudencia! Dame el revólver.

—¡Me pides demasiado!

Adolfito giraba los ojos con expresión tan feroz, que el pintado vejestorio temblaba de pie y mano.

—¡Ten compasión de mis nervios! ¡Son demasiadas escenas! ¡No se me borra del pensamiento el espectáculo de esta mañana! ¡Hay para creer en agüeros!...

—Ya te he dicho que un romano se hubiera vuelto a su casa.

Entraba por el túnel el tren. En la oscuridad de los túneles el tiempo se alarga, se desdobla, multiplica las locuras acrobáticas del pensamiento.

III

Rasgó la sombra el duro llamear de los páramos barcinos, y se desovilló en su rincón el Marqués de Torre-Mellada:

—¡Está mandado alumbrar los coches en los túneles, y jamás se cumple el reglamento de ferrocarriles! ¡Con la mayor facilidad pudimos ser degollados a mansalva!

El mayoral, calándole los ojos, sentenció con sorna:

—Caballero, no habrá caso. Esos ahora van a esconderse en los montes de Toledo. Tienen la sobrecapa en el coto de Don Juan Prim.

Cacareó el palaciego:

—¡Ese soldado vesánico sin duda pensará hacer con esa gente la revolución!

Interrogó el garrochista con aguda malicia novelada:

—Cuentan que va por buen camino y que viene al pisar de las uvas. ¡Septiembre no es muy largo plazo!

El Marqués, entre las bascas medrosas, abría su cola pavona de alto personaje:

—¡Afortunadamente, el país está desengañado de aventuras!

Promulgó el mayoral, grave, dogmático:

—Pues hace falta un cambiazo que todo lo meta del revés. La Reina es un mal ejemplo para el mujerío. Lo propio del mujerío es el engaño, y solamente aquello del qué dirán puede tenerlo en sujeción. Pero si en las alturas hay un mal ejemplo, nuestras propias mujeres inducirán a seguirlo. Aquí cumplía haber puesto en el Trono a Don Carlos. ¡No se hizo y hay que purgarlo!

El Marqués recogía los brazos y se adamaba. Sus manos parecían haberse reducido dentro de los guantes.

—Ese pleito lo ha sentenciado el amor de los españoles a su legítima Soberana.

—¡Sí que ha costado sangre!

Interrogó Adolfito, por enzarzarla:

—¿Parece ser que en esta tierra abundan los partidarios de Don Carlos?

—No falta gente de buenas ideas, pero también hay algunos republicanos. Esta tierra es a tenor del resto de España. Negros y blancos que se guían de sus principios, y los cucos, que comen y roban al amparo de todos los Gobiernos.

Apuntó Adolfito:

—¿Usted es carca?

—Yo soy un hombre honrado que no se mete en política; pero no me parece mal Don Carlos. Sus ideas son buenas. Dicen que suprimiría las elecciones de diputados.

Se llenó de fatuidad el palaciego:

—Hallaría dificultades. Si eso pudiera ser, ya estaría vigente.

—Pues es lo que necesita España. Las elecciones y el reparto de los consumos son causa de todas las querellas en los pueblos. Unos se arruinan, otros emigran, y sin fin de veces corre la sangre. El diputado tiene que amparar a sus amigos, y el hombre más justo, cuando sabe que la ley no le alcanza, pierde pie en la buena conducta, y tenemos que el santo se vuelve diablo. ¡Las elecciones son la perdición de España!

El Marqués se volvió con un aparte de fláccidos y pianillos al Barón de Bonifaz:

—Ejemplar típico. Yo le voy estudiando.

El viejo garrochista le clavó los ojos, que, bajo el cano

entrecejo, por ser ellos de color garzo, parecían más sagaces:

—Caballero, me pregunta y respondo. Sin letras no será muy extraño algún decir equivocado, y hay que disimularlo.

El Marqués de Torre-Mellada, amistoso y protector, se encaró con el villano:

—¡Buen amigo, antes pronunció usted palabras muy graves! ¡Debe usted saber que nuestra amada Soberana es un ángel!

—Sentimientos compasivos dicen que tiene.

—¡Un ángel!

—¿Todo lo que divulgan algunos papeles será entonces engaño?

—¡Calumnias de plumas venales!

—Bien podrá ser, y cuando usía lo dice, no soy yo quién para contrallevarlo. Por el hablar de este otro caballero vine a enterarme de que tiene usía gracia de Marqués. Por muchos años.

El Marqués asintió con sonrisa benévola. Decaída la llama de la siesta era en los páramos lívida y angustiada de infinito la tarde.

IV

—¡Alcázar! ¡Veinte minutos!

Jipi, guayabera de dril, zapatos de charol, un negro antillano corría el andén abierto de zancas y balanceaba una jaula de loro o cotorra en cada mano. Bajo la marquesina de cinc, ocupando el recuadro de sombra, se agrupaba en retablillo el familión de un militar que regresaba de Cuba. La Coronela era joven, morocha, caída de pechos, aviejada, con la mata fosca de canas y azabaches. Tenía en los ojos una tristeza de carnales fuegos, en insomne contraste con la ceniza de la crencha. Aturbulaba los ojos sobre los hombres, con un mirar sagrado, profundo de tinieblas y génesis. Las hijastras eran tres señoritas muy semejantes, con la semejanza de tres cirios que arden en un candelero con igual angustia de apagarse. Las tres concertaban sobre la madrastra una mirada atenta y chismosa. La madrastra tenía para ellas perezoso despego. No era más extremada con los hijos, una tropa chamiza entregada al cuido de mucamas y asistentes. La servidumbre, negra y mulata, se desplegaba por el andén portando maletines, sombrereras, líos de mantas. Ondulante, ceñida a la sierpe del tren, ceceaba tropicales cadencias. La Coronela, bajo la marquesina, fumaba un largo veguero. Asombrados y burlones, los pardillos indígenas se paraban en hilera. Mocinas, abuelas y zagalones se anonadaban en la verde maravilla de los loros y en el escándalo con que fumaba la mujer morena. El Coronel Sagastizábal, alto, flaco, enfermo de calenturas, del hígado, de los remos, maniático, polemista, republicano, hereje, masón y poeta, volvía de las calientes islas antillanas. Desembarcado en Lisboa, pisaba tierra hispánica en Alcázar. Retórico y buen patriota, frente al campo adusto, sin aguas, sin pájaros, sin ramos, buscaba en el cofre de las divisas heroicas una sugestión para entusiasmarse, y se desolaba en la procura. El alma permanecía en un estado de sórdida sequedad. A la visión real del páramo manchego se yuxtaponía la nostalgia memoriosa del remoto archipiélago antillano, en una transposición de imágenes con la luz tropical. Maniguales espesos, campos de caña, vegas tabaqueras, cafetales, vastos silencios, encendidas siestas. La hamaca, el esclavo, el rebenque. Cerró los ojos frente al páramo y se recogió en sí mismo, envolviendo el alma friolera en un jirón de retórica roja y gualda:

—¡Qué hermosa es la patria!

Ceceó, perezosa y displicente, la Coronela:

—¡No seas zonzo, Sagastizábal!

Tolondró la campana:

—¡Señores viajeros, al tren!

V

Se acomodó por tres coches el retablo antillano. La Coronela, con las hijastras, en el reservado de las señoras. Por donde cupieron, los diablos menudos, con asistentes y mucamas. El Coronel, con la fardeta de espadines, sables, bastones de mando y otras de raras maderas, incrustó su esqueleto entre la momia palaciega y el castizo de la garrocha. El Coronel, con gesto guillado, sacó del capote un juguete de acertijo, dos alambres con torceduras gemelas, representando dos báculos enlazados:

—¿Conocen ustedes este embeleco? ¡Muy ingenioso! ¡Un furor en Lisboa! Es divertido el nombre que le pusieron. ¡De mucha chispa! Cuestión Romana. Fíjense ustedes. ¡Dos báculos unidos! ¡Hay que separarlos! ¿Conocen ustedes el truco?

Dos báculos unidos. ¿Quiere alguno de ustedes quebrarse la cabeza?

El palaciego tomó el juguete, y le dio vueltas entre los dedos enguantados, con un gesto perplejo en los craqueles de la careta: —¡Yo soy un poco mecánico!

Interrogó el garrochista:

—¿Qué se tercia? ¿Separar esos dos alambrillos? Pues la mejor industria para lograrlo es un alicate.

Acudió el Coronel con númenes de chiflado elocuente:

—¡Eso hubiera hecho el Gran Alejandro!

Apuntó el mayoral, encapillado de malicia:

—Y el tal picolete, ¿por obra de qué se llama Cuestión Romana?

Explicó el Coronel:

—Son dos báculos unidos, y el truco está en separarlos. ¡El nombre es lo más ingenioso!

Puso sus tildes el palaciego, seráfico y beatón:

—¡Ingenio francés! ¡Ligereza! ¡Burbujas! ¡Nada!

Tornó el garrochista, alargando la mano:

—¿Permite usted, señor militar?

—Tenga usted, paisano.

El mayoral tomó en los garfios el embeleco:

—Esto hay que estudiarlo.

Advirtió el Coronel, levantando el brazo con insólita firmeza:

—¡Todo maña! ¡Ninguna fuerza! No me lo haga usted añicos, que se lo tengo destinado a un amigo de Cuba. También allí tenemos nuestra Cuestión Romana. ¡El Capitán General y el Obispo andan muy enzarzados estos tiempos!

El Marqués se puso en atisbo:

—¡Cierto! ¡Cierto! Usted es una fuente viva, y las noticias que acá nos han llegado son muy contradictorias. ¿A quién dan la razón en la Isla? Las impresiones aquí son poco favorables a Lersundi. Se le tilda de estar influido por las logias masónicas. Los periódicos católicos han publicado una carta del Padre Jacinto.

—¡Su Ilustrísima es de Caballería!

Guiñaba el ojo, con humorismo de enfermo del hígado, el heroico Coronel Sagastizábal. Otro túnel. El tiempo se alargaba diluido, amortajado en la sinuosidad de tinieblas y alientos trepidantes. Por la oscuridad radiaba el lagartijeo de los pensamientos. El túnel convertía el vagón en una muda jaula de locos.

VI

El palaciego proyectaba su ánimula en falsas sonrisas de monja curiosa:

—Usted, como militar y caballero, no quiere comentar las disposiciones del Capitán General. Es una actitud que comparto.

El Coronel hizo un gesto de enigmas guillados:

—¡Repugno la mentira! ¡Repugno la farsa! Soy hombre de ideas progresivas, y creo que la libertad de juicio es más sagrada que la Ordenanza Militar. ¡Me presento como soy! ¡Podré equivocarme! El General Lersundi pecó de manso en el pleito con el Obispo. ¡Es mi opinión! ¡Podré equivocarme! Se ha puesto la cogulla el soldado y las botas de montar el fraile. ¡Toda la historia de nuestro país en el siglo XIX!

Sentenció Adolfito, con humor maligno:

—¡Qué afeitadura en seco merecían esas dos calabazas!

Le imploró con los ojos el palaciego. El Coronel repitió, absorto y maniático:

—¡Toda la historia del siglo XIX! ¡Ese embeleco de alambre guarda una gran lección! ¿Da usted con el truco, paisano?

—Está ello para cabezas con más chispa.

—Pues es muy sencillo.

—¡Qué! ¿Ha desajuntado usted las dos cachabillas?

—Llámelas usted báculos.

—¿Báculos? Tampoco está mal hablado. ¿Los ha desajuntado usted?

—¡Siendo ingeniero, para mí no tenía dificultades!

Floreó el Marqués:

—¡Hermosa carrera! ¿Porque usted es joven?

—¡Mucho más joven que todos mis antepasados!

Al Coronel le saltaba un ojo sobre la bilis de la mejilla, arrugada con una risa fúnebre. Todos le miraban puestos sobre un linde de inquieto regocijo. Acaso el Coronel iba a desencadenar su guilladura en locas acciones. El garrochista, precaviéndose, le devolvió el embeleco de alambrillos:

—Tenga usted, y muy agradecido.

El Coronel lo recogió, y puso cátedra explicando el acertijo con gestos abstrusos de sabio maniático:

—¡La Cuestión Romana! Dos báculos unidos. Yo los separo. ¡Primer movimiento! ¡Segundo movimiento! ¡Tercero y último! ¡Ya están separados!

Jaleó Adolfito:

—¡Olé!

El Coronel arrugaba la mejilla, saltante el ojo de rana, estriado de bilis:

—¡La Cuestión Romana es la historia de España! ¡La estamos viviendo con la Monja y el Fraile! El absolutismo tiene sus raíces en el Vaticano.

Recalcó Adolfito, con mala sangre:

—Mi Coronel, ¿qué haría usted con la monja?

—Mandarla azotar por impostora.

Se aleló el Marqués:

—¡Qué sacrilegio!

Confirmó Adolfito, siguiendo la guasa:

—¡Es indudable!

Se atolondraba el Marqués:

—¡Qué juicios tan aventurados!... ¡Y tan comprometedores!

El Coronel Sagastizábal se adementó con un gran gesto de teatro heroico:

—¡Creo hallarme entre caballeros!

Todos se apresuraron a confirmarlo. El palaciego, con afable petulancia, le tendió la mano:

—Sin duda, debo hacer mi presentación. Soy el Marqués de Torre-Mellada.

VII

El palaciego, inquieto de curiosidades, mosconeaba sus malicias de monja boba sobre el tema de aquellas desavenencias suscitadas entre Fray Jacinto de María Anunciadora, Obispo de La Habana, y el Capitán General de la Gran Antilla. El Coronel, prendido en los lazos del palaciego, hacía la relación con pintorescas divagaciones de progresista guillado:

—El Ilustrísimo Señor Obispo tomó pasaje con rumbo a las patrias playas días antes que este servidor de ustedes. En Madrid debe de estar intrigando.

El palatino puso la tilde de protocolo:

—¡Pidiendo justicia! Adelante.

El Coronel abismó la voz en un caos de gestos:

—¡Yo les aseguro a ustedes que es muy honda la marejada entre el elemento militar de la Isla! Satisfacer al

Obispo relevando al Capitán General podría causarle un serio disgusto al Gobierno. ¡El Ejército no consentirá jamás verse privado de sus fueros por el capricho de una mitra!

Interrumpió el Marqués:

—El Gobierno puede juzgar necesario el relevo de Lersundi. ¿No cree usted que en ese caso se impondría la disciplina? El Ejército, en Cuba, frente a los manejos del filibusterismo, no dará un mal ejemplo.

—¡La mayor relajación sería verse pospuesto a la mitra!

El palatino declinaba una sonrisa benevolente:

—¿Conoce usted en todos sus detalles el origen de esa lamentable desavenencia?

—Creo estar algo enterado. El Siglo es un diario moderno. Sus ideas son las de paz, justicia, progreso; un liberalismo que se encuentra en las máximas del Evangelio.

Interrumpió Adolfito, con reserva tunada:

—Cristo no ha hecho declaraciones autonomistas.

Cacareó el Marqués:

—¡Has estado muy oportuno!

Y el viejo de la garrocha:

—¡Buen golpe!

El Coronel Sagastizábal reía con gesto amarillento de difunto resucitado por un chascarrillo:

—El Rabí de Judea ha enseñado la igualdad entre los hombres, no hizo diferencia de castas y pudo ser adorado por un rey negro. A los reyes negros, en nuestras ínsulas antillanas, les ponemos la marca de esclavos. Sigo mi cuento. Su Ilustrísima excomulgó al diario por sus ideas liberales, y el diario respondió con unas décimas de burla. Hoy se cantan como guajiras.

Lamentó el Marqués:

—¡Qué relajamiento el de esa Prensa!

Prosiguió el Coronel:

—El Obispo acabó de arreglarlo con una Pastoral Diocesana. ¡Para Fray Jacinto, el Reino de Satanás se asentaba en la punible tolerancia del Capitán General! Se le contestó con una formularia protesta de la Secretaría Particular. Y en estas se abre un teatro con los cuadros vivos del Barón Keller. ¡Lluvia de excomuniones! El teatro, los artistas, la orquesta, la sociedad cubana que acudía al espectáculo, todos sufrieron el entredicho. La Prensa se agrupa haciendo un solo frente y enfila sus baterías sobre el Palacio Episcopal.

Gemía el palaciego:

—¡Qué falta de tacto en todos! ¡Qué responsabilidades tan grandes! ¡Aquí no estábamos enterados! Perdóneme usted que le haya interrumpido. ¡Es un relato muy interesante!

—¡Pues aún va largo! El Obispo amenazó con elevar sus quejas a la Reina. Contestó la Secretaría del General con mayor aspereza. La Mitra volvió a fulminar sus anatemas, afirmando ser tanta la impiedad de aquellos diocesanos, que para verlos reír bastaba nombrarles a su Obispo. En la Secretaría del General ya lo tomaron a chunga.

Se animó el palaciego con un balido:

—¡Las noticias que aquí tenemos son de habérsele contestado con notoria irreverencia al Señor Obispo!

—La contestación fue la atinente. De Capitanía excusaron su culpa, aun cuando reconocían ser cierta aquella lamentable hilaridad de que se quejaba Su Ilustrísima.

—¡Incalificable!

El palaciego se desbarataba con aspavientos mojigatos. El Coronel, con el reflejo azul de las cortinillas bailándole sobre los ocres biliosos de la cara, acentuaba su mueca de difunto humorístico:

—Su Ilustrísima se ladeó la mitra, escupió por el colmillo y puso la mecha en el polvorín con otra Pastoral. Una aclaración, caballeros: a su paso por villas y ciudades deben ser saludados con repiques de campanas los Capitanes Generales. Es el fuero militar, y al fraile se le antojó dictar órdenes en contrario a sus párrocos diocesanos.

Sentenció el toledano mayoral:

—¡Ahí pecó el bendito!

—En Sancti Spiritus, la Pastoral del Obispo provocó un motín de beatas.

—¡Lo estaba viendo!

El palaciego se dolía con falsa pesadumbre. Le saltaba el ojo bilioso al veterano.

—El Capitán General, para mantener la pureza del fuero, ordenó que fuesen violentadas las puertas de las iglesias y que los pistolos subiesen a repicar las campanas.

El Marqués declinaba los ojos con su mímica huera de personaje conspicuo:

—¡Es indudable que ese sacrilegio pudo haberlo evitado el Capitán General!

Se atufó el Coronel:

—¿Cómo? ¿Con la relajación del fuero militar?

—Excusando su entrada en la ciudad. ¡Ya sabemos todos que esas visitas son meramente formularias!

Tronó el Coronel:

—El Obispo se ha plantado en la villa y corte, con su memorial de agravios, y debe de estar intrigando.

El Marqués denegaba con su balido benévolo:

—No es usted justo. El Obispo, me consta, ha sido llamado por el Gobierno.

VIII

¡Madrid! Lostregaba a lo lejos la collera de luces municipales. El convoy, con silbadas de vapor y humos densos, echaba de sí la postrera fatiga. El Marqués se asomaba, aplastando la máscara tras el vidrio de la portezuela. El reloj de la estación le caía delante:

—¡Escandaloso! ¡Seis horas de retraso! ¡Nuestro mal endémico! ¡Lo he dicho siempre! ¡Nuestro mal endémico! ¡En este país nadie tiene prisa, y el tiempo es oro, como canta el inglés de la zarzuela! ¡Ahí debíamos tomar ejemplo! Pero ¡somos incorregibles! ¡Sólo servimos para las acciones heroicas! ¡Lo he dicho siempre! ¡Nos sobra heroísmo y nos falta maquinismo!

Se abrían algunas portezuelas. Astures y galaicos bigardotes corrían el andén, luciendo en las gorras el bronce de sus medallas y la probidad racial en la cantiga. Toñete, marchoso y cañí, vino al estribo, saludando a su amo:

—¡Señor Marqués, ya estamos en tierra civilizada!

Subióse al vagón, comandando a dos astures de la cuerda para que cargasen los bártulos. De la petaca extrajo un listín con el apuntamiento de sus quehaceres:

—¡Cuidado, vosotros, que son maletas inglesas! Esas no se compran en la Bajada del Rastro. Quince bultos de mano.

El Marqués, que curioseaba asomado a la ventanilla, desvanecióse en el asiento, santiguándose, consternado:

—¡Jesús! ¡Jesús! ¡Jesús!

—Jeromo, ¿quién estornuda?

Adolfito Bonifaz posponía la gorra escocesa por el curro calañés. Se lo ladeaba con estudio y diluía su pregunta en esas acciones con una sonrisa de chunga. El Marqués no salía de su aspaviento. En la estridente marea del andén, un vendedor de periódicos calaba su grito:

—¡Gravedad del Duque de Valencia! ¡Extraordinario de *La Correspondencia!*

Saltaba irreverente la befa chulona en los desvencijados acentos del pregón. Se guiñaban el ojo los consonantes de aleluya, como dos compadres. Metían en competencia sus trinos una mujerona desfondada y un mangante con mal de orzuelos:

—¡Extraordinario de *La Correspondencia!* ¡Gravedad del Duque de Valencia!

IX

El landó rozaba la acera. Se inflaba, rubicundo, el inglés del pescante, y el lacayo, al pie del estribo, rendía la chistera galoneada. El palaciego suspiró, recogiéndose en los almohadones:

—¡Qué momentos para la Patria!

Y cuidando de no torcerse el bisoñé, declinaba la sien sobre el hombro de Adolfito. Malicioso el perdulario:

—¡Funerales de gran espectáculo!

Baló la momia sentimental y chabacana:

—¡La Prensa es muy alarmante! ¡Narváez no es viejo!

Adolfito sesgaba la cara con agudeza de pillastre:

—Si el Espadón se despide de este valle de lágrimas, mal veo al partido del orden.

Se amilanaba el Marqués:

—Indudablemente, la situación ofrecería serias dificultades.

—¡Y tanto! Aquí siempre ha gobernado algún charrasco.

—¡El moderantismo tiene también sus espadas!

—No las veo.

—Juanito Pezuela, Novaliches, Pepe Concha...

—Se llaman de tú y no tardarán en pelearse por la mejor tajada.

—¡Quién sabe! Verás cómo se impone a todos la lealtad al Trono.

Adolfito se divertía contrariando al turulato carcamal:

—Tendremos a Prim por cabo de vara.

Se atipló el vejestorio:

—¡Imposible! ¡Prim, grado treinta y tres de la masonería, no puede ser consejero de la Reina Católica de España! Afortunadamente, el liberalismo está para siempre alejado de Palacio. A Roma no puede disgustársela en las actuales circunstancias; sería corresponder con la más negra ingratitud. España, en medio de la general impiedad, es un ejemplo de respeto a la Santa Sede. ¡Tomará las riendas Luis Bravo!

—Le darán un disgusto los Generales de la Unión.

Sopló el palaciego con su amable suficiencia:

—¡Hay poderes más altos que los Generales!

—¿La monja?

—¡Y el Papado!

Adolfito rejoneaba:

—Jeromo, tenemos en puerta al Conde de Reus.

—¡No me lo digas! Tú déjate guiar.

—¡Como un manso cordero!

La sorna del dicho, el tono y el gesto encresparon al Marqués:

—¡Eres un ingrato!

Bromeó el perdulario:

—Espera a tener pruebas para acusarme.

—Que las tendré muy pronto.

—¡Indudablemente! No te precipites.

El Marqués se santiguaba con bucheo de palomo:

—No sabes lo que es Palacio. Ya vendrás a mí... Real y verdaderamente parecemos cuervos. El General Narváez vive todavía, y estamos cortándole la mortaja. Vive y vivirá para bien de España. Adolfito, tú déjate conducir. El General, hemos de ver cómo les da un trágala a todos, poniéndose bueno. Por encima de los infundios periodísticos está la voluntad de Dios. ¡Dios, que no cesa de dar pruebas de su predilección por nuestra España! Adolfito, ¿tú no tendrás director espiritual? ¡Has llevado una vida! En Palacio es necesario este requisito y comulgar con cierta asiduidad. ¡Si supieras qué consuelo tan grande representa lavar la conciencia de pecadillos todos los meses!

Pueril, insignificante, se recogía en una mansa actitud de beaterio.

Rodaba el coche por una calle angosta, entre iluminadas cortinillas de tabernas. Las ventanas, con fuentes de guisote, tendían bandas de luz sobre las aceras. Salió de su fláccida meditación el Marqués:

—¡Esos intrigantes se han cogido los dedos!

—¿Quiénes?

—Los Generales Unionistas. El Emperador de los franceses le pone el veto al hijo de Luis Felipe. ¡Oficial! Montpensier, Rey de España, desencadenaría la guerra con Francia. ¡Oficial! Estos días he visto alusiones esparcidas por la Prensa. En Madrid, cuando yo salí, éramos muy pocos los iniciados en el secreto. Probablemente habrá convenido hacerlo público. ¡No me negarás que es un golpe de muerte para esos intrigantes!... ¡Adolfito, no te alucines! ¡Ten cabeza! ¡Déjate guiar!... Si la Patria fuese tan desgraciada que perdiese al más ilustre de sus hijos, se impone la continuidad de la misma política, tomando las riendas del Poder González Bravo. Ese será mi consejo leal, y creo que pocos disentiremos en la Alta Servidumbre. Fíjate, Adolfito. La Seráfica Madre siempre ha estado de uñas con los espadones. ¡Prim, no mentárselo!... ¡Espartero, quemado te vea! ¡O'Donnell, cruz y raya! ¡Narváez! Narváez, el mal menor... El Vaticano no estuvo bien con ninguno. ¡Adolfito, se acabó la política de Generales!

Adolfito enrabiaba al vejestorio con guasa chulapa:

—Nuestro Glorioso Ejército nunca ha consentido dictaduras de personajes civiles. Aquí las doctrinas políticas han sido siempre Don Baldomero, Don Ramón María, Don Leopoldo, Don Juan, Don Paco...

—Pasaron esos tiempos.

—¿Y adónde iremos con monjas y frailes?

—¡Por Dios, Adolfito!

Frunció las cejas el perdulario con súbito advertimiento:

—Jeromo, eso es muy grave. La dictadura teocrática puede desencadenar otra guerra civil.

—¡Y si tuviésemos un Cardenal Jiménez de Cisneros? ¿Qué dirías entonces de la dictadura teocrática? Desengáñate, el clero tiene otros estudios. Los militares saben poco. Cierto que no se les exige, ni les hace falta. Se les exige valor, heroísmo.

Cortó con buena sombra el perdis:

—Jugar al tresillo, sublevarse una vez por semana.

—¡Eres terrible!

El Barón de Bonifaz tascaba el veguero con un gran gesto desdeñoso, de vividor elegante:

—El Ejército jamás consentirá otra dictadura que la suya. Si en Palacio han pensado cosa distinta, están ciegos en Palacio. Los espadones se sublevarán con algún grito mágico. Libertad, Constitución, Comuneros, Soberanía Nacional... ¡Cualquier mojiganga!

Apenaba la cara el palaciego:

—¡Acabarás por contagiarme de tus pesimismos!

El Barón de Bonifaz tenía una expresión de agudeza felona y taimada:

—Los espadones se afiliaron al bando cristino y constitucional porque en el otro mandaban las sotanas. De Prim a Narváez, son todos ellos más absolutistas y menos constitucionales que Calomarde. Prim es Narváez con acento catalán y sin gracia gitana.

Cacareó el Marqués:

—¡Distingamos! ¡Narváez no es masón! ¡Mira que si les diese un trágala a todos, poniéndose bueno! ¡Y se han visto casos!

Bajo la fusta dogmática del rubicundo inglés entraba el atelaje por la puerta del caserón. Fronteros, bajo una luz de taberna, dos curdas deletreaban el extraordinario. Remoto entonaba un pillete:

¡La Isabel y Marfori,
Patrocinio y Claret,
para formar un banco
vaya cuatro pies!

XI

El Palacio de Torre-Mellada. La gran escalera. La antesala. Reverencia de lacayos. Sigilo de sombras. Timbres de relojes. Haces de luces en candelabros. El Marqués, ratonil y fugaz, cruzó la dorada penumbra de los salones. Frente a los espejos calaba los ojos con pueril desconsuelo, adivinándose la figura lacia, chafada. Penetró en el tocador, seguido del ayuda de cámara:

—Toñete, un retoque y vísteme.

Arrugado sobre el butaquín, se reflejaba en el biombo de tres luces, con bronces franceses del Imperio. Sentenció Toñete:

—Parece que la diña el General Narváez.

El Marqués se quitaba el bisoñé con un gesto de momia perpleja:

—¡Qué momentos tan graves!

—El papel es un réquiem.

—Mándamelo comprar.

—Creo que lo guardo.

El ayuda de cámara se cateó los bolsillos. El Marqués distrajo el pensamiento, hundida la mirada en las luces del biombo. Su ánimo trenqueleante saltaba de una congoja a otra mayor al contemplarse lacio, despintado, multiplicado en la desquiciada perspectiva de los tres espejos:

—¿Qué dice ese papel? Ya le echaré luego la vista. Cuéntame tú lo que dice.

—¡Qué va a decir! Pues que está para diñarla el señor Duque de Valencia.

—¿Y tú das crédito a las invenciones de los periódicos? Toñete, la Prensa explota esas alarmas.

—Conforme. Pero puesta a cantar la muerte de un sujeto, alguna vez tiene que acertarla.

Suspiró el Marqués:

—¡La muerte! Dios nos dé una buena hora para arrepentirnos. Toñete, si meditásemos que están contados nuestros minutos, indudablemente no tendríamos humor para nada. ¡Vale más no pensarlo!

Filosofó Toñete:

—La muerte es el camino de todos. Una buena hora es lo que hace falta.

El Marqués se afligía, versátil en la contemplación de su triple imagen:

—Toñete, el bisoñé me lo cambias, y ese lo mandas a peinar. Has de averiguar quién le hace las pelucas al actor Catalina.

Sentenció el ayuda de cámara:

—Esas vienen de París.

Murmuró, arrobándose, el Marqués:

—¡Primorosas! Dame la bata.

Tocaron en la puerta. El lacayo de estrados presentaba un telegrama en bandeja de plata. El Marqués, luego de abrirlo, quedó alelado. Volvió a leer:

Guardias buscan Segismundo. Lleváronse Tío Juanes. Horrores. Llegamos mañana.—*Carolina*.

LIBRO OCTAVO

RÉQUIEM DEL ESPADÓN

I

El palacio de Torre-Mellada, en la Costanilla de San Martín. Entre dos salones mal alumbrados, un camarote con mesillas de naipes y pinturas pompeyanas. Humo de vegueros, brillo de calvas. El Marqués se santiguaba, timorato:

—¡Habría para creer en agüeros y hechicerías si no fuese pecado, como reza el Padre Astete! ¡Todo ha salido mal en este viaje!

Escuchaba la trinidad de carcamales, al reparto verde de la mesa de tresillo, solemnes las calvas. Con los tufos blancos encaracolados sobre las orejas, alguno tenía el estrafalario acento de un faldero achacoso. El Marqués, peinado el naipe, balaba su cuita beatona:

—De Segismundo Romero, mi administrador, me resisto a creer que esté tan comprometido que puedan encausarle. No es posible que se haya dejado cazar. ¡Sería absurdo, con su posición!... Yo estoy decidido a revolver Roma con Santiago. ¡Le conozco, y aprecio mucho sus buenas cualidades! Es honor mío sacarle del pantano. Requiero la ayuda de ustedes.

Quedó en espera. Meloso y jesuítico, sentenció don Gaspar Arzadum, Auditor de la Rota:

—Amparar al culpable sin culpa es obligación cristiana.

Asintieron las solemnes calvas de Don Pedro Navia y el Conde de Cardesic. Promulgó Don Pedro Navia:

—Los hombres están en el mundo para ayudarse: la sociedad no tiene otros lazos.

Y el Conde:

—Jeromo, espera el cambio de Gobierno. Es mi consejo, porque no la cuenta Narváez.

Doblaba la cabeza el Marqués:

—¡Pobre España! Todo está trastornado. El mismo día que me ausenté sobrevino la catástrofe de Los Carvajales. ¡Mi mujer aún está con crisis nerviosas!

El Auditor, un ojo sobre el naipe y la ceja en saltos perplejos, meditando el descarte, propuso, con su docta prosodia de latín eclesiástico:

—La puesta sacada, presentaremos nuestros respetos a la Señora Marquesa.

II

La Marquesa Carolina, rubia y lánguida, tules y encajes, mimaba la comedia del frágil melindre nervioso. La Marquesa, con visaje de susto y escuela francesa de teatro, refería aquel espanto de Los Carvajales. El estrado isabelino, pomposo de curvas y miriñaques, encendido de luces cristalinas y prismáticas, divinizaba su rosicler de París. ¡Y era tan emocionante el parlamento, que suscitaba los murmullos del melodrama en la comparsa de tertuliantes! Atendía Feliche inmóvil, rígido el busto, cruzados los brazos. La Marquesa Carolina anovelaba de literatura el encuentro con la última sibila manchega. Sobre el relato pasaba, con fuga de susto, el comentario de Feliche:

—¡Aquella mujer daba miedo!

Don Adelardo López de Ayala, tendido el alón de gallo barroco, cacareó, encendida la cresta de retóricos galanteos:

—Marquesa, ha heredado usted el estro narrativo de las grandes damas que ilustraron la Corte de Francia. Nos ha comunicado usted la emoción dramática y cautivante que tienen las mejores páginas de Alejandro Dumas.

La Marquesa entornó los ojos, con un matiz risueño sobre el carmín de los labios. Por este mimo daba deriva a la pomposa retórica del poeta. El Marqués de Bradomín, en pie, de espaldas a la consola, desplazado e irónico, ponía los ojos en Feliche. La damisela permanecía hierática, tendido de atención el pulido entrecejo, la frente dibujada y ceñida por las dos ondas de la crencha. El susto de su voz se intercalaba con el parlamento de la Marquesa:

—¡Aquella mujer hacía mal de ojo!

Inmovilizado, recluso en las jambas doradas de una puerta, se prolonga el vacío de otro salón iluminado, donde hace reverencias un lacayo con librea de sinople y gules. Por el fondo vienen haciendo estaciones dos viejos calvos y otro con hábitos talares, verde la borla del solideo.

III

La Marquesa Carolina, coqueta y lánguida, recibía el último homenaje del gallo polainudo: Don Adelardo López de Ayala, pomposo, barroco, hiperbólico, modulaba sus despedidas. Estaba la Marquesa bajo el reflejo malva de una lámpara, reclinada en el nido de plumas y faralaes, con pintada sonrisa de madama en retrato:

—¡Se va usted cuando tenemos tantas cosas que contarnos!

—¡No soy yo, ciertamente, quien menos lo deplora!

Tenía un medio tono halagüeño la voz de la Marquesa:

—¡Estoy llena de curiosidad por saber lo que aquí pasa! ¡Es usted un verdugo, Ayala!

—Querida Marquesa, hoy conspiramos en el Ateneo. ¡Esta noche peleamos una gran batalla los hijos de Apolo!

—¿Habla usted en serio?

—Don Francisco y el Duque de Montpensier son los candidatos para presidir una traducida y nonata sociedad de hombres de letras.

—¿Y quién ha tenido esa idea genial?

—González Bravo indicó al Rey Consorte, y Patricio de la Escosura, presumiendo que escondiese alguna maniobra política, propuso al Infante. Ya nos tiene usted divididos en dos bandos mortales a todos los partidarios de España y Ultramar. Esta noche, a las diez, celebraremos la primera junta en el Ateneo. Nuestra consigna es copar por el Duque.

—Ayala, no le retengo, y con la promesa de venir mañana a contarme el resultado de esa gran batalla, le devuelvo mi amistad.

Se inclinó el barroco personaje:

—Marquesa, con el escudo o sobre el escudo, aquí estaré mañana.

La Marquesa Carolina, en el reflejo malva de la lámpara, declinaba sobre el hombro su frágil perfil, con mimo de coqueta:

—¡Hasta mañana! Esta noche voy a leer las obras de los dos candidatos.

Dolorcitas Chamorro, que estaba en la rueda, se acachazó con popular remangue:

—Te basta con que leas el epistolario del Rey Consorte.

Murmuró la Marquesa:

—¡Absurdo!

La Marquesa sorbía en la palma de la mano dos perlas de éter. El triunvirato de calvas y solideo, con protocolarias y obesas cortesanías, se demoraba en los áureos límites de la puerta, sobre la frontera de los dos salones. El Auditor inclinaba la borla verde. La Marquesa Carolina, avizorada con la presencia del eclesiástico, metía los ojos por las clandestinas penumbras, y con las plumas del abanico advertía el fin de los amartelados coloquios. El Auditor de la Rota, desplegado el vuelo de los hábitos talares, tendía las dos manos y estrechaba la diestra de Don Adelardo:

—¿Usted se eclipsa porque nosotros llegamos?

Declaró, risueño, el amado de las musas:

—Voy al Ateneo.

Y el Auditor, con enconado sarcasmo:

—La docta casa está, según cuentan, convertida en gallinero parlamentario.

Intervino Don Pedro Navia, cortando un aparte con el Conde de Cardesic:

—¡González Bravo no debía descender a esos centros de poetastros, ni presidir sus gorjeos, ni comprometer en una votación de estorninos el nombre y las simpatías del Rey Don Francisco!

El Marqués de Torre-Mellada se detuvo a escuchar. Vestía uniforme muy papagayo, con espadín, cruces y bandas. Asumió un aire misterioso:

—No estoy muy enterado del matiz que representa ese club. Cuando lo fundaron recibí alguna indicación para que, haciéndome socio, ayudase a su sostenimiento. ¡Es una cuota tan insignificante! Pero jamás lo he frecuentado, y solo en raras ocasiones, como las lecturas de Mariano Roca o Juanito Pezuela...

La Marquesa Carolina, adivinadora, guiaba los rubios ojos de pájaro por su tertulia, y sutilmente se hacía dueña de todo cuanto las lenguas decían. El Marqués y Adolfito cerraban una curva para encontrarse. La Marquesa, invadida del frío neumónico del éter, presentía el diálogo.

IV

—Alea jacta est!

—¿Dónde?

—Ahora, en la Presidencia del Consejo.

—¿Y si rehusase la entrevista?

—¡Matabas tu porvenir político!

—¡No creo que por cambiar de vida se cambie de suerte!

—¡Déjate guiar!...

El Marqués, con una ondulación refitolera, de viejo intrigante, se llevaba de la tertulia al Barón de Bonifaz. Aún arrastraban la disputa cuando subían la desbaratada escalera del viejo caserón, llamado con oficial jactancia Palacio de la Presidencia. Un ujier mal despierto, cabeceando entre los alones de la levita galoneada, los introdujo en el humo habanero del despacho ministerial, cámara isabelina con damascos raídos y caobas de las Indias. Don Luis González Bravo, recluido tras la mesa ministerial —negro un lado de la cara y el otro con el reflejo verde del quinqué—, expurgaba de galicismos el preámbulo de un Decreto. El Ministro de la Gobernación vivía con el ojo de mochuelo aguzado sobre la herencia política del General Narváez. En el ínterin, ya lograba la Presidencia del Real Consejo. Caduco, craso, con arrugas en las sienes y la calavera monda, inscrita en el círculo verde, se aprontaba a jugar los hilos novelescos de una intriga para captar, en lazos de licencias, la voluntad de la Señora. Púnico de Gadex, agudo y amable, tendidas las manos con engañosa comedia, salió al encuentro de los visitantes. Tornado a la luz del quinqué, les brindó tabacos de una caja que tenía abierta sobre la mesa. El Ministro hablaba a golpes secos y nerviosos, con acentuado expurgo de su prosodia andaluza:

—A Torre-Mellada le agradezco esta buena ocasión. ¡Y qué lástima no haber sido una hora antes! ¡Acaba de visitarme el juez que ha instruido la sumaria por el suceso del desgraciado guardia Carvallo!

El Marqués y Adolfito, con la mirada, se dieron mutua advertencia para no enredarse en aquella vuelta raposa. Sobrevino un silencio. El Marqués copiaba el aire triste de un pájaro dormido. El Barón, deferente y falso, alargaba las posibilidades de la sonrisa, disimulándose capciosa en una actitud de maniquí elegante. El Ministro, con acusada resolución, todo el tiempo le tenía fijos los ojos de caíd africano.

—Bonifaz, ¿le divierte a usted la política?

Adolfito recobró su cínico alarde de tronera elegante:

—¡A mí todo me divierte! Soy un ingenuo, Señor Presidente.

Sonrió advertido González Bravo:

—¡Y un filósofo!

—Cuando menos, busco la piedra filosofal.

Apuntó Don Luis, con sorna gaditana:

—No se desanime usted, que acaso la encuentre.

Adolfito abría los ojos con falsa sorpresa, como si presintiese y no alcanzase veladas intenciones. Para fijarlas ponía el gesto clásico y bobalicón del comediante que representa *El vergonzoso en Palacio*. Una mariposa volaba en el círculo del quinqué. A intervalos, la péndula del reloj proyectaba en la oscuridad una risa momentánea y dorada, redonda y jocunda como el vientre de un dios tibetano. El Ministro, la cara en la convulsión de la luz verde, transponía a un claroscuro inverosímil su mueca gitana:

—¿Quiere usted aceptar un cargo en la Alta Servidumbre? El Gobierno necesita rodearse de amigos en Palacio. Los revolucionarios intrigan en la Regia Cámara. ¡Gobernar así es imposible! Yo no me asusto de nada, pero jamás tomaré por modelo a la demagogia carbonaria. Reconozco que tampoco es una solución el neocatolicismo de mi cuñado Nocedal. España no puede ser una excepción en el concierto europeo, y lo que quiere esa gente es el carlismo sin Don Carlos. La guerra civil, su significación, sus consecuencias no pueden borrarse. El Gobierno, que tiene de usted la mejor opinión, se ha complacido coincidiendo con los bondadosos deseos de la Reina... Lamento tener que asistir a una votación en el Ateneo... Aún volveremos a vernos, y si no nos viésemos, cambiaríamos noticias por Torre-Mellada.

Adolfito, extremando su actitud de maniquí elegante, solapaba el firme propósito de jugársela al Ministro. Torre-Mellada quebró su gesto de loro dormido con las arrugas y melindres de una risa falsa:

—Luisito, procura correr las órdenes para que cese la persecución de mi administrador Segismundo Romero. Está siendo víctima de una venganza caciquil. ¡Entérate!

Aseveró el Ministro:

—Ya estoy enterado. Me habló en el mismo sentido el Infante Don Sebastián. También tiene un ahijado.

—¿El Niño de Casariche?... ¡Otra víctima del mismo Poncio!... El Niño lleva en arriendo el Cortijo de la Media Luna.

Trastrocaba el ujier, asomado a la puerta, bastones y sombreros. El Majo del Guirigal, negro y envejecido, interrogaba con finura de dómine, saliendo a los perfiles de la alfombra:

—¡La Media Luna! ¿En qué bajalato cae eso?

—Términos de Lucena. Una propiedad del Infante.

—¡Es verdad! Esa es la nota que me ha dado. Aún nos veremos. ¡Adiós, señores!

El Barón de Bonifaz, inclinándose con gélida ceremonia, procuraba crear una situación de reservas mentales. Sus prejuicios de linaje removíanse despechados, y entendía significar por aquella actitud que nada le ligaba, que con el humo de los vegueros se habían desvanecido todas las palabras. Adolfito sentía una aridez desilusionada, una vileza intelectual reflexiva, negadora, indiferente para cualquier logro de prosperidades. Su pensamiento extremaba la certidumbre de una fatalidad que le encadenaba con los grillos del vino, del juego y de las mujeres. Para Adolfito la órbita de su vida era una matemática negra, infalible y deshonesta. Renació la disputa de los dos aristócratas cuando bajaban la escalera:

—¡Qué arte de captación!

—¡Un gitano!

—¡Napoleónicamente, impone su jefatura frente al hecho de la muerte del General! ¿Saldrás quejoso de la acogida que te ha dispensado?

—¡Me ha tomado por otro!... Sin descubrir su juego, sin comprender una palabra, me saca de fantoche a representar en sus tramoyas para suceder a Narváez. ¡Muy bien! ¿Qué voy ganando?

El Marqués susurró, confidencial y circunspecto:

—¡Entrar en Palacio!

Se achulapó Adolfito:

—¿Y a qué gracia lo debo?

—¡El Consejo de Ministros interviene en los nombramientos!

—¿Y qué? Siempre ha impuesto sus caprichos la Señora.

¡Me ha molestado ese farsante, y me arrepiento de no haberle chafado! ¡Tenga usted, señor Ministro!

A mitad de la gran escalera vacía y destartalada, se volvió, haciendo un ademán de rufa bellaquería, con juego de los dos brazos. Arriba, y en el primer escalón, asomaba un búho con la pañosa azul y la chistera ladeada de González Bravo.

V

El Marqués, enfurruñado y chillón, insinuando un liviano hipo, a cada zarandeo del coche vituperaba la falta de respeto a las conveniencias sociales:

—¡Adolfito, te hundes! ¡Te encanallas! ¿En qué salón has visto ese ademán?

Adolfito experimentaba una maligna satisfacción de rufo:

—¡Ese tío ya sabe que no me la da!

—¡Tantas fórmulas cortesanas tenías para decírselo!

—Napoleónicamente elegí la más breve.

—¡Tú no la has elegido! ¡Fue una sorpresa! ¡Te quedaste yerto!

—¡No me quedé yerto! Ni arrepentimiento ni sorpresa. Evidentemente, fue un acto involuntario... Me apeo del burro napoleónico. Pero de haber sido consciente, lo hubiera realizado de la misma manera. ¡Dios me adivinó el pensamiento!

—¡Qué diablo eres!

Miró el Barón por el vidrio:

—¿A dónde vamos?

—Serafín sabe mis costumbres... Nos lleva al último acto de los Bufos.

—Ya podían hacer almoneda con el cuerpo de baile.

—¡Lo tiene peor el Teatro Real!

—¡Y son más antiguas las Pirámides! A mí me dejas en el Club. Quiero probar fortuna.

—¡Te domina el juego!

—¡Y el vino, y las mujeres, y el cante, y el baile, y las trampas!... Pues bien, prefiero hundirme con todo eso, a que me mueva por un hilo maese Pedro.

—No puedes mostrarte ingrato con la Señora... Ha manifestado deseos de llevarte a Palacio... Quiere honrarte con un cargo en la Alta Servidumbre... Premiar la lealtad de tu

198

heroico padre... ¡Adolfo, medítalo y comprende que no puedes debutar creándole una situación enojosa a la Señora!

—¡Si está encaprichada!

—¡Siempre es la Reina!

—Sólo le juraré eterno amor, cuando haga por mí una crisis.

—¡En estos momentos sería gravísimo un cambio político!

—¡Pasión excluye razonamiento!

—No te pongas chulo. Acuérdate de quién eres.

—Necesito la cabeza de González Bravo.

—Ya la tendrás.

—Se me ha puesto darle una lección a ese tío.

—Se la darás.

—¿Y tú por qué le sirves?

—Son servicios mutuos. El Gobierno, como tiene tantas pruebas de mi lealtad, no quiere tomar en consideración la actitud frondista de mi mujer... Comprenderás que sorteo la situación en fuerza de diplomacia. ¡Gustoso renunciaría a mi servicio en Palacio! ¡Gustosísimo! Pero no puedo... El Gobierno me exige permanecer al lado de la Reina. Y me sacrifico silenciosamente.

—Silencio de una Heroína. Novela por entregas.

El Barón de Bonifaz se apeó saludando a las estrellas con una carcajada.

VI

El Club vertía sus luces sobre la acera, y el sereno, caperuza, chuzo, farol, apuntaba sus triángulos sobre una esquina. El Marqués de Redín, en la puerta luminosa, levantaba el junco. Las luces de la chistera y el charol de las botas inscribían el prestigio elegante de la silueta. Con el junco erguido y el veguero echando humo, entonado y británico, llamaba a su cochero. El Marqués de Torre-Mellada se apeó agitando las manos de foca, zalamero, con flautín de alharaca:

—¡Fernandito, qué alegría! Deseando saber de vosotros. Tenemos que hablar confidencialmente. ¿A qué lugar de perdición encaminas los pasos?

El Marqués de Redín insinuó con docta malicia:

—Voy al Ateneo, y dudaba si luego sería demasiado tarde para asomarme un momento por el salón de Carolina.

—¡Carolina, encantada de verte en su tertulia! Te acompaño. ¡Adolfito, formalidad! Me voy con la alhaja de mi cuñado. Fernandito, estaba con la idea de verte. Monta. Carolina te hablará seguramente de nuestro disentimiento político. No le hagas caso. Aun cuando te parezcan razonables algunas de sus quejas, no se lo digas. ¡Fernandito, las mujeres nerviosas e inteligentes son una jaqueca para los maridos! ¡Fernandito de mi alma, voy a tener que divorciarme! ¡Mi situación es insostenible en Palacio! ¡Carolina ha decidido amargarme la vida!

—¡Ya sabes tú endulzártela por fuera!

El palaciego se recogió en el fondo del coche, con cacareo dramático:

—Pasó lo que sabes, con la calumnia que me urdió aquella loca. Desde entonces hemos roto toda relación marital. ¡El motivo no era para tanto, pero las cosas vinieron así! Yo acaso, soy el más culpable, pero había recobrado la dulce libertad. Carolina, al asumir esa actitud, me concedía patente de corso para divertirme fuera de casa. Yo la vi venir queriendo enmendarse... Pero ya no había remedio... ¡Y así doce años! ¡Cuando estos tiempos!... Es mefistofélica... Ha querido ganarme para su partido por todos los medios. ¡Hasta seduciéndome!

El Marqués de Redín disimulaba una fría contrariedad bajo el pliegue de su sonrisa. Torre-Mellada, transformándose en cada visaje, se tocaba la onda del pelo, ahuecándola con mucho tiento y arte. El de Redín miró a su cuñado con un gesto firme y receloso:

—¡Acabemos!

Torre-Mellada, atento a su papel, no paró mientes en la actitud un poco extraña de su cuñado:

—¡Fernandito, tú solo puedes salvarme! ¡Porque supongo que tú eres de los leales a la Reina!

—Ya sabes que deseo permanecer ajeno a la política.

Torre-Mellada bajó la voz, con un dejo de casquivano comadreo:

—La Infanta tiene partidarios en el mismo Palacio. La Señora trina contra su hermana, y no le falta razón. ¡Es una ingratitud sin ejemplo!

Murmuró, interesado, Redín:

—No sospechaba que las relaciones entre las dos hermanas fuesen tan tirantes.

Siguió en su tema Torre-Mellada:

—Tú puedes mucho en el ánimo de Carolina. ¡Háblale, Fernandito! Despliega toda tu elocuencia. ¡Convéncela! ¡Ayúdame a domar la bisbética!

El Marqués de Redín, que esquivaba una respuesta, sesgó la boca:

—¡Qué! ¿La Infanta tiene partido en Palacio?

Se encogió, en el rincón del coche, Torre-Mellada:

—Verdaderamente, no lo sé... En Palacio se teme a los Generales de la Unión. Yo nunca he comprendido ese miedo. ¿Cómo puede el descontento de unos cuantos fajines derribar el Trono de San Fernando?

—No es precisamente el de San Fernando.

—¡De San Fernando! ¡Se ha dicho siempre! Pero diré de Doña Isabel. Es lo mismo. Su Santidad, al enviarnos la Rosa de Oro, le ha dado un golpe a las intrigas revolucionarias. ¡El pueblo es católico!

Calló rendido. Estaba acostumbrado al picoteo de las antecámaras, y en las muchas palabras se ahogaba, perdido el ritmo de los alientos. Se aseguró el cuñado los lentes de oro, con docta y elegante sonrisa:

—¡Hay momentos en que es un crimen la adulación a los Reyes!

Picoteó Torre-Mellada:

—¡Mal discípulo de Maquiavelo!

El diplomático le miró con lástima risueña, disimulando en el tono la crueldad de su réplica:

—Jeromo, deja reposar los manes de ese ilustre compañero, a quien sólo conoces de murmuraciones.

—Con todo ello, vuelvo a decirte que ciertas verdades son disculpables en algún chafarote, pero nunca entre nosotros, Fernandito. Los Grandes de España no podemos olvidar las conveniencias de la etiqueta, por mucha que sea la confianza que nos dispensen las Reales Personas... A Carolina no puedes decirle que viene la Revolución. ¡Sería darle alas!

Cortó el Marqués de Redín con una sonrisa:

—¡La engañaremos!

Y saltó el otro, adulador y casquivano:

—¡Sé diplomático!

Callaron, y Redín se inclinó ojeando por el vidrio la acera iluminada de la Fonda de Europa. Un personaje agigantado, con el uniforme de los zuavos pontificios, se apeaba de un landó que tenía las armas de Monseñor Barili, Nuncio Apostólico. El diplomático quedó pensativo con un gesto de duda en el labio.

—¿Ese aventurero está en Madrid? Le suponía en Italia. En París andaba metido en la abdicación del Infante Don Juan.

Torre-Mellada se puso el espadín entre las rodillas:

—¡El Infante no hará armas contra su prima!

—¡Quién sabe!

—Tenlo por cierto.

—El Infante, no... Pero su hijo...

—Tenemos al Papa.

—Y el carlismo en Palacio.

—¡La mejor política, Fernandito!

—El Infante estuvo en España.

—Lo inventaron los gacetilleros.

—Y estuvo en Palacio.

—¿En Palacio?

—Celebró una entrevista con los Reyes.

—¿Me preguntas o afirmas?

—Te pregunto, porque a mí sólo llegaron voces fatuas.

—¡Yo no sé nada! La Reina quiere mucho a su primo, que, como es un cumplido caballero, le corresponde. La Madre Patrocinio tiene la política de unir las dos ramas. Pero hay celos de por medio, y queriéndolo todos y siendo para todos tan beneficioso, no se ponen de acuerdo.

Quedó con los ojos cerrados, acariciando las plumas del sombrero, posado en las rodillas como un pajarraco:

—Fernandito, es lo mismo que las luchas por la Constitución. ¡Una comedia! ¿Qué político puede querer atarse las manos? ¡Algún loco! Yo estoy contigo en lo de llamar a Serrano. ¿Qué inconveniente hay en que alguna vez manden los liberales? Ya se verá cómo todo es lo mismo. ¿No era ésa tu idea?

Quedó en reposo, esperando una respuesta. Instintivamente quería penetrar el sentir de su cuñado y halagarlo, lleno de concesiones para todas las ideas, con una benevolencia de palatino milagrero y volteriano. Tornó a su tema:

—¿Por qué conspiran? ¿Cuál es el cacareo? ¿El poder o la libertad? ¿El poder? Pues dárselo. Estoy contigo en lo de haber llamado a Serrano. ¡Me ha hecho reflexionar lo que me has dicho tiempo atrás al salir de Palacio! Fernandito, hay que dejar las teorías y convencerse de que ningún político se ata voluntariamente las manos. La Constitución, con tanto discurso y tanto meter bulla y costar una guerra, no la quiere nadie. ¡Es un fantasma!

—¡La Tía Fingida!

Aplaudió, adulador, Torre-Mellada:

—¡Ático! ¡Siempre tienes la frase!

Y repitió, balanceando el esdrújulo:

—¡Ático! ¡Ático!

Redín entornó los ojos y se aseguró los quevedos, un poco irónico del incienso con que le regalaba su cuñado. Torre-Mellada sentía el agobio del silencio y se mareaba hablando, con un dolor íntimo y lejano, de su situación en Palacio.

VII

El Ateneo Literario y Artístico tenía su sede en un casón oscuro y decrépito de la calle de la Montera. Bullían algareros los Ejércitos de Apolo. Estaba indecisa la batalla entre el Rey Don Francisco y el Duque de Montpensier. Patricio de la Escosura peroraba en un corro. Eduardo Saco correteaba por salas y pasillos, agudo y maldiciente. En el Olimpo de sillones y calvas, tosía Julián Romea. Manuel del Palacio, cerca de una ventana, apartado con otros de la cuerda progresista, recitaba un soneto, que era celebrado con risas. Floro Moro, bohemio y noctámbulo, se desayunaba en un rincón, con chocolate y buñuelos. Se abrazaban bajo una lámpara el Marqués de Molíns y González Bravo. Un ujier potroso, los botones colgantes y la colilla apagada en la oreja, daba bordos buscando con la mirada y batiendo la misma tecla:

—¡El Señor Marqués de Redín!

Iba de uno a otro grupo. Julio Nombela, pequeño, barbudo, circunspecto, subía a la tribuna para comunicar el aplazamiento de la votación. Despedíale el concurso con aplausos y siseos. Patricio de la Escosura se infla tribunicio:

—La Junta Directiva ha cedido a la presión del Gobierno.

El eco de las disputas turbaba la paz sabihonda de la biblioteca. Cánovas del Castillo se ajustaba los lentes sobre una revista. Rasgueaba una larga carta libidinosa, con citas latinas del vate mantuano, Juanito Valera. Escamoteaba un libro entre los hábitos el cura Freyre. El gato bibliotecario recorría las filas de estantes, aterciopelando en ondulaciones elásticas su ronda acrobática, la cola en arco, los ojos lucientes. El ujier asomó cauteloso en el santuario de la sapiencia atenea. Examinó los rostros inclinados, luminosos en el ruedo de las lámparas de petróleo, en enagüillas verdes. La docta tábula cubierta de infolios, fascículos, atriles, calamarios y péñolas, tenía una luz de mesa de juego. El Marqués de Redín se distraía hojeando el Gotha. Llegóse el ujier, y familiar le habló a la oreja:

—Señor Marqués, ha venido buscándole un fámulo de su casa. Motivado la insólita concurrencia, no se le pudo dar cercioro de hallarse usted en el local, y dejó el aviso en conserjería.

El Marqués de Redín se volvió con un gesto de sorpresa:

—¿Recado de mi casa?

—Y parece que urgente.

—¿Por qué no esperó el criado?

—Pues si creo que ha dicho que iba en busca de médico.

—¡Un médico!

El Marqués se levantó, recogiendo los guantes, cambiando un breve saludo de compañero con Juanito Valera. El docto cordobés respondió, volviéndose al paso, con atildado y congénito empaque:

—Redín, ¿a quién otorga usted su voto? ¡Ilumíneme usted! ¿Cuál de los dos egregios candidatos aquilata más merecimientos?

Sonrió Redín:

—Indudablemente, el Rey Consorte. Su epistolario será famoso con el tiempo.

Glosó, docto y malicioso, Valera:

—Abelardo y Eloísa en un cuño. El Rey Consorte indudablemente tiene un prestigio mitológico.

Se despidió Redín:

—Adiós, Juanito.

—Adiós, Redín. Y gracias, porque ha sido usted para mis dudas el Paracleto.

VIII

El Marqués de Redín halló su casa en trastorno. Medianoche pasada, y las luces del zaguán y de la escalera todavía sin apagar. Franca la antesala, un criado recibiendo el abrigo, el bastón, el sombrero del Doctor Laguna:

—¿Quién está enfermo?

El Doctor se volvió bajo el globo del farolón, iluminada la carátula inglesa de *setter* con espejuelos:

—¡Calma, amigo Don Fernando! ¡Nada de alarmas! Sólo se trata, según creo, de una descalabradura del chico. Sospecho que no sea mucho el daño.

Salió una doncella con aire peripuesto de urgencia, asustada:

—¡La Señora Marquesa está con un ataque!

—¡Travesuras de muchachos y nervios de señoras! Calma, amigo Don Fernando.

El Doctor Laguna, en sus visitas de médico, adoptaba un estilo humorístico, aparentando no conceder la menor importancia a las quejas y quebrantos de sus enfermos. Las lunas de los espejuelos sellaban con cierto empaque de sabiduría escéptica las palabras del famoso médico. El Marqués se quitaba los guantes:

—Doctor, vea usted al chico. El mal de mi mujer ya lo conocemos.

Asintió la rubia carátula de pachón con gafas sabihondas:

—Que la libren de opresiones y le hagan tomar una infusión de tila. ¿Dónde está el señorito?

El lacayo, pegándose a la pared, incomprensivo y admirado del dictamen, guió al Doctor:

—Por aquí.

—¿Cuándo ha ocurrido el percance?

—La hora justa no está en claro. Quien primero oyó como una queja ha sido la Señorita Eulalia.

—¿Es diablo el señorito?

—¡Más que diablo!

Salió en un blanco revuelo, a la puerta de la alcoba, impregnada de afán y fragancia, una indecisa figura de mujer joven.

—¡Doctor, qué susto nos ha dado el bueno de Agila! ¡Le recogieron desvanecido! ¡La pobre criatura apenas se queja por no asustarnos! ¡Doctor, se descolgaba por un canalón desde el segundo piso!

—¡Y no se ha matado!

—¡Un milagro! ¡Véale usted!

IX

El Doctor, suspenso en la puerta, se hacía cargo de la posición del enfermo. Agila, pálido, con la frente bajo una servilleta mojada en vinagre, apenas entreabrió los ojos. El Doctor, indicando con el gesto que aproximasen una luz, le descubrió el pecho y las manos. Le estiró los brazos con largo movimiento y los colocó paralelos al tronco. Puso sobre la sábana su cartera de cirugía. En el arsenal de aceros buscó las tijeras y cortó la camisa. Sobre el desnudo esternón corría la luz con un tremido que desconcertaba las líneas de la figura yacente. Eulalia se cubrió los ojos. El Doctor levantó la cabeza y miró en redondo, paseando las lunas de los espejuelos con una muda interrogación. Sus dedos tanteaban sobre el cuerpo de Agila:

—Quéjese cuando sienta mayor dolor bajo la presión de mis dedos.

Suspiró Agila:

—¡Todo me duele!

—¡Magullamiento general! ¿Y la cabeza?

—También.

—¿Náuseas de estómago?

—También.

—¿Y sueño?

—Mucho sueño.

—El pulso no está demasiado agitado. ¿Puede usted recordar si ha caído desde muy alto?

—¡Nunca acababa de caer!...

—¡Hay una Providencia! ¡Ni una fractura! ¡Ni gran conmoción visceral! ¿Y cree usted haber caído de muy alto?

—Estuve no sé cuánto tiempo en el aire, con la luna en los ojos, sin acabar de caer, cayendo. ¡Debió de ser de muy alto!

—¿Y cómo se le ocurrió ensayar ese vuelo acrobático?

—Para bajar.

—¿No era la primera vez?

—¡Claro!

El Doctor le alzó los párpados, y aproximándoles un fósforo encendido, examinó las pupilas contráctiles, de turbados cristales. Le dejó en reposo, cubierto con la sábana hasta el pecho, y se apartó sin ruido. Eulalia, con una seña, le sacó fuera:

—¿Qué?

—No veo nada alarmante.

—¡Un milagro!

—Que no lo repita.

—¡Es un chico tan extraño!...

Aparecióse por el quicio disimulado de una puerta la doncella del trote peripuesto y el aire de apremio asustado:

—La Señora Marquesa reclama los auxilios del Señor Doctor.

X

La Marquesa de Redín, en el sofá de su alcoba, se recogía, llorosa, con un papel en las manos. El Marqués, sentado enfrente, guardaba silencio, contraído el rostro con una expresión de duda angustiada. Entró el Doctor:

—Molimiento, coscorrones, travesura innata. ¡Mañana, saltando!

Sollozó la Marquesa:

—¡Este hijo me acorta la vida!

Inquirió con apasionada zozobra el Marqués:

—¿No podrá sobrevenir alguna complicación?

—¡Nada! Amigo Don Fernando, le ha salido a usted el muchacho volatinero.

—¡Es una criatura anormal!

Aplacó el Doctor:

—Acaso cierto predominio del sistema nervioso. Ya se buscará un tónico para fortificarlo.

Se dolió, ahogándose, La Marquesa:

—¡Doctor, este hijo es una desgracia!

—Señora, yo he sido padre de once desgracias semejantes y soy actual abuelo de veintisiete. La familia es una institución llamada a extinguirse por sus muchas molestias.

Los Marqueses cambiaron una mirada. El Marqués, apagado, borroso, maquinal, con gesto de severidad formulista, trascendido de anteriores ocasiones, un gesto impuesto por las circunstancias, solicitó el papel que oprimía la Marquesa:

—Doctor, es usted nuestro amigo y no debemos ocultarle la terrible evidencia. ¡Esa criatura ha querido suicidarse!

Se angustió la madre, caído el busto, doblándose sobre las manos cruzadas:

—¡Es horrible!

El Doctor abismó en un gran cabeceo su rubia expresión de perro con lentes:

—¿El hecho es de absoluta evidencia?

Moduló el padre con un tono velado de amargo reproche:

—¡Esta carta nos dejaba ese insensato!

La Marquesa lloraba angustiada, soponciándose. El Marqués tiró de la campanilla y acudió la doncella, que en el primer momento cayó en la cuenta y se arrodilló al pie del sofá. El Marqués, con una mirada macilenta, le hizo donación de la Marquesa. Con fría compostura, lentamente, se apartó hasta las luces de una consola. Tendida la carta ante los ojos, levantó la cabeza y apagó la voz:

—Doctor, oiga usted lo que escribe esa criatura de trece años: "No me es dable seguir soportando la cadena de la existencia. Mi vida se consume sin gozar del sublime espectáculo del Universo. Prefiero matarme, y soy un niño, antes que volver a verme en la mazmorra del colegio. Vuestro arrepentido, *Agila.*"

La Marquesa, reclinada en el sofá, suelta de cinturillas y corchetes, apuraba la infusión de tila, envuelta en las falsas mieles de la doncella. Jícara y cucharilla promovían un quebrado con cristalino en la penumbra de la alcoba. Tintineaban su leve zozobra en el asombrado silencio. El Doctor, humorista y filosofante, quebró la pausa soplando con cascados fuelles:

—¡No se preocupe usted, Don Fernando! Tendremos en ese chico otro Narváez. El Espadón, cuando apenas era estilete, también ha querido suicidarse. Convídeme usted de soconusco y le contaré esa historia, que muy pocos saben. El chocolate mándelo usted subir de la buñolería de la esquina. Suelo tomarlo algunas madrugadas, y es un veneno que no mata. Marquesa, procure usted serenarse y dormir.

Las lunas de los espejuelos brillaban joviales sobre los rubios cachetes de perdiguero británico.

El Doctor y el Marqués, vagorosos, lentos, conversando en
voz baja, se acogieron a una saleta vecina, con fuego en la
chimenea. El Marqués de Redín, sin perder su elegante empaque, se apartaba el cordón de los quevedos sobre el rizo
de una oreja:

—Doctor, necesito su consejo. Su doble consejo de padre
prolífico y hombre de ciencia. Tengo remordimientos respecto a mi conducta, acaso demasiado rígida, en los métodos
educativos empleados con Agila. ¡Es una criatura anormal
y me negaba a reconocerlo! ¡Me dolía profundamente! Ahora
me obsesiona su evidencia. ¡Mi severidad ha sido monstruo-
sa! Doctor, ¿usted qué me aconseja? ¿Doblegarme? ¿Ceder?
¿Dar oídos a esa carta? ¡Ceder! Pero a los propios ojos de
ese niño, ¿no arrastraría mi dignidad de padre? ¡En este
momento son tantas mis dudas, que me harán un gran bien
sus consejos, querido Doctor!

El Marqués fraseaba con atildada tersura, recalcando los
acentos sintácticos, ondulando las cláusulas. El Doctor prin-
gaba en el cangilón de chocolate los populares buñuelos:

—Querido Don Fernando, ¿de qué extrañas conjeturas
ha sacado usted la anormalidad del chico? Un chico precoz,
voluntarioso, atiborrado de novelones, de dramones, de romances, no es una anormalidad. ¡Convengo en que son terribles esas precocidades de los hijos!

—Doctor, ¿cuál sería la conducta de usted?

—Seguramente hubiera dejado a mi mujer que dictase
sentencia.

—¿Su mujer de usted será de una voluntad enérgica?

—Resolvería el caso por instinto, que es como gobiernan
las mujeres. El instinto, en buena pedagogía, debe ponerse
sobre el razonamiento. La infancia es instinto, la paternidad
debe ser también instinto. No me pida consejo, amigo Don
Fernando.

—¿La paternidad, instinto?

—Seguramente.

—Me falta ese instinto

—Todos hemos padecido alguna vez la misma zozobra.

Meditó el Marqués con una bella expresión de ansiedad
dolorosa:

—¡No sé educar hijos! Doctor, ¿ninguna anormalidad ve usted en la carta de este niño?

—Nada más que contagio de literatura.

—¿Y el intento, afortunadamente frustrado?...

—La fobia del aula es casi siempre el origen del suicidio infantil.

—¿Y la anormalidad del acto, en sí misma?

—La anormalidad es muy discutible. Puede ser un impulso extravago y puede tener una órbita. Repetirse. Estudiaremos al chico, Don Fernando. ¡Es paradójico! Yo, a uno de mis vástagos, lo hubiera entregado a la férula instintiva de mi mujer, y usted quiere que se lo analicemos en el laboratorio.

—Doctor, ¿si usted impusiese como plan inapelable que el chico se fuese con su abuela a Navarra? No quiero parecer blando, y con ese arbitrio...

—Don Fernando, ha recetado usted lo más conveniente. La montaña tonificará al muchacho.

—La prescripción es de usted, Doctor. No hay que olvidarlo. ¡Usted impone el tratamiento!

—En absoluto.

—Gracias, Doctor.

—Vea qué fácilmente se resuelven los problemas, y no se preocupe buscando anormalidades. Todo pudiera ser que padeciésemos otro Narváez. El Espadón, de chaval, también hizo la mona de suicidarse. Aquél fue con una navaja barbera.

—Ignoraba completamente ese episodio de la vida del Duque.

—¿No ha reparado usted en una cicatriz que tiene en el cuello?

—En un militar, y en un militar valiente, las cicatrices siempre están justificadas.

—Ramón Narváez, a los chicos de su edad, nos embaucaba que el chirlo se lo había ganado en una riña con unos gitanos.

—Y está más de acuerdo con su carácter.

—Ha sido como le cuento. Tengo la versión por mi padre, que era médico en Loja.

—Diga usted: ¿es tan grave como se dice el estado del Duque?

—No le visito. Rompí, hace tiempo, toda relación con

ese ilustre cabo de vara... Pero he oído, entre compañeros, que es caso perdido. ¡Pavoroso porvenir!

El Doctor abismaba la carátula de perro canelo en un gran gesto. Tenían cabrilleos de sabiduría los brillantes de sus manos y de su pechera.

XII

El Marqués se recogía el cordón de los quevedos con aquel su empaque de atildada prosopopeya:

—El Duque de la Torre volverá a ser Ministro Universal.

En la rubia carátula del médico acusaron los cachetes una sonrisa de filósofo humorista:

—Está ya muy feo el General Bonito.

Explicó el Marqués:

—Será Regente, porque los revolucionarios vendrán imponiendo la abdicación en el Príncipe Alfonso.

—¿Y Montpensier?

—Esa candidatura tiene el veto de Napoleón. ¡Y no creo que sólo por el gusto de hacerlo mal nos busquemos una querella con Francia!

El Doctor se inclinó con murmullo confidencial:

—Don Fernando, llevo en el bolsillo mi renuncia como Médico de la Real Casa. Hay una intriga facciosa, a la que no quiero prestarme. Usted no estará sin alguna noticia de esos cabildeos. Anda en ellos su cuñado Torre-Mellada. Las Camarillas, y esto va en reserva, se muestran poco afectas a la abdicación del Príncipe. Roma gobierna hoy en Palacio. ¡Allí lo que asusta es el credo liberal, aun en dosis homeopáticas! Siempre significaría un avance en tal sentido la abdicación impuesta por los Generales de la Unión. Las Camarillas desean una inteligencia con la rama de Don Carlos. El Príncipe, bien que mal, representaría una concesión al espíritu revolucionario, y se desea un dique. No se sueña con menos que con restaurar la Inquisición... ¡Y como desgraciadamente fomenta esas cábalas la salud del Príncipe...!

—¿Es verdad que ha tenido una hemoptisis?

—Una hemoptisis no tiene la significación que le conceden los profanos. Su Alteza viene padeciendo un estado catarral muy pertinaz.

—¿Y la intriga se teje sobre la fúnebre promesa de su muerte?

El Marqués articulaba con docta elegancia de retórico. El Doctor asentía:

—En el heredero de una corona todas las alteraciones de salud son motivo de intrigas cortesanas.

El Marqués sacó una punta al hilo de sus reflexiones:

—No creía que se repitiesen las locuras de la Rápita. En Palacio pudo soñarse una vez con la abdicación y el reconocimiento de la otra rama. ¡Una vez! No todos los generales saben guardar un secreto tan profundamente como Jaime Ortega.

Explicó el Médico:

—Don Juan abdicaría en su hijo Don Carlos.

—Todavía me parece más absurdo el proyecto. El Infante Don Juan, en todo caso, debía ser el candidato de los liberales. Don Juan ha hecho declaraciones en un franco sentido constitucional, que le han enajenado la voluntad de las honradas masas; sin embargo, es el legítimo sucesor en los derechos de Don Carlos María Isidro. Reinando el Infante, las huestes carlistas, sin candidatos, se convertirían en el viejo partido apostólico, y se habría resuelto para siempre el pleito de la sucesión legítima. La lucha de las dos tendencias se haría entonces más civil, más parlamentaria, más doctrinal. El Infante Don Juan, con todo de ser un botarate, puede representar el embolado de Rey Constitucional, en tanto que el hijo representa el fanatismo de la Corte de Oñate. Le ha educado la Princesa más fanática de Europa. De cambiar el orden dinástico, lo hábil sería legitimidad, sin sotanas ni trabucos: la rama carlista, sin carcas. ¡Don Juan nos ofrece ese milagro!

—No miran así las cosas los que andan en la tramoya. Don Juan es un contagiado de liberalismo, y merece ser depuesto por su heredero y primogénito, el Duque de Madrid. Don Juan, según parece, ha puesto precio a la abdicación. Dos millones, y el trato está hecho. Los dos millones los ha ofrecido el Padre Maldonado.

—Nada cambia en esta bendita tierra. Vuelven a darnos el folletín de la Rápita. Soñaron con otro triunvirato como aquel de Don Juan, Cabrera y Narváez.

Sobrevino el silencio. Se apagaba el fuego de la chimenea. Un reloj desconcertado precipitó en el silencio su lluvia de lentejas sonoras.

XIII

El Espadón de Loja, con garrafas en los pies, cáusticos en los costados y en las orejas cuatro pendientes de sanguijuelas, íbase de este mundo amargo a todo el compás de sus zancas gitanas. En sopor, con hervores de pecho, sostenía inconexos diálogos, agitado por los fantasmas de la fiebre:

—¡España se divorcia de la Monarquía!

Aconsejó, familiar, el criado que le velaba:

—Hay que ver de conciliar un sueño.

—¡No me jorobes, Talega! ¡Harto me queda de dormir en el cementerio! Talega, dejo mandado que me lleven a Loja.

—Hay que dormirse y dejar cavilaciones. Otra cosa no recomiendan los Doctores.

—Que les pongan un cencerro. ¡Revolución demagógica! No hemos sabido acabar la guerra civil. El abrazo ha sido más falso que el beso de Judas. España pedía una sola política y se la hemos negado. ¡Carlismo sin sotanas! Carlismo de Carlos Tercero. ¡España, mi España! ¡Negro todo y sin saber adónde vamos ninguno de los dos! ¡Talega, si me hubiese equivocado, qué enorme culpa!

—No la reputo por tan mayor.

—¡Irreparable! ¡Hice la Historia, y muero ignorante de mi página! ¡Me atormenta la duda! No saber nada cuando voy a ser juzgado. ¡Aquí!... ¡Allá!...

Don Ramón María Narváez, Duque de Valencia, Grande de España, Capitán General de los Ejércitos, Caballero del Toisón y Presidente del Real Consejo, hacía su cuenta de conciencia. Miraba en sí, con mirada advertida, juntando la contemplación ascética con presagios y agüeros de gitano rancio. El Señor Duque de Valencia, en las sombras de la alcoba, fulminaba sus últimos reniegos con ojos lucientes de fiebre y la calva ceñida a lo majo por el gibraltarino pañuelo de seda:

—¡Esto se va! ¡Lástima no haberla diñado antes! ¡Talega! ¡Talega!

Respondió en la sombra de la cabecera el ayuda de cámara:

—¡Aquí estamos a la orden!

—Se me ha escurrido una sanguijuela. Será bien limpiarla.

—¡Ya lo veremos!

—¡Esto se va!

—Cuando Dios lo acuerde, y no ha salido esa disposición en la Gaceta de San Pedro.

—¡Cuántas responsabilidades sobre mi conciencia! ¡Así no hubiese gobernado nunca esta Ínsula Barataria!

—¡Ya no hay remedio; pero nos hubiéramos ahorrado sinfín de rabietas!

—¡Vete al diablo, Talega!

XIV

El Espadón de Loja batalla con las ansias de la muerte, y el guitarrillo del ciego ya solfea unas guajiras con la befa del entierro. Don Felipito, dómine jubilado, las entona a puerta cerrada en la rebotica del Licenciado Santa Marta. Era Don Felipito un vejete con negras antiparras, bigote de payo, talma y guitarrillo. El gozque de lanas que le guía de un cordel atiende al nombre de *Merengue*. En dos pies, con el platillo sobre los brazuelos, plantábase ante las bolsas cerradas, destacando una escala agresiva de ladridos, que dibujaba con el rabo. Merengue sabía oír en una actitud recogida las coplas de su amo y entornar como un académico los tristes ojos con legañas. Era un perro sabio. Don Felipito cantaba:

—¡Gori! ¡Gori! ¡El cherinol
guiña el ojo! ¡Gori! ¡Gori!
Lloran la monja y Marfori,
y de Cádiz al Ferrol,
repite Juan Español:
—¡Gori! ¡Gori, que la diña!
¡Que el remo alarga! ¡Que guiña
el ojo! ¡Que tuerce el pico!...
Y desde Calpe a Motrico
se grita: —¡Viva la Niña!

214

¿Adónde va el Espadón
con tan gallardo compás,
si grita San Pedro: "¡Atrás!",
y echa el cerrojo al portón?
No te empalmes, don Ramón;
no escupas por el colmillo,
no montes el cachorrillo,
que puede el Santo Portero
majarte con el llavero
peluquín y colodrillo.

Las coplas del ciego entusiasmaban en la rebotica. Don Eugenio Santa Marta le compró todos los pliegos, para repartir al día siguiente entre la parroquia. Acallado el regocijo, volvió a cantar el vejete, bajo la mirada comprensiva del perro:

—No se lamen de canguelo
desde Marfori a Roncali.
Sor Patrocinio un alcali
sorbe. Por darse consuelo,
la Reina zampa un buñuelo
con una copa de anís.
Y Don Francisco de Asís,
sacando la minga muerta,
al amparo de una puerta
lloriquea y hace pis.

Ruge la Revolución,
se avecina la tormenta.
Maldiciendo de su afrenta
se levanta la nación.
Detrás de Isabel, Antón,
afilando la pestaña,
quiere reinar en España,
olvidando que la miel
no es para la boca del...,
del naranjero Cucaña.

Gritó Don Blas Salmonte, que era corrector de la *Nueva Iberia:*

—¡Eso es de Manolo Palacio! ¡Clavado, del Maestro Fenómeno!

Encomió Don Eugenio:

—¡Bueno viene el *Gil Blas!* Lo reparten bajo sobre.

El Doctor Cayuela interrogó, atropellado y serio:

—¿Tú lo tienes?

—Se lo llevó mi cuñada para leerlo en Platerías.

—Pues guárdame la vez.

Rugió un capitán retirado, entusiasta de Prim:

—¡Hay que leerlo en la tertulia, caballeros!

Declaró Don Felipito, inclinado sobre la guitarra, apretando las clavijas:

—Yo traigo *El Alacrán* y *El Dómine.* Tampoco les falta mostaza.

Don Eugenio se volvió al mancebo de la botica, un gordiflón rubio, con lentes y calva:

—¿Pues no me habías dicho que estaban recogidos, cuando te mandé a buscarlos?

Salustio alzó los hombros, un poco alelado:

—¡Recogidos están!

Don Felipito levantó el rostro, que las negras antiparras hacían más triste y consunto:

—¡Recogidos, y los redactores en la cárcel! Se venden de ocultis y se pagan a peseta. Si ustedes quieren, pueden verlos, y dejo a su voluntad el estipendio.

El boticario pasó en ronda la petaca, y después, liando un cigarrillo, lo puso en las manos del ciego, con una palmada:

—¿*El Alacrán* y *El Dómine* a peseta? Se conoce que hay muchos millonarios.

Insistió el vejete:

—Algunos números se han vendido a ese precio.

—Compadre, usted se hace rico bajo este Gobierno.

El militar, que, sujeto a su retiro, pasaba muchos trabajos, tenía una expresión dura y amarga. El boticario, siempre de plácido talante, encendió un fósforo para el cigarrillo del ciego:

—Don Felipe, yo pago un real por número. ¿Hace?

—No hablemos más.

Buscó el vejete los periódicos en las profundidades del chisterón. Estaban sobados y con manchas de café. Don Eugenio los extendió sobre el mostrador:

—¡Si son de la semana pasada!

—¡Pues no han salido otros!

El gordiflón rubio se animó con una risa de todo el rostro:

—¡Ya me dejaba usted mal, Don Felipito!

Don Felipito levantó sus negras cuencas, y llevóse una mano al pecho:

—¡No quise dejarle mal!... Sufrí equivocación, y pido perdón a la concurrencia. Si esos números salieron a la calle, mañana estarán aquí. No digo más. Buenas noches. ¡Salud y pesetas!

Se fue, guiado de Merengue. Un momento permaneció detenido en la acera, adivinando el claro cielo con luceros.

XV

Don Felipito, pegado al filo de la acera, golpea con el hierro de la garrota en los adoquines, hasta sacar chispas. Le detuvo un guindilla, que, al oírle pasar, salió de la iluminada taberna:

—¡Alto!

Tendíase sobre la acera ancha banda de luz, y el ciego se detuvo en ella con rara sensibilidad:

—¿Qué se ofrece?

—¡Que voy a arrimarte una solfa como sigas vendiendo papeles contra el Gobierno!

—¡Calumnia! ¡Vil calumnia! ¡Mi vida es tan honrada como paupérrima!

—¡Ya te lo dirán en la Comisaría!

—¡Ya no se respeta la voluntad ciudadana, y al hombre se le ponen grilletes!

Vino, acercándose, la sombra caduca de una mujer que revolvía por los rincones con un gancho y un cesto:

—¡Qué negras leyes! ¡Ni ganarse la vida le dejan al abuelo!

Gritó engallado el vejete:

—¡Es la justicia que manda hacer el Rey mi Señor!

Crisanto, el tabernero, salió a la puerta, limpiándose las manos al mandilón. Tenía los brazos arremangados, y un gesto saturnal de verdugo que ha cortado muchas cabezas. Era grandote, alegre, tripón, zancudo, la cara de luna y la voz y la gola del clérigo:

217

—¡Déjale, Parrondo! ¡El hombre se gana la vida como puede!

Don Felipito se quitó el abollado chisterín, saludando:

—¡Todos me conocen! He pasado mi vida adoctrinando a la juventud en la calle del Olivar. Por mi escuela pasó alguno que después fue Ministro de Isabel. ¡Ciertamente que no era de los más aventajados, y algunas albardas le he puesto!

Parrondo llevó la mano a la empuñadura del sable, y se volvió al tabernero:

—¡No lo ves que ya está faltando!

—¡A nadie falto!

—Usted no ha puesto albardas a ningún Ministro.

—¡Yo no miento!

—Usted es un demagógico, y lo que dice no lo sostendrá en la Comi.

—¡La Comi! ¿Qué ruda prosodia es esa?

Parrondo volvióse de nuevo al tabernero:

—¿Te parece que aún no falta, Crisanto?

Crisanto se cruzó las manos tras de la nuca, con un esperezo:

—Ello es según se aprecie.

Acriminó con el gancho la sombra caduca de la trapera, que era castellana de Burgos:

—¡Te da buena enseñanza, y debes agradecerlo!

Por el arroyo venía un borracho, metiéndose en los charcos y hablando con su sombra. Se detuvo con las piernas abiertas, balanceando el cuerpo como si estuviese en la cubierta de un navío. Encarándose con el guindilla, gritó provocativo, la lengua torpe y chapucera como si tuviese borlas:

—¡Viva la Federal!

Parrondo se limpió el rocío de los bigotes con la manga:

—¿Qué hace un hombre, Crisanto?

Repuso el orondo tabernero:

—¡Míralo cómo viene!

El borracho se acercó haciendo eses.

—¡Buenas noches, maestro! Al que guste de trincar una copa, le convida Eliseo Dueñas. Convida y paga. ¿No es verdad, maestro?

Rió Crisanto:

—Para el que no paga tengo yo una estaca muy buena.

—Yo soy un borracho de conciencia. Convido a todos,

y a usted también, guardia. En esto no tienen que ver las ideas. El abuelo del guitarrillo canta unas coplas regulares, y el perro es una eminencia.

Rasgueando sobre el garrote, empezó a cantar con voz estropajosa:

—¡A la Isabelona,
el padre Claret
le trajo de Roma
polvos de rapé!

El del Orden, desnudando el sable, se lanzó sobre el borracho, que cayó, abriéndose la frente en el borde de la acera. Salieron los parroquianos de la tasca, y con amotinada protesta, levantaron al caído, que barbollaba vituperios, medio cegado por la sangre. La vieja del gancho sacó las uñas:

—¡Por una copla matan a un hombre!

En la boca oscura de un callejón, pintada y con flores en el pelo, asomaba una mujer:

—Las coplas no son delitos mayores, y hay que tener otro miramiento.

Parrondo se volvió al tabernero:

—¡Crisanto, declara tú si este sujeto no ha faltado a la moralidad pública!

Desde la boca oscura del callejón, respondió la sombra florida:

—¡Hasta con los cantares se mete este cochino Gobierno!

Crisanto levantó una mano grande y apaciguadora:

—¡Parrondo, hay que ser más ecuménico!

Habían metido al borracho en la taberna, y delante del mostrador le lavaban la herida con vinagre. La sombra del callejón alejóse cantando con sordina, como un trágala a la furia autoritaria de Parrondo:

—¡Isabel y Marfori!
¡Patrocinio y Claret!
¡Para formar un banco
vaya cuatro pies!

Parrondo, sin hacer apariencia de oír la copla, entróse en la taberna, y ante el mostrador donde vendaban al borracho se puso a lavar una mancha de sangre que tenía en el uniforme. Luego explicó al chico que frotaba el cinc:

—No creas que nos viste el Gobierno. El uniforme sale del cochino haber. Figúrate que ese pelanas me lo rasga. El puchero, a la funerala, y la mujer y los hijos, a pedir por las puertas.

Cacareó Don Felipito:

—¿Por qué siendo un paria como todos los presentes se deja usted arrebatar del odio contra el pueblo?

Parrondo le miró, y soplándose los bigotes se puso a la altura de aquella arenga:

—La España es un país ingobernable.

Gritó una voz desde el fondo de la taberna:

—¡Viva la Niña!

Suspiró Don Felipito:

—¡Ya tarda!

Y tirando del cordel al perrillo, caminó bajo la luna, siguiendo la acera. El hierro de la garrota, al batir las losas, resonaba en la calle solitaria. El vejete se anunciaba de lejos, y pasaba sin ver, triste, con la tristeza de sus antiparras negras, orientado por el rabo de Merengue. También era triste la vitola del perrillo. ¡Una pinturera trasquila convertía en león de consola al petulante Merengue!

XVI

Don Felipito entró en el Café de Platerías. La coima sin edad que vendía fósforos, aleluyas, gomas y calendarios, le detuvo en la puerta:

—Han estado los del Orden. Se llevaron a los de *El Gil*. Dicen que mañana salen en cuerda. A mí me quitaron tres números de *El Alacrán*. No me quedaban más; si más me quedan, igualmente se los llevan. ¡Ya no se puede vivir! Usted, Don Felipe, si trae algún papel de los subversivos, anda expuesto.

—¡He vendido todas mis coplas al boticario de Santo Domingo!

—Dicen que por ellas está preso el poeta de las melenas.

Se engoló Don Felipito:

—Pues se equivocan. Son de otra minerva.

—¡Por mí, que sean del Nuncio!

En el café había tanta gente, que el vaho de la parroquia embazaba los espejos. Merengue, huroneando por entre las mesas, llevó al ciego a la rinconada del mostrador, donde había una ilusionada tertulia de radicales famélicos, y dos jamonas pensionistas que cenaban su café con tostada. Don Felipito sentóse con la guitarra al flanco. El lanudo lazarillo, luciendo sus habilidades, levantado en dos patas, iniciaba un paso de baile. Satisfecho de aquellos ejercicios didácticos, empezó a sorber su café el antiguo maestro de la calle del Olivar. Merengue se agazapó debajo de la mesa; tenía la humildad desdeñosa y cínica de Diógenes Ateniense. Uno del corro, clérigo sin licencias, contaba la tenida secreta en la Logia de Botoneras. Había asistido el Infante Don Enrique. Interrumpió Virgilio Llanos, mozo alto y fuerte, ronca y socarrona la voz:

—¡El Infante es un barbián!

—¡Y un Borbón!

Don Amancio, padre de esta sentencia, sonreía con los ojos cerrados. Era un viejo enteco, amomiado, doctoral, que parecía haber salido del sarcófago para venir aquella noche al Café de Platerías. Depositaba los frutos de su saber mileno, en la tertulia de radicales, suavemente, con un gesto blando, religioso, medido. Dijérase que aquellos conceptos sagrados temía verlos convertidos en polvo, como los tesoros de las tumbas:

—Del Infante no hay que fiarse. Está sin un cuarto, y el hombre ventea dónde lo hay. Me arriesgo mucho al decir esto, pero temo que sea un espía de la Reina.

—¡Imposible! ¡Ha venido de la emigración jugándoselo todo!

Virgilio apostillaba siempre con el puño en el mármol de la mesa. Insolentóse Merengue con un ladrido, y el bonete excomulgado advirtió, burlón:

—¡Protesta, Merengue!

Y chilló una de las pensionistas:

—¡Ay, qué ladrón; no me sale de entre las faldas!

El clerigote anudó el relato:

—Don Enrique se ha mostrado decidido adversario de la candidatura de Montpensier.

—¡Por ahí! ¡Por ahí!

Era un eco frío y sepulcral la voz de Don Amancio. Continuaba el excomulgado:

—El Progreso tampoco quiere al naranjero. Nuestro candidato es Don Fernando de Portugal.

Murmuró Don Felipito, dando el último sorbo en su vaso de café.

—Si Prim y Serrano no se ponen de acuerdo, veo muy lejos el triunfo de la causa revolucionaria.

Afirmó Virgilio:

—¡Proclamaremos la República Federal!

Don Amancio insinuó suavemente:

—¡Señores, hay moros en la costa!

Se acercaba postinero un vejete alto, cetrino, jeta y zancas de gitano; vestía zamarra negra y pantalón de talle, podría pasar por bailarín o guitarrista de tablado si el colorín del chaleco, con botones de metal, no lo acentuase de lacayo:

—¡Caballeros y hombres buenos, a la paz de Dios!

Susurró Don Amancio:

—¿Qué hay de bueno, Toñete?

—Lo que ustedes digan.

—¿Cómo está el Señor Marqués?

—La flor de la maravilla, Don Amancio.

Preguntó compungida una de las pensionistas:

—¿Ha estado enfermo?

—Ha tenido un torzonazo el año pasado, pero está ahora, otra vez, como una rosa de pitiminí.

Bramó Virgilio:

—¡Pues ya tiene años ese camafeo!

Toñete levantaba el codo, acariciándose un tufo, con el ojo contrario guiñado:

—Pues es el caso que ando loco. ¡Ahí verán ustedes! Ese es el caso... Loco de la cabeza buscando el relajo de unas coplas que han salido haciendo un planto de pamema al pobrecito General Narváez. Don Felipito, a usted vengo en última instancia.

Se engalló el vejete:

—Amigo, nada le autoriza a usted para acusarme de un delito, como sería repartir libelos. Yo desconozco la existencia de esas coplas.

—¡Alto ahí! Nadie le ha dicho a usted que las repartiese... Solamente que usted puede darme alguna luz para buscarlas.

—Ya le he dicho que desconozco su existencia.

—¿Y ninguno de ustedes puede ayudarme para encontrar esos pliegos?

Saltó Virgilio:

—Yo me las sé de memoria, y si tu amo quiere oírlas, dile que venga a Platerías. Se las cantaré con acompañamiento en la guitarra de Don Felipito.

—No son para mi amo... Son para la Señora Marquesa. Parece ser que en la tertulia desean conocerlas.

Declaró Virgilio con su ronquera socarrona:

—La Señora Marquesa, muy señora mía, mañana las recibirá bajo sobre, y no molestes más, Toñete.

—¿No hay un hueco para mí en la mesa?

—¡Por mí, la mesa entera!

Alzábase del rojo diván la hercúlea figura del buen mozo. Requería la capa para irse, y en aquella actitud se detuvo, mirando retador a la puerta. Entraban en ringla cuatro polizontes, que, atravesando por entre la parroquia, con la mano en la visera, vinieron a ponerse frente al mostrador, esperando el recuelo de café con que todas las noches los convidaba el dueño. Virgilio levantó su bengala, un formidable as de bastos, y acompañándose con las cucharillas de los vasos, rompió a cantar toda la parroquia:

¡El pobre guindilla
café de recuelo,
y la Camarilla
tocino del cielo!

Perro cazallo,
da pronto fin,
oye el caballo
de don Juan Prim.

Sin la jamancia,
vinagre y hiel
tendrás en Francia,
triste Isabel.

Los del Orden, con las espaldas inclinadas y los bigotes en los vasos, sorbían en silencio. La parroquia se regocijaba. Merengue dejó las faldas de la solterona y salió bailando en dos patas, con el hocico vuelto. El maestro, turulato y conmovido, alargaba una mano, tanteando sobre el mármol, a la rebusca de un terrón. Las dos solteronas, que, como todas las noches, hacían la zafra en la mesa del café, le fulminaban con terribles miradas. Toñete, marchoso, resplandeciente con la luz genial de una idea, saltó sobre una silla. Con gran gesto levantó los brazos y lanzó un grito sobre la alborotada parroquia:

—¡Viva España!

Un enorme fervor de banderas pasó por la nebulosa sala de Platerías. En el humo de los cigarros, sobre el rojo de los grasientos divanes, en el fondo luminoso y desvaído de los espejos, en la calva del mozo patilludo que envenenaba con café, brilló el ¡Viva España! Merengue seguía con el hocico torcido, y eran luz las antiparras negras de su dueño. Ya Don Felipito requiere la guitarra y se arranca con un gallo:

—¡La Virgen del Pilar dice
que no quiere ser francesa,
que quiere ser capitana
de la tropa aragonesa!

Los del Orden, aprovechando el momento patriótico, salen en fila india, una mano en la visera y otra recogiendo el charrasco. La sala, con noble sentimiento que desborda de su fe progresista, aplaude. Un chulo alumbrado les invita a tomar lo que gusten. Un Coronel honorario los llama y les estrecha los dátiles. Se habla en algunas mesas de proponerles para una recompensa. La menor de las pensionistas encontraba muy simpático al de en medio. Se conocía que era de buena familia. En Doña Gonzalita, la efusión y las lágrimas patrióticas, que le correspondían por huérfana de militar, recalaban siempre en una nota romántica amorosa y tierna. Había nacido el mismo día que Doña Isabel. Le gustaban las batas sueltas, los loros y las habaneras. Lloraba leyendo los folletines y tenía que tomar agua de azahar.

XVII

El Barón de Bonifaz ha entrado en el café. Remoto en el fondo nebuloso de divanes y espejos, hace señas un clérigo fachendoso —alzacuello, capa torera, espejuelos verdes—.

El Niño de Benamejí, rasurado, con el chisterón a lo curro, tenía la maja vitola de un capellán castrense. Adolfito llegó sorteando las mesas.

—Recibí tu aviso cuando meditaba un atraco. Y a ti, ¿cuándo te echan el guante? Te va bien el alzacuello, pero un clérigo de tu pinta requiere llevar al costado una buena ama. Segis, tú vas a ser mi tabla de salvación. Antes de las doce de mañana me son urgentes treinta mil reales. ¡Segis, tú vas a ser mi padre!

El otro repuso con sordina, especioso, dando al aire el humo de veguero:

—Yo bien quisiera... Y en otra ocasión no me sería difícil complacerte... Pero sabes la que tengo encima. Si pudiera moverme libremente, estoy seguro de que, con algunas formalidades, hallaríamos ese dinero.

—Segis, hay que torear por derecho. Tú sabes que a mí nadie me presta un chavo.

—Han cambiado las circunstancias. Hoy puedes ofrecer un crédito que ayer no tenías. También se cotiza la influencia. El Marqués me ha puesto al corriente.

—¿Y haces caso de esa cotorra? Acabo de perder la última mota, tengo empeñado el uniforme de gentilhombre y estoy viendo que mañana no voy a Palacio. ¡Necesito a toca teja parné!

—Poca cosa llevo encima.

—¿Qué puedes dejarme?

—No te podré dejar más de veinte duros.

—¿Y mañana?

—¡Habría que explorar voluntades! Proponer el negocio. Cotizar tu influencia. El asunto no es de un día ni de dos. Será preciso vencer muchas dificultades. Sobrevendrán aplazamientos. Lo más urgente es que yo tenga asegurada mi libertad de acción.

—¡Indudablemente!

—Mi seguridad personal y subsidiaria es lo primero que tienes que recabar de Palacio.

—Cuenta que así será.

—¡Lástima que está en puerta la de vámonos!... ¡Se conspira en todas partes!

—Se ha conspirado siempre.

—No como ahora. Estoy asombrado del aspecto de club demagógico que tiene este café.

—No es función diaria. ¿Acaso estira la pata todos los días un Presidente del Consejo? Segismundo, éste es mi naipe.

—No te lo niego. Y si tienes sindéresis puedes situarte muy ventajosamente para luchar en este charni de la vida. No es decirte que hoy ni mañana vayas a reponer tu fortuna.

—Como tú mismo decías, la influencia es dinero.

—¡Cierto! Pero no sueñes que vas a ser el Muñoz de Tarancón. Era otro el caso.

—Segis, sellemos un pacto.

—Por mí que no quede. Pero sonsoniche, que no conviene enterar a ese pelmazo.

Toñete traía el rumbo para juntarse con ellos. Llegado a la mesa, apoyó una mano en el mármol, y haciendo misterio, metida la cabeza entre los hombros, sonó la castañeta con la lengua:

—¡Para dársela al Verbo Divino!

—¡No sea usted imprudente, Toñete!

El ayuda de cámara permaneció inclinado sobre la mesa, sin tomar asiento:

—El Señor Marqués, si usted no ve compromiso, tendrá gusto en hablarle y conferenciar.

XVIII

El Marqués leía la Prensa moderada, recogido a sus habitaciones con remusgos de gato lanero. Saliéndose de la niebla soporífera de un artículo de fondo, aprestó la oreja. Reconocía el trote lechuguino del ayuda de cámara. El Marqués vivía afligido de usuras y deudas. Era por aquellos tiempos muy extrema su carestía de dineros, y estaba en gran zozobra de que naufragasen los préstamos que tenía en trámite con el Niño de Benamejí. Todas las esperanzas del palaciego se cimentaban en los arbitrios de aquel marchoso, por donde tanto le urgía sacarle libre de malos pasos. Para concertar unas secretas vistas, había nombrado internuncio a Toñete. El Marqués, suscitado por el trote tilingo, volvió los ojos a la puerta con plácido suspiro:

—¿Qué?

—¡Bueno, gracias!

—¿Le has visto?

—En Platerías estaba esperando. ¡Y que está de órdago aquella parroquia! Vamos a tener tremolina revolucionaria.

—Déjate de calendarios. ¿Hablaste con el amigo Segismundo?

—Allí estaba con el Señor Barón de Bonifaz. Vendrá mañana.

A lo largo del diálogo desnudaba el criado a su señor, le disponía la ropa de noche y levantaba el damasco que cubría la cama. El vejestorio, sin dientes, calado el gorro de dormir, con babuchas y en faldeta, perdía completamente el seso:

—Toñete, rezaremos el Rosario. ¡Ah! Llámame mañana temprano, que quiero oír misa.

—Pues entonces será lo mejor dejar el rezo y entregarse a Morfeo. Son las mil, y mañana se le pegarán a vuecencia las sábanas.

—¿Crees tú?

—¡Y cualquiera! El que trasnocha, siempre duerme la mañana.

—Pues entonces espera a que concilie el sueño. ¿Por qué no hay agua bendita en la pileta?

—Se habrá secado.

El Marqués se aliviaba con suspiros:

—Toñete, creo que rezando me dormiré más pronto. Busca mi rosario en el joyero. Si ves que me aletargo, procura andar de puntillas, y no me despiertes al retirarte.

Toñete se arrodilló con el rosario a los pies de la cama. El beato carcamal pasó blandamente del rezo al sueño, y sobre el latín macarrónico del segundo gloria ya roncaba.

XIX

El Marqués se despertó cuando diluía su pueril repique, en rubias luces, el esquilón de unas monjas confiteras. El Marqués tenía por devoción hacer su desayuno con el sabroso chocolate de aquellas Benditas Madres. Entre sorbo y bizcocho, malicia apocada y suspiro beato, divertía la oreja con los cuentos del ayuda de cámara. Doblando sobre un hombro el perfil de loro afligido, vestida la bata de seda verde con borlones y ringorrangos, escuchaba las décimas del réquiem y aun procuraba aprenderse la tonadilla, según la lección de Toñete. Daba fin al desayuno cuando el criado le presentó el correo. En tanto desgarraba los sobres, quería recordar con fláccidos pianos el sonsonete de las espinelas. Entre solfa y soflama, agorinaba el carcamal:

—¡Un sacrilegio, Toñete! ¡Un sacrilegio! ¡No debías venirme con esas fábulas de la canalla más vil! ¡Un escándalo que esas irreverentes coplas puedan circular libremente! ¡Ya no se respeta ni la Parca ni el Trono! ¿Adónde vamos?

Toñete disponía en el tocador un lujoso estuche de navajas barberas:

—Lo primero, a enjabonarle a vuecencia con todo primor. Y, como dijo el gitano del cuento, aluego de menda, el deluvio.

El Marqués, con las gafas en la punta de la nariz, repasaba el correo. De pronto se alteró perlático, espantados los ojos sobre un escrito. De la borla del gorro a las pantuflas le conmovía la tembladera:

—¡Qué desenvoltura! ¡Me insultan, Toñete! ¡Me insultan!

Sentenció el criado:

—¡Entonces, ese papel viene de alguna prójima o de los masones!

—¡No me asustes! ¡Tú algo sabes!

El Marqués tenía en su ayuda de cámara un consejero y un oráculo. Todas las mañanas, aquel andaluz cañí descifraba los sueños de su amo al servirle el chocolate. El Marqués, entre sorbo y bizcocho, le hacía sus confidencias:

—¡Los masones! ¡Los masones, dueños de los secretos de Palacio! ¡No sabes lo que dices! ¡Eres un majadero! ¡Si este papel viniese de los masones, denunciaría un hecho muy grave!... ¡Las logias filtrándose con su espionaje en la Regia Cámara! ¡Inaudito! ¡Las logias no pueden conocer tan al dedillo las intimidades del Regio Tálamo!

—¿Que no? Si en coplas andan...

—Toñete, este papelucho viene de algún envidioso. Puedes leerlo.

El ayuda de cámara tomó el escrito y comenzó un lento deletreo:

—"Jeromita."

—¡Qué mal gusto!

El ayuda de cámara proseguía con su canturreo de escuela:

—"Jeromita: Confirmarás tu fama de entremetida terciando en arreglos para alimentar el lecho de Mesalina. ¡Si piensas que son agradecidos tus afanes, límpiate, que estás de huevo!"

—¡No estás volado!

Toñete deletreaba su canturria con un vaho de asombrado aliento:

—"La Señora se burla de ti, y todos en la Casa Grande. ¡Me figuro que ya te habrás hecho pis, y lo otro! La Señora está muy al corriente de que eres un falsario, y bien te lo ha demostrado en la última guardia. Pero tú pasas por el feo de que no te hable, y mucho más."

Murmuró el palaciego con gesto de fláccida malicia:

—¿Aún te parece masónico?

Sacó el belfo el ayuda de cámara:

—Esto viene de alguna lechuza de Palacio.

—¡Tal sospecho! ¿Qué pone al pie?

—"El Duende de la Camarilla."

—¡Justamente! No lo había visto. Este personaje nos trae a todos intrigados en la Regia Cámara. Hoy me toca a mí, mañana a otro. Nadie se exime de recibir estos anónimos. Yo me iba librando. Todo papel sin firma es despreciable; sin embargo, no es posible sustraerse a cierta preocupación. El Duende de la Camarilla me consta que traía loco durante algunas temporadas al pobre General Narváez. ¿Y qué noticias corren de su gravedad?

—Que está con la cabeza perdida y no se hace cuenta de que pase del día.

—¡Pobre España!

—¡Réquiem in pace!

XX

El Marqués de Torre-Mellada salió de sus habitaciones, retocado y pintado, a una galería de arcos abierta sobre el picadero. Pepín Río-Hermoso adiestraba una jaca. El picadero del engomado carcamal era un círculo de elegancias, en las postrimerías del Reinado Isabelino. Madrid, famoso en el mundo por sus mujeres y sus caballos, adquiría el tono supremo con una cuadra tenida a la inglesa, como la cuadra de Torre-Mellada. El lujo de carrozas y palafreneros era tradición de aquella antigua casa. El Marqués no ignoraba que a la prosapia de sus caballos debía el resalte mundano y el rango en la Corte Isabelina. Su valimiento en la servidumbre palaciega estaba sostenido sobre el aparato de sus caballos y cocheros ingleses. El Marqués se arruinaba con esta clara conciencia de su proyección en el mundo. Desde la galería examinaba y ponía precio, entre mientes, a la jaca anglo-hispana de Pepín Río-Hermoso. Pepín le saludó con inocencia de niño en juegos:

—¿Qué te parece el animal?

—Bien sacado. ¿Qué pagaste?

—No es mío. Es de tu cuñado Redín.

—¿Mi cuñado Fernandito? ¿Habéis venido juntos? ¿Por dónde anda? ¿Es que tú le esperas? Yo también tengo que echarle la vista.

Escandia sus triples el carcamal y sacaba el busto por el arco. Pepín Río-Hermoso acariciaba el cuello de la jaca.

—Para Fernando aún amanece. Me ha dicho que lo chimpan a Méjico. ¡Pues lo joroban!

Saliéndose del arco, remoto bajo el alón de tejas, torcía la cresta el cotorrón palaciego:

—¡Ya arreglaremos que se quede en Europa! ¿Tú esperarás a Fernandito?

—No hemos quedado en nada.

—Yo voy a Palacio. Si Fernando aparece, recuérdale la obligación de verse con Carolina.

En un ángulo, el tuno de cuadra, que cepillaba un arreo, se encendió de risa, sacando lustre al cordobán. El chaleco de librea fulgía con el correaje y la carota inflada en las luces de una claraboya.

XXI

El Gabinete Azul de la Marquesa Carolina, puro colorín de titiritainas, frívola aspiración de elegancias, pintoresco y exótico, pronunciaba sus luces con arreglo al estilo y la moda que iniciaba París de Francia. La Marquesa, en poético *deshabillé*, rasgaba las márgenes del Monitor Inglés, y era un dije de preciosa latiniparla, la menuda cuchilla con labores de Damasco. Fue anunciado el Marqués de Redín. La dama, lánguida, se miró la camelia sujeta en el pico del escote, y requirió la entrega abandonada en el regazo. Al azar, sobre cualquier página, entretuvo los ojos, con delicada insinuación de hastío en el carmín de la boca; la mano izquierda, como flor, caída en la falda. El Marqués se detuvo en la puerta.

—Temo molestarte.

La madama suspiró en su trono de encajes:

—No te esperaba.

El Marqués de Redín, con tibieza de amante antiguo, le basó la mano. Luego, sentándose enfrente, tomó la revista que la dama tenía en el regazo. La Marquesa Carolina entornaba los ojos, mirándose la camelia del escote, con una sonrisa burlona en los rincones de la boca:

—¿Vienes como plenipotenciario de mi marido?

Insinuó sin calor el Marqués de Redín:

—Le has hecho imposible su situación en Palacio. ¡Jerónimo me habló con ayes desgarradores!

La Marquesa Carolina, cerniéndose entre veleidades, ahora sentía una punta de sobresalto con el entredicho de Palacio. Recogióse calina e insinuante:

—Aconséjame, Fernando.

Redín la miró con larga mirada, suscitando lejanos recuerdos, tendido el pensamiento en potencia de alcanzar algo que hubiese conocido y olvidado, algo profundamente femenino, inmutable, sutil, versátil, ingrávido, capaz de cobijarse en las pestañas doradas de la Marquesa. Murmuró lentamente:

—Creo que has ido demasiado lejos. Te ha cegado el cariño a la Infanta.

La Marquesa Carolina pareció conformarse:

—Fernandito, aconséjame, y veré si puedo obedecerte. Te diré, sin embargo, que estos días se han cambiado ramitos de oliva entre el Palacio de Oriente y el de San Telmo. Y los Duques de Montpensier, puedo asegurártelo, asistirán a las bodas de la Infanta Isabel... Acaso se hospeden en el Regio Alcázar.

—¿Es posible?

—Es seguro.

—Aun cuando así sea, me resisto a creer en la sinceridad de esa reconciliación. El Duque está muy comprometido en la intriga revolucionaria. ¡Es el candidato de los Generales Unionistas!

—Con ese coco se ha querido meter miedo en las alturas. Formal no hay nada.

El Marqués de Redín, con sonrisa incrédula, distrajo la vista hojeando la entrega que conservaba en la mano. Era muy bien apersonado, aguileño, los ojos verdes, orgullosos y bellos tras los cristales. Hablaba con gracejo andaluz, contaminado de un cierto amaneramiento de Academia. Ocultaba la aridez de su alma en una risueña mueca de sofista. Desdeñaba y estimaba, conforme a un casuismo que confundía la moral y la estética. Abrigaba un concepto despectivo del mundo, donde todos los pecadores son unos pobres diablos, y aquellos dilectos que sobresalen, casos ejemplares. El Marqués de Redín, desviándose sobre la oreja del cordón de los quevedos, sonreía a la madama:

—Creo fatal un cambio de Corona. De dinastía, ya no lo creo. La Reina, al final, abdicará en el Príncipe Alfonso.

—Tú crees siempre lo menos revolucionario. ¡Pues hay muchos espadones descontentos!

—No creo en las revoluciones que haga el Ejército.

—¿Y el pueblo?

—El pueblo no tiene recuerdo de una vida mejor, y sus pocas luces no le permiten crear el concepto.

Quedó en suspenso, atildado y elegante, observando los ojos y la sonrisa ambigua de la madama, que en su nido de cojines jugaba con la menuda cuchilla nielada de oro. La Marquesa Carolina se recogía, agatada, con dengue:

—¿Te has divertido en París?

—¿A qué llamas tú diversión en este momento? He trabajado en la Biblioteca de la Sorbona. Visité la Bretaña. Frecuenté la Comedia. Asistí a las fiestas diplomáticas, y me he aburrido, y me he consolado con tu recuerdo.

—¡Embustero!

Se miraron con una sonrisa de libertinaje y descreimiento, sin pena de aquel viejo amorío que daba las boqueadas. Pero ninguno de los dos quería desatar el último lazo que vinculaba el goce clandestino de las conversaciones susurradas en voz baja, el cambio de juicios y gracejos libertinos en torno a las intrigas del mundo elegante. Ensayaban, sin fe y sin drama, a repetir el milagro de la resurrección de Lázaro.

LIBRO NOVENO

JORNADA REGIA

I

Aquella primavera, como tantas otras, trajeron orla de luto
las brisas del Guadarrama. Marzo y abril, siempre ventosos
en sus idus, suelen declinar cierzos y nieves sobre la Corte
de España. Los azules filos serranos, en estas lunas, se llevan del mundo a muchos viejos de catarro y asma. Así, de
un aire, acabó sus empresas políticas, y sus bravatas de jácaro, el Excelentísimo Señor Don Ramón María Narváez.
¡Guadarrama de azules lejos, fríos y claros como el alma de
los criminales insignes, por tu culpa lloran los azules ojos
de la Reina de España! ¡Tus colados filos segaron la flor de
la canela para entregarla a pasto de gusanos!

II

Los Señores Ministros, abrazados a las carteras, esperaban
en la Real Antecámara. Su Majestad, voluble de inquietu-
des y buenos propósitos, deseaba celebrar Consejo. Los Señores Ministros esperaban con grave compostura. Cambiaban
impresiones. Tenían una sombra preocupada. Eran muy alar-
mantes los pliegos llegados de Londres y París. Aquellas
Embajadas advertían de un complot para derribar el Trono.
Los Generales Unionistas, olvidando todos sus juramentos,
amenazaban con sacar las espadas contra la Reina. Algunos
Consejeros se negaban a creerlo. Era, sin embargo, indudable que se conspiraba más que nunca en los cuarteles. Don
Luis González Bravo, en veces presidenciales, oía el medroso
agorinar, con sonrisa de hieles:

—Ni Sartorius ni Bravo Murillo lograron sobreponerse al
elemento militar. A la tercera va la vencida, y espero mos-
trar que puede un hombre civil ejercer la dictadura.

El Ministro de la Guerra, inquieto, nervioso, tecleaba sobre el rojo marroquín de su ministerial cartera. Tragaba saliva, saltábale la nuez. Con la lengua hacía trabajos de aproche tanteando la fortaleza de su dentadura postiza. Al fin, rompió:

—La Revolución no contará jamás con el Ejército. El Ejército, fiel siempre a sus juramentos, sabrá mantener la disciplina. Yo respondo con mi cabeza de la lealtad del Ejército. El Trono es consubstancial con el Ejército.

Asintió con inflada jactancia Don Carlos Marfori, Ministro de Ultramar:

—Los Generales revolucionarios no encarnan el sentimiento de la Milicia.

Don Lorenzo Arrazola, Ministro de Estado, arrugaba la cara, con feo mohín de dómine:

—Señores, no cerremos los ojos a las dolorosas realidades. El horizonte político está preñado de tormentas. Yo, desgraciadamente, no comparto las ilusiones de ustedes. Nuestras Embajadas de Londres y París están sobre los hilos de un complot al cual no parecen ajenos los cuarteles. En el extranjero se hace una inicua campaña de calumnias contra la Reina. Se la presenta como otra Mesalina. Para contestar a esas difamaciones he redactado una circular dirigida a nuestros representantes en las Cortes Extranjeras. Puesto que nos hallamos reunidos, quiero someter su texto al juicio de ustedes.

Se calzó los espejuelos y buscó la minuta entre los papelotes de su cartera. La nota era de una sintaxis barroca, pareja con los ringorrangos caligráficos de las antiguas covachuelas. El Ministro contestaba a las gacetas que en el extranjero se hacían eco de las calumnias urdidas contra la Reina. Acusaba a los conspiradores de sacrificar la sagrada unidad de la Patria Española. Su voz rodaba sobre la curva ampulosa de las cláusulas, conmovida de un ramplón patetismo frailuno. ¡Aquella turba revolucionaria proclamaba la destrucción del orden social y político! Afortunadamente, el noble pueblo español no se dejaba engañar por falaces aventureros, sedientos de sangre y ganosos de botín. España, fiel a su tradición católica y monárquica, era un solo corazón para amar a su Reina. ¡Una voz en la exaltación de las excelsas virtudes de su Soberana! Pero ¿qué más? ¡La Santidad de Pío IX acababa de premiar tan altas y resplandecientes prendas enviándole el preciado presente de la Rosa de Oro! El Señor Arrazola, con tersuras lingüísticas de dómine, subraya y mira a sus compañeros con las antiparras en la calva:

—Estas sucintas verdades conviene hacerlas notar en el extranjero.

El Consejo tuvo un murmullo de rezos corteses. El Señor Arrazola, poniendo el papel en la cartera, agradecía los plácemes de sus compañeros. El Presidente sacaba el reloj y miraba la hora, torciendo un ojo. Como si aquella acción fuese un conjuro, salió refitolero, por detrás de un cortinaje —pantorrillas de seda, casaca y espadín—, el Marqués de Torre-Mellada. Su Majestad, afligida por la jaqueca, no podía recibir a sus Ministros. Los Consejeros, abrazados a sus carteras, simularon una profunda condolencia, llena de formulismos y votos por la salud de la Señora. En parejas, salieron de la Real Antecámara:

—¡Esta jaqueca me ha dado mala espina!

—¡Jaqueca oficial!

—¡Aún no asamos y ya pringamos!

—¿Qué será ello?

—¡Caprichos reales!

—¡Nervios!

—¡Algún cuento!

III

La Cámara de la Reina tenía aire de velorio. Doña Isabel lloraba con medroso presagio de su ruina la muerte del Espadón. La Señora tenía en la boca un pucherete de desconsuelo, y la morrilla de la nariz, reluciente. La Doña Pepita Rúa, en servicio de alcoba, la asistía con vinagrillos. Por distraerla, enhebraba cuentos, devociones y chismes de azafata rancia. La Reina de España, frondosa, rubia y herpética, con nada se consolaba. Para no caer en desmayo, se fortalecía con bizcochos y marrasquino, tumbada en el sofá de damascos reales. Pasó el día en afligida zozobra. Al encender las luces, quiso hacer su tocado nocturno. Suspiró los rezos, tomó agua bendita, entró en la cama, santificado el rubio y flamenco desnudo con la camisa que antes había vestido la monja milagrera. Cuatro aspas de sangre en el costado de la preciada reliquia dibujaban una cruz. La Señora, recogidas las trenzas en la papalina de seda celeste, sin dormirse, atendía al ir y venir de la azafata sahumando con la salvilla donde se quemaba la clásica pajuela de incienso y estaroque. La Reina, cubierta por la colcha de damasco, apagaba los suspiros en los encajes de la almohada. El sahumerio dábale un vago sentimiento piadoso de liturgia y latines solfeados:

—¡Pepita, estoy muy preocupada! Deja la chufleta. Acércate, mujer, y ven a consolarme.

La Doña Pepita se acercó silenciosa, con las manos juntas, y quedó a los pies de la cama. Era pequeña, flaca, arrugada, con los ojos muy negros y el pelo entrecano. Doña Isabel suspiró, enjugándose su real llanto con una punta de encajes:

—¿Crees tú que estaré condenada?

La azafata respondió con otro suspiro y una lágrima:

—¡Jesús mil veces!

—Contesta, mujer. ¿Qué dicen tus naipes?

—¡No los he consultado!

—Y tu ingenio, ¿qué te dice? ¡Porque tú eres muy lista! Si fueses hombre, ya tenía tu Reina con quien sustituir al pobre Narváez.

—¡Ay Señora, yo soy una tonta que no sabe nada!

—¿Por qué no has consultado la baraja?

—Lo tengo prohibido por el confesor.

—¿Quién es?

—Fray Pedro de los Ángeles.

—Debías buscar un confesor que no fuese tan raro. ¿Tú le explicaste que lo hacías sin mala intención, como un honesto pasatiempo? ¿Se lo has explicado?

—¡Naturalmente!

—¿Y mantuvo la prohibición?

—¡Con la amenaza de no absolverme!

—¡Pues es una ridiculez, y que me perdone ese santo! ¿Por qué no le dejas?

—¡Todos son iguales!

Reina y azafata quedaron silenciosas, apenadas, cavilando en los rigores del confesonario y entreviendo castigos de otro mundo. Para las dos eran motivo de dramáticas preocupaciones las calderas del Infierno. Insistió la Señora:

236

—¡Yo, a la verdad, no creo estar condenada! ¿Tan mala soy? ¡Nunca he querido más que el bien de los españoles!

—Vuestra Majestad es una santa. ¡Otros son los malos!

—Serán ellos los que se condenen. ¡Pepita, ya sé que no debía sostenerlos!, pero ¿a quién llamo? ¡Si tú fueras hombre!

Doña Isabel tenía en la voz un timbre risueño, de gracia popular y socarrona. La Doña Pepita puso el gesto de vinagre.

—Vuestra Majestad tiene muy leales servidores.

—¡Eras tú quien me hacía falta con los tres entorchados! Pepita, ¿sabes lo que he pensado? Ir al convento esta madrugada y hablar con la Bendita Patrocinio. ¿Qué te parece?

—La Madre tiene luces celestiales y podrá aconsejar a la Señora.

—¿Crees tú que sea masón, como dicen, González Bravo?

—Afirmándolo condenaría mi alma.

—Pero ¿lo has oído?

—¡Desde los tiempos de *El Guirigay*!

—Si fuese verdad, tendría que firmarle los pasaportes. Pero ¿a quién llamo? Para ese fin, no será pecado consultar las cartas.

—¡Para ese fin!...

—¡Mira, tráelas! ¡Yo me confesaré por ti del pecado, si lo fuese!

IV

La Católica Majestad, incorporada en las almohadas, metíase un rizo en la papalina, con gesto picarón y campechano. Doña Pepita, santiguándose para alejar toda sombra de pecado, sacó de la faltriquera el naipe, y miró a los rincones, buscando una mesilla. Batió en la colcha, con las regordetas palmas, la Reina:

—Aquí, mujer.

Y se santiguó como lo había hecho la azafata. Doña Pepita puso la baraja al corte, y luego extendió las cartas en hileras de siete. Preguntó Doña Isabel:

—¿Es a la francesa?

—Sí, Señora.

—Como no salgan a mi gusto, me las echas a la española.

Doña Pepita, con los espejuelos en la punta de la nariz, doctoral y condescendiente, sonrió a la regia chanza. Quedó en gran meditación, estudiando las cartas alineadas. Alentó la Reina:

—¡Acaba! ¿Qué dicen?

—Tenemos un as de oros entre espadas. Tiene dos significados. Una guerra, considerando que el as aquí representa la España...

—¡Otra guerra civil! ¡Están buenas tus cartas!

—¡Puede ser en África, en Cuba, en Joló!

—¡Con tal que no sea entre hermanos! ¡Una guerra civil es la mayor desgracia! Mira, quiero que le preguntes a las cartas con qué bandos estaría el Santo Padre.

—Aún no he acabado. Este as de oros también puede representar el Trono. Entonces las espadas que tiene a los lados, como son figuras, representarían Generales. Este caballo de la izquierda podía ser el Conde de Reus.

—¡Hasta le da un viento a ese pillastre!

—La espadas de la derecha representan a los leales del Trono.

—Novaliches y Pezuela. ¡Ay, de qué poco me valen! Sigue, mujer, y no hagas melindres.

—Bastos contrapeados. No sé cómo interpretarlos. El tres de bastos siempre representó el patíbulo.

—¡No será para mí!

—¡Ave María! España no es Francia. También puede este naipe representar el Infierno. ¡Bien considerado, es el patíbulo de los pecadores!

—¡Pues lo estás arreglando! Mira, recoge las cartas, siéntate y espera a que me duerma.

—¿Su Majestad sigue con la idea de ir al convento de madrugada?

—Iré por la tarde. La Madre habrá pensado a quién me conviene llamar en estas circunstancias. Pon la luz más lejos. Hasta que me duerma no te vayas. Oye Pepita, llámame de madrugada. Quiero ofrecer ese sacrificio al Divino Crucificado.

Se durmió con entrecortados suspiros, que, lentamente, fueron cambiando hasta tornarse en plácido roncar. ¡Guadarrama de azules lejos, ya cansados de llorar, los azules ojos se han dormido! ¡La boca sonríe libre del pucherete que la apenaba! Sueña la graciosa Soberana. ¡Olé! ¡Olé! Don Luis González Bravo, terciada la capa, templa el gui-

tarrillo, cantando las boleras antiguas de la salvación de
España. ¡Olé! ¡Olé!

V

Era plena de luces la mañana madrileña cuando dejó su
lecho de columnas con leones dorados la Reina Nuestra Señora. La Católica Majestad, vestida una bata de ringorrangos, flamencota, herpética, rubiales, encendidos los ojos del
sueño, pintados los labios con las boqueras del chocolate,
tenía esa expresión, un poco manflota, de las peponas de
ocho cuartos. Con desgonce de caderas asentóse frente al
tocador, altarete lleno de lilailos en el gusto de los retablos
monjiles, y esperó a que la azafata pasase la chufleta para
comenzar el tocado.

—Pepita, quiero que me pongas muy guapetona. Tengo
interés en gustar...

Remilgóse la Doña Pepita:

—¡La Señora ha recibido ese don bendito del que todo
lo da sin la intervención de mis manos pecadoras!

—Ya sabes lo que quiero decir. Me vistes con descote
bajo.

Los bigotes del chocolate ponían una gracia chabacana
y bribona en la boca de la Católica Majestad. Recalcó la
dueña:

—¿Descote bajo en viernes de Cuaresma?

—Pepita, obedece y calla... Ya me has contagiado el
escrúpulo.

Acudió, enmendándose, la vieja lagarta:

—¡Hablé sin licencia de Dios! El corpiño abierto nunca
se ha tildado de pecaminoso, y con un tul queda tan decente como el cuerpo alto.

—Pepita, tú todo te lo guisas. Siempre Juan Palomo.

La Reina abrió un álbum de fotografías sobre el ancho
regazo, y con donaires populares comenzó a pasar hojas.
Era una abigarrada galería: reyes, príncipes, servidumbre
palaciega, espadones, obispos, cantantes de ópera, personajes extranjeros; un mundo luminoso de ramplonas vanidades.
De todos se burlaba con gracia la Reina Nuestra Señora.
Quedó breves momentos mirando con gesto gachón el retrato de un buen mozo —uniforme de maestrante—. Lenta-

mente, sacó la fotografía y, con ella en la mano, acabó preguntándose:

—¿Sabrás que hoy hace su primera guardia? Pepita, tú que todo lo hueles, me han contado que anda en muy malos pasos este pollo.

Y levantaba la cartulina para que la cotorrona viese el retrato. Se arrugó con maternal suspiro la vieja:

—¡Muy salado!

Malició la Señora:

—¡Siempre has tenido buen gusto! Quiero hacer algo en favor de este tarambana. Su padre ha sido de los más leales servidores del Trono. ¡Ay, estoy siendo muy ingrata con sus hijos! Cuéntame, y no te andes con remilgos, lo que por ahí se dice del nombramiento. ¿Qué comentarios hacéis por los rincones?

—¿Y quién sería tan osado que no reconociese en ese acto el buen corazón de la Señora?

—No me vengas con sahumerios. ¿Qué sayo se me corta?

—¡Muerta me vea si he percibido la más leve murmuración en la servidumbre de la Señora! Si hay malas lenguas, ¿dónde no las hay?, será por otros círculos de Palacio. Mi verdad por delante, no pondría mis manos en el fuego por salir garante de la otra Cámara.

—Desembucha, Pepita.

La Católica Majestad sonreía con chunga borbónica. La Doña Pepita, con las horquillas del moño real en los labios, exprimía un gran aspaviento:

—¡No es para creído!

Y comenzó un susurro de comadres. Hasta el camarín de la Reina llegaba, de tiempo en tiempo, rodante, difuso, de apagadas y profundas sonoridades, el eco militar de las salvas que rendían honores fúnebres al General Narváez.

VI

Las Madres de Jesús recibieron la regia visita con gozosos aspavientos. Habían puesto en los altares rizadas velas, primorosos paños, extraordinarios floripondios de talcos y papel. Una nube de incienso flotaba en el locutorio sigiloso, lleno de tácitas pisadas, susurros y sombras. En la tiniebla de los rincones, las cornucopias tenían un brillo de remotos faustos, y la religiosa vastedad del locutorio agrandábase en la incerteza de la penumbra, donde apenas concretaban sus destellos la esfera de un reloj, la copa de un brasero, las espadas de una Dolorosa. Llegaban apagados los ecos de la plegaria que cantara en el coro la Comunidad. Rezaba, repartido por la iglesia, el palatino cortejo. En el locutorio, asistida por dos novicias que alumbraban con velas verdes, apareció la Madre Patrocinio. Eran transparentes de blancura el rostro y las manos. Caminaba rígida y extraña. Parecía en tránsito. Se abrió rechinante la enrejada puerta, y, afligida, con el pañolito sobre los ojos, entró Doña Isabel. La Seráfica Madre quedó en pie, los brazos abiertos en cruz, mostrando la palma sangrienta de las manos, sobre las dos novicias arrodilladas, alumbrantes con sus velillas verdes. La figura de la monja tenía un acento de pavor milagrero y dramático. Doña Isabel se arrodilló sollozante:

—¡Madre mía, qué enojada estás con tu pobre Reina!

La monja exhaló una queja y retrocedió andando de espaldas en la tiniebla del ámbito. Las dos alumbrantes quedaron aisladas en el círculo de sus velas. La Madre Patrocinio apoyó los hombros en una puerta, que se abrió silenciosa para darle paso, y desapareció con un grito. La Reina se cubrió el rostro. En el movedizo círculo de las velas las dos alumbrantes seguían el canto remoto del coro.

VII

Entró en el locutorio, con premura y afanes, la dama de Su Majestad. Acudieron también, entre luces, algunas monjas. La Priora, con mieles y sahumerio de beata lagarta, se acercó a la Reina. Sollozaba la Señora en brazos de la dama. No podía repirar con la congoja, se ahogaba, iba a desmayarse. Otras Madres trajeron vinagrillos olorosos en salvillas de plata para humedecerle las sienes, reliquias, agua del Jordán. Doña Isabel, poco a poco, se recobraba conmovida por largos suspiros, reclinando la cabeza en el sillón dorado, con un cojín de terciopelo a los pies, entre la dama y la Priora. El azul celino de sus ojos sonreía en el cerco de lágrimas. De las tenues y claras pupilas se borraba el susto, bajo los mimos de las Benditas Madres. Sentía el amor de aquellas vidas consagradas al rezo y al ayuno, místicas desposadas del

Divino Crucificado. El piadoso sobresalto de las monjas penetraba como bálsamo el ánimo amoroso de la Reina. Lloraba y sonreía, agradeciendo aquellos cuidados de la Comunidad. La rodeaba el coro beato —ondular de sombras talares, albura de tocas y manos, rumor de sandalias, sonajería de cruces, rosarios y patenas—. La Comunidad había dispuesto un agasajo de almíbares y chocolate. La Priora consultaba el caso en voz baja con la dama de la Reina:

—¿No le convendría un reparito a la Señora?

La dama respondió con un gesto, indicando espera. La Señora tomó por la mano a la monja, acercándola más a su vera, con un secreto murmullo en los labios. La Priora se levantaba la toca sobre una oreja para mejor oírla.

—Y Patrocinio, ¿no volverá?

La Priora, levantando los ojos, interrogaba al Cielo. La Reina volvió a indicarle que se inclinase:

—¡La Madre Patrocinio ya no me quiere! ¡Debo de ser muy mala!

La Priora se arrodilló a los pies de la Reina:

—La Madre Patrocinio no tiene ningún enojo con Vuestra Majestad. ¡No puede tenerlo! ¡Y aun cuando lo tuviera, poco puede importarle el enojo de una pobre monjita a la Reina de España!

Gimió Doña Isabel:

—¡Y quiero que me aconseje Patrocinio!

—La Madre Patrocinio cierto que tiene luces espirituales, pero no son para el mundo. En el mundo hay mucho pecado. La Madre Patrocinio, fuera de su convento, no es más que una pobre monjita ignorante, como todas nosotras.

—¡La Madre es una santa!

—Los santos son para el Cielo. En este valle de lágrimas es donde tienen su martirio.

—Yo deseo hacer la felicidad de todos los españoles, y para lograrlo necesito que nunca me niegue sus consejos Patrocinio. La picarona sabe que los he seguido siempre y que mi mayor empeño es tenerla contenta. ¡Pero ya no me quiere!

La Priora se inclinó, besando el regazo y las manos de la Reina.

—Pero ¿habrá alma de tan duro pedernal que no quiera al Ángel de España?

—¡Madrecita, haz tú que no me niegue sus consejos ni sus luces la picarona de Patrocinio!

—Sus luces, entiende esta humildísima sierva que nada sabe, son luces místicas, que no valen para el gobierno de las Monarquías.

—¡Sabéis mucho todas vosotras! Dile a Patrocinio que no sea rencorosa, que está muy mal en una santa. Ya sabe ella que por algo la llamo yo Licenciada Vidriera. Dile que me voy muy triste por no poder abrazarla.

—¡No será menor el disgusto de la Madre!

Doña Isabel se puso en pie y requirió el brazo de su dama. La Comunidad le abrió camino, repartiéndose en dos hileras, y pasó despacio, acariciando el rostro a las novicias, palmeando el hombro de las viejas sores, estrechando a todas la mano, sonriendo y suspirando.

VIII

La Señora, al arrancar el coche, murmuró, limpiándose la mano, húmeda de babas y lágrimas:

—¡Patrocinio es una santa insoportable! Suponiendo que sea santa, porque hay quien se ríe de sus llagas.

Se sulfuró la dama de guardia:

—¡Impíos como González Bravo!

—Calla, mujer, que, según me han contado, en los libros de medicina vienen casos nerviosos de mujeres malas que tuvieron las cinco llagas, y hasta hubo una epidemia en Francia. ¡Mira tú si lo de Patrocinio fuese también nervioso! ¡Y si continúa con estas impertinencias habrá que pensarlo! ¡El feo de esta tarde no se lo paso! ¡Por muy santa que sea, yo soy la Reina de España! Es muy mandona y quiere que siempre le haga caso, y siempre no puede ser. Con todas sus luces místicas, también se equivoca. Acuérdate del Ministerio Relámpago. La verdad es que aquello no podía ser. Pero tú, ave fría, ¿por qué vas tan silenciosa?

La dama abrió y cerró los ojos, como quien repentinamente es despertado.

—Señora, yo escucho y callo.

—Pues no calles. ¿Qué ibas pensando?

—Iba pensando en la Madre.

—¿Y pareciéndote muy mal mis palabras?

—Yo nunca me permito juzgar las palabras y las acciones de mi Reina.

—Confiesa que estás escandalizada de mi lenguaje progresista.

—Yo desconozco cómo hablan esos sabios.

—¿Tú no has leído nunca *El Dómine*? Pues es muy chusco. ¡Son horrores lo que dicen de mí esos pillastres, pero cuando me dejan en paz tienen buena sombra! No me digas que no son oportunos los gozos que le sacaron a Paco:

Paquito Natillas
es de pasta flora...
Y orina en cuclillas
como una señora.

¡Si está clavado, mujer! Son unos pillastres que debían estar en Fernando Poo. Narváez, últimamente, no era ni su sombra. En otro tiempo ya hubiese mandado darles una paliza, cuando menos. Y O'Donnell, con su vista larga, les hubiera soltado dinero para que hablasen mal de Prim... El Gobierno de España tiene que ser un tira y afloja. ¡Cuando más falta me hacían, la muerte me roba a los dos Espadones! ¡Estoy sola, sin cabezas para regir esta casa de orates!

IX

Cantaban las cornetas militares y formaba la guardia de trasquilados pistolos, presentando armas, en las puertas de Palacio. El regio cortejo —damas, caballerizos, edecanes— volvía cariacontecido a murmurar su intriga por rincones de antecámara, galerías y escaleras. Solamente Doña Isabel tenía una expresión encalmada, contenida en augusto gesto de chunga borbónica. Campaneándose con aire de oca graciosa, entre golpes de alabarda y trémolo de cornetas, subía la gran escalera apoyada en el brazo del Marqués de Novaliches. Retirada al secreto de su cámara, dejó caer la máscara, recayendo en los temores y congojas del convento. Tomó la pluma con ánimo de escribirle a la monja; pero le dolían los ojos, y la pluma solo dejaba caer borrones. Llamó a Doña Pepita Rúa, y cambió de vestido. La azafata, con arrumacos de bruja, daba vueltas en torno de la Reina.

—¡Pepita, no me marees! Tú algo tienes que pedir. Habla pronto y vete. Estoy de muy mal humor y muy harta de

244

tus entremetimientos. ¡Hubieras visto el feo de la Bendita Madre!

La cotillona se alargaba en un aspaviento:

—¡Jesús! ¡Jesús! ¡Esto es cosa de milagro! ¡Que por bruja me quemen si no es milagro! ¡Antes y con antes de la media tarde está esperando aquí la Madre Patrocinio!

—¿Qué absurdos cuentas?

—¡Divino Señor, de tu poder me espanto!

—¡No me impacientes! ¡Responde! ¿Qué delirio proclamas?

—¡Por lo que oigo y veo, vuelve el tiempo de los milagros!

—¿Qué decías?

—Lo que decía digo. ¡Y me hago cruces!

—Pepita, vengo del convento y acabo de ver a la Madre.

—¡Quedaré por embustera, aun cuando yo también acabe de verla y conversaba en el oratorio de Vuestra Majestad! ¡Este pañolito lo estrechó en las manos, y la reliquia de su sangre véala, mi adorada Reina!

—¡Sostenme! ¡Acompáñame! ¡Toda yo tiemblo! ¿Será ilusión tuya, Pepita?

—¿Y este pañolito, con su fragancia y su sangre?

—¡Ay, muero! ¡Llévame al sofá! ¡Aflójame! ¡Ay, muero!

Los ojos negros de la azafata, bajo los rizos canos, tenían un extraño rigor, fijos sobre el rostro desmayado de la Reina. Doña Isabel suspiraba en el sofá, mientras la vieja servidora le soltaba los herretes:

—¡Pepita, no te vayas!... ¡Ay, sí!... ¡Procura traerla!... ¡Ruégala!... ¡No me dejes!

Pero la vieja se fue, aspaventera y corretona.

X

La Reina, en desmayo, vio llegar a la monja beata. Era un canto dulcísimo su voz:

—Laus Deo!

Sor Patrocinio caminaba serena y traía un dorado pomo de sales en la mano. Suspiró la Reina:

—Patrocinio, cuando te he visto en el convento, ¿tú dónde estabas? ¿Es verdad lo que cuenta Pepita?

Respondió, apenándose, la monja:

—¡Reina de España, la mentira puede engañar a los hombres, pero no engaña a Dios!

—¿Tú, dónde estás ahora?

—¡Mi espíritu se reparte!

—¿Y tu ser mortal?

—¡Es polvo, y un puñado de polvo lo lleva el aire!

—¿Estás aquí a mi lado? ¿Eres la que habla conmigo? ¡Dame una mano! ¿Eres un fantasma?

—¡Nuestros fantasmas son los remordimientos!

—¿Por qué estás enojada con tu Reina? ¡Patrocinio, yo quiero que tú me aconsejes para dar un poco de paz a mi querida España!

—¡Señora, los consejos de una pobre monja nada valen!

—¡A ti te visita el Espíritu Santo!

—¡Mis cinco llagas, escarnecidas por la impiedad, no son favores celestiales! ¡Los falsos libros de la ciencia masónica lo declaran!

—¡No me aflijas, Patrocinio!

—¡En Francia hubo una epidemia de beatas con las cinco llagas!

—¡Me matas!

—¡Señora, ya una vez fui desterrada, y mis trabajos y persecuciones no acabaron!

—¡Yo te doy mi palabra! ¡Patrocinio, contéstame, respónde! ¿Estabas en el convento cuando fui a visitarte?

—¡Allí me ha visto Vuestra Majestad!

—¿Y cómo otros te vieron en Palacio? ¿Cómo estás ahora a mi lado?

—¡Por divina gracia!

—¡Patrocinio, dulce amiga, haré cuanto tú me aconsejes! ¡Mi alma se ilumina con el conocimiento de tu gran santidad! ¡Un suave resplandor me ciega! ¡Ponme una mano en la frente!

—¡Vuestra Majestad no debe agitarse hablando!

XI

La Doña Pepita incorporaba la cabeza de la Reina:

—¡Señora, un sorbo de agua de azahar!

Doña Isabel alargó una mano trémula, que apenas podía sostener el cristal. Se desvanecía. La santa aparición, ¿dónde estaba? ¿Por qué se iba alejando y parecía moverse en un fondo de esmalte? La veía en el cristal de la copa, distinta y miniada como una estampa piadosa. Desaparecía con un cabrilleo de la luz en el agua. Suspiró Doña Isabel:

—Pepita, ¿estaba aquí la Madre Patrocinio?

—¿Ahora?

—Sí.

—¡Una sombra estaba!

—¡Antes te dije que fueses en su busca!

—Hacía intención de ir ahora, luego de servir a Vuestra Majestad.

Recogía la copa de las manos reales. Doña Isabel dejó caer el desmayo de sus ojos en un ramo de azucenas que aparecía al pie del sofá:

—¡Pepita, llévate esas flores, que me están mareando!

Doña Pepita, al levantarlas de la alfombra, vio que un papel venía prendido en el lazo que ataba las azucenas y se lo presentó a la Reina. Traía muchos dobleces y estaba sellado con una cruz. La escritura era de la Bendita Madre. Doña Isabel, cegada por las lágrimas, estuvo mucho tiempo sin poder descifrarla, aspirando el olor suavísimo del pliego. Al fin, pudo leer:

† Nombramientos para el buen servicio de la Iglesia y del Estado: Capitán General, en premio a sus méritos y acrisolada lealtad: el Marqués de Novaliches. † Camarera Mayor: la Marquesa de Estuñigas. † Cabo del Resguardo: Patricio Basoco, hermano de nuestra mandadera. † Destitución del Capitán General de la Isla de Cuba. † Dote para poder profesar una virtuosa joven, confesada del Padre Sigüenza. † Gracia de un título de Marqués a Don Carlos Marfori. † Embajador cerca de Su Santidad: el Señor Conde de Cheste. † Serán suprimidos todos los periódicos ateos liberales y masónicos. † Se dará satisfactorio despacho a la solicitud que tiene en trámite el serenísimo Infante Don Juan. † En ocasión oportuna será cambiado todo el Gobierno †.

Doña Isabel entornó los ojos. Sentíase feliz. ¡Quedaba aplazado el cambio político!

XII

El Señor González Bravo esperaba en la cámara regia. Esperó mucho tiempo. La Señora jamás se dignó acudir puntual a sus regias audiencias. Don Luis González Bravo, en aquella ocasión, no pasó a exponerle la situación política sin una larga meditación de antecámara. La Señora lo acogió con hipos de pena:

—Siéntate. Ya veo que no traes cartera. Te lo agradezco, porque no hubiera podido ocuparme de asuntos de gobierno. ¡Estoy desolada! Se me va el más leal de los políticos militares. Si vienes a consultarme respecto a los honores del duelo, mi voluntad es que no le falte ninguno de los que llevó O'Donnell. ¡Y si hay más, más!

Asintió el Ministro:

—Vuestra Majestad se dignará poner la firma en el decreto.

—No sé si tendré pulso para no echar un borrón. Estoy tomando antiespasmódico. ¡Pobre Narváez, irse de este pícaro mundo cuando le hacía tanta falta a su Reina!

El Ministro extrajo de la casaca bordada el pliego del decreto y, puesto en pie, lo extendió sobre la mesa, ante los ojos de la Reina.

—Espera. Siéntate. No te precipites. ¿Tú no padeces de jaquecas? Quería hablarte... No he consentido que te fueses sin verme... Agradécemelo. ¡Se me vuela la cabeza!

La Majestad de Isabel II oprimía en ovillejo el pañolito de encaje, y lo accionaba en tres tiempos, como suelen hacerlo las damas de teatro cuando dramatizan sus papeles. Sobre la faz, arrebolada, el húmedo moquero discernía los tres ritmos clásicos: en un ojo, en el otro y bajo la morrilla de la nariz reluciente. Giraba Don Luis González Bravo, en redonda visual, las pupilas de cuervo, estriadas de bilis. El Primer Ministro sentía un acre y profundo desprecio. Sin matices, incluía en un mismo juicio pesimista y asqueado a toda la Real Familia. En Palacio le temían y le adulaban. Don Luis González Bravo vivía advertido y caminaba al logro de sus fines con la suspicacia de no ser persona grata en los reales estrados. Las Camarillas, con acuerdo beato, intrigaban en favor de una política ultramontana, refrendada por bulas de Roma. La Reina visitaba secretamente a la Monja de Jesús. El Ministro, parco y cauteloso, exploraba el ánimo de la Reina:

—Señora, me retiraré para volver cuando se digne acordarlo Vuestra Majestad. Debo, sin embargo, adelantaros que os traigo, con mi dimisión, la de todo el Gobierno.

Serenóse la Reina:

—Explícate. ¿Ha surgido algún antagonismo entre vosotros o es simplemente la cuestión de confianza?

Meditó el ministro:

—En el Gabinete se combaten dos tendencias. Los Señores Arrazola y Belda propenden a una avenencia con las fracciones liberales, mediante la alternativa en el Gobierno.

La Reina le miró enojada:

—¡No quiero nada con el liberalismo! ¿Quiénes son los otros?

El Ministro amargó la cara cetrina:

—Señora, la otra tendencia, no creo deciros nada nuevo, representa el vaticanismo en Palacio. Es el carlismo sin Don Carlos.

La Señora cruzaba las manos, herpética, con sanguínea soflama:

—Sin duda, para ti y para otros personajes el liberalismo masónico es preferible a los convenios de Vergara. Pero es el caso que yo no quiero volver a incurrir en las censuras de Roma.

Aclaró el Ministro:

—Roma representa el caso de conciencia para Su Majestad Católica... No la oportunidad política en España.

—¿De manera que os iríais todos a la revolución si vieseis el coco apostólico en el Poder?

—Yo, Señora, me iría a mi casa.

—¿Y tus amigos?

—A mis amigos les aconsejaría que siguiesen al Marqués de Miraflores.

—¡Miraflores! Ese predica una transigencia con los enemigos. ¿Es también tu consejo?

—Señora, mi consejo es continuar fielmente la política del General Narváez. Una línea equidistante de los dos fanatismos, el liberal y el apostólico.

—¿Y la Jefatura?

—La darían los sufragios del partido.

Abultó el labio malicioso y borbónico la Reina:

—¿Quién es tu candidato?

Clavó el aguijón el Ministro:

—Por su saber, por sus dilatados servicios, por su lealtad acrisolada, yo dudaría entre el Marqués de Miraflores y el Conde de San Luis.

—Pero ¡si esos dos predican el pacto!

—¡Indudablemente! El uno y el otro, ante la oportunidad política, no ponen mientes en el escrúpulo de conciencia que se le ofrece a Vuestra Majestad... Pero su patriotismo, en cualquier caso, les dictará lo más conveniente para la Corona.

Un poco displicente, se dio aire con el pañolito la Señora:

—¡Di tú que hay muchos que rezan por mí y que nunca ha dejado de protegerme el Divino Crucificado! Te agradezco que me hayas hablado lealmente, y ten seguro que el coco apostólico no te llevará al Aventino. Yo quiero que sigas tú encargado del Gobierno.

—Señora, yo nunca tuve ambición de mando, y menos ahora que estoy viejo y lleno de males.

La Reina le miró, apicarando el gesto:

—Pues cuídate mucho, porque van a serme muy necesarios tus consejos.

La Católica Majestad sonreía, conqueridora y frescachona, con la sonrisa de la comadre que vende buñuelos en la Virgen de la Paloma.

—Dame que te firme el decreto. ¡Bravo, qué cosa tan terrible es la muerte!

XIII

Don Luis González Bravo, cumpliendo deberes de etiqueta, pasó a presentar sus respetos al Rey Don Francisco. El Augusto Señor le recibió con amable reserva, adamando la figura bombona:

—Me alegro que seas tú quien recoja la herencia del pobre Narváez. Yo estoy muy contento, porque conozco tu lealtad y sé que siempre has querido mucho a Isabelita. Mi Persona también ha recibido de ti señaladas muestras de afecto... Además, no soy rencoroso... Si lo fuese, es posible que en estos momentos tuviese de ti una queja muy grande. Me la reservo y no quiero reconvenirte... Se ha omitido consultarme para la provisión de cargos en Palacio. Se ha querido, sin duda, con esa actitud, ultrajar mi dignidad de esposo, mayormente cuando mis exigencias no son exageradas. Que Isabelita no me ame es muy explicable... Yo la disculpo, porque nuestro enlace no dimanó del afecto y ha sido parto de la razón de Estado. Yo soy tanto más tolerante cuanto

250

que yo tampoco he podido tenerla cariño. Nunca he repugnado entrar en la senda del disimulo, y siempre actué propicio a sostener las apariencias para evitar un desagradable rompimiento... Pero Isabelita, o más ingenua o más vehemente, no ha podido cumplir con este deber hipócrita, con este sacrificio que exigía el bien de la Nación. Yo me casé porque debía casarme... Porque el oficio de Rey lisonjea... Yo entraba ganando en la partida y no debí tirar por la ventana la fortuna con que la ocasión me brindaba, y acepté con el propósito de ser tolerante para que lo fueran igualmente conmigo. ¿Y qué consideración se me guarda? No hablo solo por mí. Esos nombramientos van a escandalizar en la Nación. ¡La Nación no puede tolerar dignamente el espectáculo y el escarnio que se hace del tálamo! ¡Godoy ha guardado siempre las mayores deferencias a mi abuelo Carlos Cuarto! En ningún momento ha olvidado que era un vasallo. ¡Cierto que son otros los tiempos! Pero el respeto a las jerarquías debe ser una norma inquebrantable. Es la clave del principio monárquico. Mi abuela María Luisa no sé lo que haya tenido con Godoy. ¡Allá su conciencia! Lo que todos sabemos es el profundo respeto y amor que siempre mostró a su Soberano el Príncipe de la Paz. Pero mi situación es muy otra, y con ser tan bondadoso el abuelo, dudo que la hubiera soportado. La Reina, con su conducta, se hace imposible a mi dignidad y a la del pueblo español.

El Rey Don Francisco se puso en pie, señalando el final de la audiencia. El Señor González Bravo le clavaba los ojos adustos, movidos los rincones de la boca por una sonrisa de compasión y escarnio:

—¿Vuestra Majestad desea que ponga sus reales quejas en conocimiento del Consejo?

El Rey le pagó con un mohín desdeñoso:

—Eres muy dueño de hacerlo si lo juzgas conveniente.

Tornó el Ministro:

—Su Majestad la Reina desea que os dignéis presidir el duelo del General Narváez.

—Está bien. No puedo negarme. Está bien. La Reina tendrá así una prueba de mis sentimientos transigentes.

En la Cámara Real, vasta, cuadrada, solemne, su voz recibía una mengua jocosa, de fantoche que sale al tablado vestido con manto y corona de rey de baraja.

El Espadón de Loja tuvo magnas exequias con honores de
Capitán General muerto en campaña. Para ver pasar el entierro por la carrera tendida de roses y fusiles ha salido al
ruedo celeste, vestido de luces, el mozo rubio, como retórica
la tribu faraona, allá por los pagos del difunto. El Espadón
había dispuesto que se le diese sepultura en tierra de Loja.
Madrid le despedía tendido por las calles, animado y bu-
llanguero, con tantos brillos de bayonetas, roses, plumajes y
charangada de metales. La guarnición, con uniforme de
gala, cubría la carrera. La pompa de luces y cánticos, músicas y banderas, coronas y salvas militares, era de una des-
orbitada redundancia a lo largo de las callejuelas moriscas,
con tabernuchos, empeños y casas de trato. El latín de los
rezos se difundía en barrocas nubes de incienso por la calle
verdulera. Los acólitos levantaban los incensarios, y las graves voces de los oboes solfeaban la oquedad protocolaria
del duelo nacional. Hacían Viernes Santo, a lo largo de las
aceras, niños hospicianos con flacas velillas, y con fachenda
de hachones, los porteros de Cámaras, Tribunales y Acade-
mias. El Rey Consorte, exiguo y tripudo como una peonza,
presidía el duelo. Pasos de bailarín y arreos de capitán general. Batían marcha los tambores. Un mirlo, viejo solista,
silba el trágala en la tienda del zapatero, héroe de barricadas, que se ha puesto, con desafío, el morrión de miliciano.
El cortejo bajaba hacia la Estación de Atocha. Aromaban
las primeras lilas y eran plenas de misterio floral las arbo-
ledas del Jardín Botánico. En el andén, elocuentes voces del
moderantismo tejieron la rocalla de fúnebres loores, y tras
el último pucherete retórico, renovóse el flato de añejas conjuras que tenían por patrono al Rey Consorte.

impreso en talleres gráficos victoria, s. a.
1a. privada de zaragoza núm. 18 bis -col. guerrero
delegación cuauhtémoc - 06300 méxico, d. f.
cinco mil ejemplares y sobrantes para su reposición
15 de octubre de 1982

impreso en talleres gráficos Victoria, s.a.
la. privada de zaragoza núm. 18 bis—col. guerrero
delegación cuauhtémoc - 06300 méxico, d.f.
cinco mil ejemplares y sobrantes para su reposición
15 de octubre de 1982